FQ

18+

FANTEZİ ZEKÂSI

MERRYLISS TAYLOR

LOVELY
BOOK & BOOK

FQ | FANTEZİ ZEKÂSI	MERRYLISS TAYLOR merrylisstaylor
Tasarım	FiftySix
Basım	**Umut Kağıtçılık San. ve Tic. Ltd. Şti.** Sertifika No: 22826 Keresteciler Sitesi Fatih Cad. Yüksek Sk. No: 11/1 Merter - Güngören / İstanbul
Birinci Baskı	Şubat 2019
Bu Baskı	Mart 2019
ISBN	978-605-80848-0-3
Yayın	**LOVELY BOOK & BOOK** Sertifika No: 10497 İkitelli PTT Merkez Müdürlüğü P.K. 12 Küçükçekmece / İstanbul

FQ 18+

FANTEZİ ZEKÂSI

MERRYLISS TAYLOR

ön söz

İnsanların, yukarılara çıkmasının bir sınırı mutlaka vardır ama aşağılara inmesinin asla bir sınırı yoktur. Kalp nakli bekleyen birine, çıkarır kalbinizi verirsiniz mesela, olur biter; daha üstü yoktur bunun ama dipler derin, çok derin, tarifsiz derin...

Merryliss

birinci nefes

birinci nefes

birinci nefes

Kesinlikle eminim bundan, seni muhakkak benden önce yarattı Tanrı. İlk olarak Cebrail'e seslendi ve ona, bir kadın yaratacağını söyledi. Cebrail sorgulamadı elbette ama şaşkındı ve anlamaya çalışıyordu. Tanrı, belki de merakları büyütmek adına vurguladı tekrar:

– "Bir kadın, gerçek bir kadın yaratacağım." diyorum.

Cebrail, haddini aşıp,

– Ne yani? Öncekiler kadın değil miydi?

diye düşünürken buyurdu Tanrı:

– Hadi şimdi git ve diğerlerini de çağır!

Cebrail gerçekten anlamamıştı ama yüce buyruğa da karşı koyamayacak kadar melekti. Başta İsrafil, Mikail ve Azrail olmak üzere bütün meleklere seslendi. Toplandılar...

Tanrı, Azrail'e buyurdu:

— Hemen git ve bana toprak getir!

Azrail, elini attı ve ilk değdiği toprağı uzattı Yaratıcı'ya...

— Sen bir meleksin, bana karşı böyle lakayıt davranma cesaretini nereden alıyorsun? Hemen git ve bana çok daha başka bir toprak getir!

diye celallendi Tanrı. Azrail anlayamadı bu hiddetin sebebini zira her yer topraktı ve O, bu topraktan yaratıyordu insanı... Çok geçmeden anladı, herkes anladı. Belli ki Tanrı bu sefer, fazla sıra dışı bir şey yapacaktı...

Azrail, derhâl yola koyuldu ve epey sonra geldi. Bereket versin ki orada zaman kavramı yoktu da kimse beklemedi. Neden "epey sonra" dediğime gelirsek o bu konunun en basit sorusu, üzerinde durmaya değmez doğrusu.

— Uzak dağdan getirdim Yüce Tanrı'm, en uzak dağdan. Evreni yaratırken ilk oldurduğunuz toprak bu, toprakların en olmuşu; tam beş milyar yıllık toprak...

dedi Azrail getirdiğini O'na uzatırken. Elbette ki biliyordu Tanrı getirilen toprağın kusursuzluğunu, tebessümle nazar etti; melekler neşelendi.

O, binlerce yıldır bir insan yaratacağı zaman sadece toprağa "Ol!" diyordu ve oluyordu ama bu sefer melekler şaşkındı. Çünkü Tanrı, ilk defa bir kadın için "Ol!" demiyordu. Burun için "Ol!" diyordu, dudak için "Ol!" diyordu, saç için, sırt için, bel için hatta ten için "Ol!" diyordu ve bunların hepsi muntazaman yerli yerine oturuyordu. Ortaya da O'nun bahsettiği kadın çıkıyordu.

O dönem, seri felaketler yaşanmıştı. Deprem, sel, tsunami hatta çok daha feci ve yıkıcı doğa olayları olmuştu çünkü Mikail bütün işlerini bırakmıştı; hayretler içerisinde bu yaratımı izlerken.

Tarih bilenler hatırlar, o dönem yaşlı nüfus sayısında ciddi bir artış yaşanmıştı çünkü Azrail şaşkınlıkla Tanrı'yı izlerken can almayı bırakmıştı.

Nihayet sona gelindiğinde ve kadın tamamlandığında; Tanrı, meleklerine dönerek şunu söylemişti:

— İşte gördüğünüz bu kadın; benim başyapıtım, zirve sanatım...

Melekler duyduğuna inanamadı. Bu işe biraz da gücendiler çünkü o kadar melek varken Yaratıcı ilk defa, yarattığı bir şey için "başyapıt" ibaresini kullanmıştı. Hani kitaplarda fi tarihinde daha önce hiç görülmemiş, asla duyulmamış bir boru sesinden bahsederler ya! Hah, işte o ses; kadının tamamlanması esnasında İsrafil'in yanlışlıkla Sur'a üflemesinden kaynaklanmıştı...

Hikâye burada bitmiyor elbette, en azından benim için bitmiyor. Daha açık bir anlatımla benim hikâyem tam da burada başlıyor işte. Tanrı, orada olanlara bu başyapıtı hakkında son olarak şunları söylemişti:

– Buna bir de erkek yaratmam gerekiyor, kusursuz bir erkek!.. Hem de şimdi...

Bu cümleleri Benjamin, bir kafede tamamıyla tesadüfen karşılaştığı ve iznini bile almadan hatta "merhaba" dahi demeden masasına oturduğu Isabella'ya anlatıyorken duydum ben ya da duymadım ama gerçekten de böyle girmişti cümleye manyak! Onlara fark ettirmeden yanlarına yaklaştım. Ah, keşke yaklaşmaz olsaydım. Gerçi bundan kaçamazdım, ben hep oradaydım. Her neyse işte! Bir daha da kendimi alamadım olanlardan ve hayatımı onları takip etmekle ya da bir şekilde yaşamakla geçirdim. "Kendimi alamadım." diyorum ya, buna inanın! O kadar ilginç şeyler gördüm ki bir türlü uzaklaşamadım. Şahit olduğum her yeni şey, bir öncekinden daha sarsıcıydı. Şimdi düşününce bana da saçma geliyor ama hiç sektirmedim, 24 saatimi Benjamin'i ve yaptıklarını izleyerek geçirdim.

Onlar beni hiç görmedi, bense onlardan başka bir şey görmedim. Bunu nasıl yaptığımı sormayın rica ederim veya sorun isterseniz lakin ben de bilmiyorum, sizi temin ederim. Bildiğim tek şey, bütün detaylarıyla yaşanan her şeye öyle ya da böyle tanık olduğumdur. İşte bugün sizinle bu akla zarar, bu beyin almaz ya da sıradan olacak ama inanılmaz hikâyeyi paylaşacağım. Hiç şüpheniz olmasın ki zaman zaman araya girip kendi gözlemlerimi de aktaracağım.

İşte böyle başladı her şey. Böylesine bir iltifat daha önce ne görülmüş ne de duyulmuştu. Benjamin, bu hikâyeyi o kadar inanarak anlatıyordu ki onu hayranlıkla izleyen Isabella, şaşkın bir tebessümle yutkunmaktan başka hiçbir şey yapamadı. Hipnoz olmuş durumdaydı, kıpırdayamadı. Tam o sırada Benjamin, kıza biraz daha yaklaşarak;

— İnanmadıysanız ispatlayabilirim bunu size!

diye fısıldadı. Tamamıyla uydurma da olsa böyle bir efsanenin başkahramanı olan biri bunun için ispat beklemez, kanıt manıt istemez... Buna rağmen sırf merakından ötürü sadece,

— Olur.

diyebildi Isabella. Her ne kadar da mitolojiye, dinlere hatta felsefeye mantığa ters de olsa adamın anlattıkları, kadın yine de bu iltifatın büyümesini, egosunun şişirilmesini, bünyesinin şımartılmasını ve bu anlatılanların hiç bitmemesini istiyordu elbette. Daha ismini bile bilmediği kadına sordu Benjamin:

—Adınız neydi?

—Isabella...

dedi genç kız. Benjamin, daha kendi adını söylemeden ikinci soruyu sordu:

—Hangi yılda doğdunuz peki?

Bir nevi tarotçu gibiydi genç adam ama güzel kız cevap verdi. Benjamin cevabı biliyormuşçasına söze girdi:

—Bakın, aynı yıl doğmuşuz işte. Peki, söyler misiniz, bu bir tesadüf olabilir mi sizce?

Kız donuk donuk bakıyordu adamın yüzüne. Bu arada, Benjamin, 24 yaşında olan Isabella'dan beş yaş büyüktü ama kimse takılmadı oraya. Devam etti Benjamin:

—Hani O, "Bir de erkek yaratmam gerekiyor." demişti ya! Bak, biz aynı yıl doğmuşuz işte... Olmadı mı? Hı?

Benjamin'in bu şeytana pabucunu tersten giydiren iltifatları, Isabella'nın o kadar hoşuna gitmişti ki kahkahalarla gülmeye başladı. Benjamin, kızın az önceki donuk bakışlarını, hikâyenin son kısmını pek sevmediğine bağlasa da öyle değildi. Gerçi bunu ben de sonradan öğrendim. Isabella, biraz geç anlıyordu ve bu da onu aptal göstermiyor, aksine çok daha farklı bir şirinlik katıyordu gülümseyen pembe dudaklarına.

Sizin anlayacağınız; Benjamin, kaşla göz arasında Isabella'yı ele geçirmişti. Gerçi Isabella da sanki teslim olmak için böyle birini bekliyordu ya da beklemişti. Bu, belki bir zamanlar ilginç olabilirdi ama günümüzde son derece sıradan bir başlangıç bence. Olaydaki tek sıra dışılık, Benjamin'in anlattığı efsaneydi. O cümleleri nereden bulmuştu? Isabella ne yapmıştı da onun gibi bir vurdumduymazı, usta bir romantiğe dönüştürmüştü? İnanın bunu ben de anlamadım! Hiçbir şey yapmamıştı aslında. O tek başına kahvesini yudumluyordu bir köşede. Tanımadığı bir adam, birkaç güzel söz söylemiş ve kızı baştan çıkarmıştı göz göre göre. Durun! Haksızlık ettim. Benjamin'inkilere "birkaç güzel söz" demek cidden hadsizlik oldu. O hikâyeyi ben bile hipnoz olmuş gibi dinledim. Ah bağışlayın; az kalsın en nefes kesen cümleyi unutuyordum, kusura bakmayın.

— Tanrı, bence artık senden kopya almalı ve diğer kadınları sana bakarak yaratmalı!.. Aslında çok emin değilim. Belki de yapıyordur ama bunu bir kez daha başarabileceğini hiç sanmıyorum. Bu nasıl el, bu nasıl yüz, bu nasıl ten; Tanrı'm ne yaptın sen? Evet… Evet, evet; cennete sırf bu sorunun cevabını almak için bile gidebilirim.

demişti Benjamin Isabella'ya. Eminim, hiç kimse daha önce böyle şeyler duymamıştır; benzer şeyler de duymamıştır. Benjamin fazla iyiydi ve ona kayıtsız kalınamazdı. E, tabii sadece bu kadarla da sınırlı değildi Bay Knotterson. Buğday renkli pürüzsüz teni, onu ilk gördüğünüzde gözünüze çarpacak kadar ilgi çekiciydi. Benjamin, fiziksel özelliklerinin de farkındaydı elbette ve ona kolay kolay karşı koyan da çıkmamıştı o güne kadar. Yani bir masaya oturması ya da bir kadına "merhaba" demesi, yalandan reddetseler de onlar için bir lütuf kabul edilebilirdi.

Eskiden, adına "yıldırım aşkı" veya "şimşek sevdası" falan deniliyordu böyle şeylerin ama söylediğim gibi şimdilerde oldukça bayağı bir durum bu. Devamı ise çok daha olağan! Birkaç dakikada telefon numarasını aldığı kadını, ertesi gün arayıp saniyeler içerisinde randevulaştı ve derken tekrar buluştu. Böylece de size anlatacağım büyük aşk fiilen başlamış oldu.

Gördüğünüz gibi öykümüz çok karmaşık ya da öyle sanatsal falan değil. Sosyal medya üzerinden, birbirine fotoğraf göndererek evlenenlerin olduğu günümüzde, böyle aşkların saatler içerisinde alevlenmesi son derece normal ve oldukça da sıradan. Doğrusunu isterseniz bu beni çok da rahatsız etmiyor. Belki de öncekiler abartmış, olması gereken buymuş da belki kimse anlamamış. Süslü cümleler kurmayacağım bu yüzden. Gerçek neyse sadece onu anlatacağım; uzatmadan, abartmadan... Gerçi "abartmadan" diyorum fakat hakikatler bazen yüksek seviyede hatta kurgu ötesinde abartılı olabiliyor, o da ayrı.

Başlayalım artık bakalım bu giriş bizi nerelere götürecek lanet! Ah, bir de başlamadan söyleyeyim: "Lanet" benim en çok kullandığım kelimedir ama sanırım hep yanlış kullanıyorum. Bazen çok sevdiğimde, bazen hiç sevmediğimde; kimi zaman itici saydığımda, zaman zaman kışkırtıcı bulduğumda söylerim ben bunu. Alakasız yani. Editörüm, düzeltmek istedi fakat ben izin vermedim. E, bunu kullandığımda, ne manaya geldiğine de siz karar verin artık.

Ne diyorduk? Sosyal medya! Evet, bahsettiğim bu adamın herhangi bir hesabı yoktu oralarda. Zaten kadın da en çok bu yönüne vurulmuştu ismini zor öğrendiği, soyadını henüz bilmediği bu aykırı gencin.

Alevlenen aşkları sebebiyle her fırsatta bir araya geliyor ve harika zaman geçiriyorlardı. Katalog çekimleri için genelde şehir dışında olan ve şehre gelince de kanser hastası annesine bakmak zorunda kalan reklamcı gencin çok sık görüşemediği kadın, onsuz geçen günlerden nefret ediyordu. Hangi ara bu kadar âşık oldu, ne ara bu kadar sevdi bilinmez ama cidden o derece tutulmuştu genç kız, delikanlıya...

Aradan haftalar geçmesine rağmen Benjamin hâlâ kafedeki o adamdı. O gün yaptığı romantik konuşmadan çok daha efsane şeyler yapıyordu Isabella'sına. Benjamin "kadınım" diyerek sevdiği Isabella'yla birlikte olmak istiyordu ama o, bunu kabul etmiyordu. Isabella, kuralları olan bir kadındı. Evlenmeden önce bunun asla mümkün olamayacağını söylüyordu mesela. Bu durumda da öpüşmek dışında hiçbir şey yapmıyorlardı...

Benjamin, çok kadın tanımıştı lakin o başkaydı. Israrla "Hayır." demesinden midir bilinmez, daha değerli oluyordu Isabella onun gözünde. Olağanüstü bir kızdı, sürekli evlenmeyi gündeme getirmesi dışında da bir kusuru yoktu Benjamin'in nezdinde. Evlenme bahsi her açıldığında Benjamin, serçe parmağındaki deri görünümlü fitil ipi göstererek ona evli olduğunu söylüyordu:

– Bu benim alyansım, fark etmiyor musun?

Kadın buna tabii ki inanmıyordu.

– Parmağına ip dolayan herkes evli olsaydı, hem de serçe parmağına...

diyordu.

– Evlenemem. Gerçekten evlenemem Isabella...

diye itiraz ediyordu Benjamin.

Parmağındaki ipin alyanslığına inanmamasına gelince ne yazık ki işin bu seviyelere gelebileceğine pek ihtimal vermeyen Benjamin, daha önce bu ip hakkında konuşmuştu Isabella'yla. Bunun bir hayal ve hatırlatma ipi olduğunu ve çocukluğundan beri taktığını söylemişti. Hani, eskiler bir şeyi unutmamak için "Parmağınıza ip dolayın." derler ya! Bu, onun gelişmişiydi işte. İpin altındaki üç düğümün ise bir tesadüf olmadığını, her düğümün bir anlamının olduğunu söylemişti Benjamin. Birinci düğüm "hatırla", ikinci düğüm "hayal et", üçüncü düğüm ise "sır tut" demekti Benjamin'e göre. E, böyle olunca da genç adam unutmaması gerekenleri asla unutmuyordu.

Benjamin, hemen hemen tanıdığı her kadınla cinsel birliktelikler yaşamıştı. Hepsi evlenme peşindeydi ama hiçbiri Isabella kadar abartmamıştı bunu. Öncekiler sevişmişti Benjamin'le ve alacağını alan adamın, onlarla olan aşkı da böylece bitmişti. Isabella bir türlü bitmiyordu; Benjamin'in tam anlamıyla elde edemediği ilk kadın oydu ve bu onda çok daha şiddetli bir sahip olma isteği oluşturuyordu. Belki de Benjamin'in o şairane ruhunu sürdürmesinin en büyük sebebi, onun cinsel arzularına "Hayır." demesi olabilirdi ki adam bildiğiniz kıvranıyordu Isabella'nın karşısında.

Haftada birkaç gün de olsa evlenmek istediği adamın yanında kalmaktı Isabella'nın niyeti ancak onu canından bezdirmişti. Benjamin kararlılıkla karşı koyuyordu bu inada. Bahanesi de hazırdı:

– Annemi bırakamam. O çok hasta ve bana ihtiyacı var; yapamam!..

Annesiyle bu kadar yakından ilgilenmesi, bu yüzyılda zor rastlanan, örnek bir davranıştı; herkes onun gibi olmalıydı. Sırf evlenmemek için ortaya sürdüğü her bahane, güzel kızı daha da bağlıyordu Benjamin'e. Bir keresinde,

– Yaa, benim çok borcum var. Mafya girdi işin içine, mali polis de peşimde...

demişti. İnanamayacaksınız ama kadın bunları duyunca bırakın evlenmekten vazgeçmeyi iyice âşık oldu Benjamin'e ve ona şöyle dedi:

– Aşkım sen ciddi misin? Öyleyse artık kesin evlenmeliyiz. Bütün sorunları beraber aşmalıyız. Sonsuza kadar yanındayım sevgilim ve seni asla bırakmayacağım.

Benjamin, çok sinirli olduğunu söylese bu sefer maço erkek sevdiğini söylüyordu Isabella. Benjamin, çok yumuşak başlı birisi olduğunu söylese bu defa da böyle oluşunu seviyordu... Ne olursa olsun, onun yüreğinin çok güzel olduğunu söylüyordu genç kız. Isabella, son buluşmalarında, bu iyi yürekli adamın hasta annesine kendisinin bakabileceğini söyledi. Bunu söyledi çünkü onsuz yaşayamıyordu hele de yasadışı bir birlikteliği asla kabul edemiyordu. Annesine bakmayı teklif etmesine rağmen hâlâ anlamsız bir şekilde evlenmeyi reddeden büyük âşığa bu sefer iyiden iyiye sinirlenen Isabella,

– Bundan sonra ancak rüyanda görürsün beni!

dedi ve bitirdi ilişkisini. Az önce deli gibi seven kız sanki buhar oldu bir anda. Bu, hiç beklemediği bir şeydi. Benjamin onun aşkını düşününce asla gidemeyeceğini sanıyordu ama öyle olmadı, çekti gitti kız hem de arkasına bile bakmadan. Isabella, fazla inatçı ve aşırı derecede sabırsız bir kadındı; Picasso'ya poz verse mesela, az sonra tarihe geçeceğini bilmesine rağmen o anda bir şey olsa ya da sıkılsa son fırça darbesine beş kala kalkabilirdi Pablo'nun koltuğundan.

Benjamin, uzun zamandır ilk defa üzülmenin nasıl bir duygu olduğunu yeniden hatırladı. Ne yapacağını bilmiyor, kara kara düşünüyordu. Pes etmeden defalarca aradı ama asla ulaşamadı kıza. Onu öyle bırakacak, yakasından hemen düşecek değildi. Aramayı bırakıp kapısının önünde bekledi. Türlü şebekliklerle âdeta bir gölge gibi yanında yürüyerek canından bezdirdi ve nihayet son bir kez konuşmaya ikna etti onu. Bu arada, oldum olası bu son kez konuşma saçmalığını anlamam lanet. Gittiğinden gidersin işte; son şansa, bir daha deneyelimlere, aslında sen yanlış anladınlara ne gerek duyarım ne de inanırım ben.

Benjamin, bu son görüşmelerinde; kıza artık bayat gelen aynı gerekçeyi tekrar etti:

– Aşkım sana tapıyorum ama annem çok hasta, onu bırakıp da evlenemem ben. Lütfen anla artık!

Benjamin, Isabella'nın ona hak vereceğini zannediyordu ama hiç de öyle olmadı; işler iyice sarpa sardı. Kadın, hiç beklenmedik, tehdit dolu tepkisini şu şekilde dayattı:

– Onu bunu bilmem! "Son kez" dedin, geldim. Son sözümü de söyledim. Şimdi seni uyarıyorum: Sakın beni bir daha rahatsız etme yoksa savcılığa bildiririm seni! Tanrı, benim için seni yaratmış olamaz Benjamin! Artık inanmıyorum sana, şimdi defol git başımdan!

Hayatının yarısını dizi film izleyerek geçiren Isabella kız, bu repliği bir filmden duymuştu lanet ve o da o tür filmleri izleyen genel güruh gibi oradakileri gerçek sanıyordu. Haksız da değildi ve istediğini elde edecekmiş gibi görünüyordu. Çareleri tükenen Benjamin, kadının evlenme teklifini hem de hiç itirazsız kabul etmek zorunda kaldı. Bu kız onun olmalıydı çünkü bir daha da hiçbir kadını o kadar çok sevebileceğine inanmıyordu. Bu uğurda feda edeceği ne varsa vazgeçebilirdi, vazgeçti de...

Bana,

– İnsanların ömürleri boyunca yaptıkları tek hata nedir?

diye sorsalar hiç düşünmeden,

– Bunu defalarca deneyimlemelerine rağmen ellerine geçirdikleri her fırsatı, her seferinde son sanmalarıdır.

derdim. Benjamin, böyle bir hatayı belki bininci kez yapmıştı. Belki de ilk defa doğruyu yapıyordu; bunu, o an ne kendisi ne de Isabella biliyordu.

Bu evlenme kararından sonra artık çok daha sık görüşüyor ve birlikte aşk büyütüyorlardı anbean. Her şey çok hızlı gelişiyordu. Öyle ki birkaç gün içinde sıra düğün hazırlıklarına kadar gelmişti.

– Düğün yapmayalım! İnan parayı düşündüğümden değil, ben sevmiyorum kalabalıkları. Şöyle, kendi aramızda güzel ve mütevazı bir nikâh yapalım, olsun bitsin sevgilim. Hem bizim kimimiz kimsemiz de yok; bir annem, bir ben.

dedi Bay Yokuş fakat kız bunu da hiç sevmedi:

– Senin kimsen olmayabilir ama benim bir ailem var Benjamin.

Her genç kız gibi evlenme meraklısı olan bu kadın, çocukluğunun geçtiği mahalledeki o beş yıldızlı otelde düğün istiyordu hem de şöyle en gösterişli olanından... Benjamin buna yanaşmadı ancak kız onu tekrar tehdit edince işler yine değişti.

Reklamcılık yapıyordu, durumu oldukça iyiydi; esasında cömert de biriydi lakin bu otel konusundaki cimriliği anlaşılır gibi değildi. Doğrusunu isterseniz bu durum iyice sinir ediyordu sadece teniyle bile dünya güzelini sınıfta bırakacak kusursuzluktaki Isabella'yı... Sahi, ben size Isabella'dan hiç bahsetmedim, öyle değil mi? Ah ben! Bir anlatmaya başladım mı her şeyi birden anlatmak istiyorum işte. Sonra da böyle oluyor. Aslında buraya dek anlatmayışım, kafamın karışmasından değil; onu kıskanmamdandı. Bu kadar sayfa dayandım ama onu size anlatmasam kafanızda canlandıramayacağınız için bundan sonra anlatacaklarım yavan kalır.

Evet Isabella. Isabella, kimsenin kolay kolay göremeyeceği kadar güzel bir kızdı. Onu bir kere görebilseydiniz Benjamin'in kafede anlattığı hikâyenin gerçek olduğuna hem de cennetine bahse girerdiniz. Kusursuz vücudunu tarif edemem inanın. Kıskandığımdan değil, kelime bulamadığımdan... Elimde imkân olsaydı onu herkesin görmesini isterdim ya da kimsenin görmemesini... Aslında ikincisi daha mantıklı çünkü onunla bir erkek olarak bir kez karşılaşsanız belki de bir daha başka hiçbir kadına bakmazdınız. Bu yüzden size bu kötülüğü yapmak istemezdim. Eğer bir kadın olsaydınız biraz olsun ona benzemek için makyaj yapardınız.

Bir kuş olsaydınız onun omzunda yaşardınız. Bir dağ olsaydınız sadece ona görünmek isterdiniz. Ya ne bileyim bir kibrit çöpü olsaydınız sizi onun yakmasını isterdiniz. Olmuyor, hayır olmuyor! Onu tarif etmeyi beceremiyorum lanet! O kumraldı, o esmerdi, o sarışındı; o her bir şeydi... Yok, yine olmuyor gerçekten. Vazgeçtim! Hanımlar beyler, şu an abarttığımı veya bu konuyu fazla uzattığımı düşünenlerin sorunu ne biliyor musunuz? Onu görmemiş olmaları! Hey, kime diyorum ben? Neyse geçtik lanet!..

Her şey çok iyi gidiyordu ve artık ailelerin tanışması gerekiyordu ama Bay Yokuş buna da ayak diredi ancak sonuç tabii ki değişmedi. Kız yine ikna etti ve lıkkıdı lıkkıdı yola düşürdüğü damat adayını, önce kendi annesinin yanına götürdü.

Isabella'nın annesi, zengin damadını görür görmez çok sevdi. Çalışkan biri olmasa fotoğrafçılıktan bu derece büyük para kazanabilir miydi? Damadı olacak bu gencin maddi durumu, tam olmasa da Isabella'nın ailesininkine yakındı. Güngörmüş kadın, sadece bu evliliğe onay vermekle kalmadı; onlara düğün hediyesi olarak adına "ev" dedikleri bir de şato armağan etti.

Şimdi sıra Isabella'nın müstakbel kayınvalidesiyle tanışmasına gelmişti. Benjamin hiç sevmiyordu bu ritüelleri. Biliyorum, onun her şeye sürekli itiraz etmesinden siz de sıkıldınız ama bir yazar olarak buna yapabileceğim hiçbir şey yok! Doğrusunu isterseniz bu durumdan ben de sıkıldım ama elden bir şey gelmiyor işte. Gerçi düşününce sevdiği kadına söyledikleri çok da saçma değildi:

— Aşkım, annem hasta; çok hasta... Yalnız kalmak istiyor ve bu konudaki baskılardan da hiç hoşlanmıyor. Bu yüzden, yıllardır yapayalnız...

Isabella sinirlendi:

— Hasta bir kadını nasıl yalnız bırakırsın? Ben onu tek başına bırakamam. Beni hemen oraya götürüyorsun, şimdi!

Benjamin sanki sonradan hatırlamış gibi,

— Aşkım, geceleri ben gidiyorum ya işte! Gündüz de bakıcısı var. "Yalnız" dediysek o kadar da demedik!

deyince rahatladı Isabella. Benjamin, gerekçelerini açıkladı:

— Benden ve sadece gündüzleri yanında duran bakıcısından başka kimseyi görmek istemiyor. Neden rahatsız edelim? Hem şimdi o çok gururludur. Hastalığı görünmeyi de asla kabul etmez! Kameralarla 24 saat gözlem altında tutuluyor zaten. Dilim varmıyor söylemeye, bir türlü de alışamadım ama her an ölebilir annem. Kahretsin ki ölebilir... Lütfen anla! Yoksa neden götürmeyeyim, 10 dakikalık yer? Gereksiz yere yormak istemiyorum kadını. İyi görünmek için onu rol yapmak zorunda bırakmayalım. Sonra bir ay kendine gelemiyor!

Bir müddet sessiz kalan kız, birazdan sanki Benjamin bunları hiç anlatmamış gibi konuştu:

– Hayır efendim! O benim kayınvalidem; ben bakar, iyileştiririm onu. Hem sen bize karışma! Biz kadın kadına anlaşırız.

Bu işten kurtulamayacağını anladı Benjamin ama annesinin olası tepkilerini bildiği için de şöyle bir açıklama yaptı:

– Tamam aşkım, sen kazandın ama şunu bil ki annem hiç hoşlanmayacak bundan çünkü kimseye hasta görünmek istemez o. Şimdi bana bir söz ver! Gideceğiz fakat bu ilk ve son olacak! Hem sen benimle evleneceksin, annemle değil... Son günleri ve yalnız kalmak istiyor, lütfen anlayışlı ol!

Gelin adayı, nihayet Benjamin'i haklı buldu ama söz veremeyeceğini söyledi. Bunun üstüne Benjamin de,

– Anlaşıldı. Sen onu yine rahatsız edeceksin. Bak anlaşalım! Eğer gerçekten de gitmek istiyorsan gözlerini bağlamamı kabul edeceksin, itiraz kabul etmiyorum!

dedi sert bir şekilde. Isabella, bu kez haddini aşmadı ve Benjamin'in bu isteğini kabul etti.

Ertesi gün; Benjamin, pek memnun olmasa da sevgilisini tanıştırmak için annesine götürdü. Isabella'nın kapalı gözlerini asansörde açtı. 14 katlı bir binanın son katında yalnız başına yaşayan gururlu kadın, canlı görünmek için soluk tenine hafif bir makyaj yapmıştı; yaşıtlarına nazaran son derece sağlıklı görünüyordu. Etraftaki kameralar sinir bozucuydu ama aldırış etmedi Isabella buna. Hem yaşlı kadının motivasyonunu artırmak hem de kendini ona sevdirmek için,

– Efendim, çok özür dilerim ama kameralar falan da var ya, böyle aktris gibisiniz ve benden daha genç duruyorsunuz.

dedi. Yaşlı kadın, imalı bir şekilde oğlunun suratına baktı. Benjamin yerinden fırladı ve gülümseyerek.

– Stop! Baştan çekiyoruz.

dedi. Gülüştüler... Pot kırdığını anlayan Isabella, tekrar elini tuttuğu kadının gözlerine bakarak.

– Anneciğim, gerçekten muhteşemsiniz.

deyince. Kadın, yüzünde topladığı "Biz ne günler gördük!" ifadesiyle bir hanımefendiye yakışır şekilde gülümsedi sadece. Isabella'nın karşısında, onu ilk defa gördüğü hâlde güzelliğine hayret etmeyen bir kadın vardı. Genç kız, bayıldı kayınvalidesine ama sevgilisinin yüzündeki üzüntülü ve kaygılı bakış hiç değişmedi. Isabella, sevdiği adama verdiği sözü unutarak kayınvalidesine,

– Annecim, biz evlenince artık bende kalacaksınız asla itiraz kabul etmem. Oğlunuz ne kadar inatçı olduğumu bilir!

dedi gülümseyerek. Asil kadın,

– Sağlık olsun yavrum. Siz beni düşünmeyin, mutlu olun yeter!

derken gözleri doldu. Benjamin, yakında evleneceği kadına kafasıyla,

– Hadi gidelim, annemi daha fazla yormayalım.

anlamına gelen bir işaret yaptı. Gelin adayı,

– Bari bir bardak su vereyim anneme de öyle gidelim. Bu ne ay? Yangından mal kaçırır gibi...

dedi gülerek ve mutfağa gidip bir bardak suyla geri geldi. Suyu, yaşlı kadına uzattı sonra da elini öptü ve giderayak,

– Bizimle kalacaksın anneciğim, ona göre. Hem burası çok gürültülü! Nefret ederim tren sesinden!.. Üstelik bizim evimizin bahçesi de var, rahat edersiniz.

dedi. Kadın bütün kibarlığıyla,

– Sağlık olsun yavrum. Siz beni düşünmeyin, mutlu olun yeter!

dedi gelinine tekrar. Dışarı çıktılar. Isabella,

— Hasta olduğunu bilmesem rol yapıyor sanacağım neredeyse. Yaa, muazzam bir annen var Benjamin; âşık oldum...

dedi. Böylece tanışma fasılları da bir şekilde bitmiş oldu.

Sıra, diğer tanışmalara ve nişanlanma kısmına gelmişti. Yolda bu prosedürü konuştular. Kadının her dediğini kabul eden yetim damadın tek isteği vardı, verdiği sözleri tutmayan patavatsız sevgilisinden:

— Biliyorsun, benim babam yok Isabella! Annemi de gördün, rahatsız. Lütfen şu tanışma seremonisini geçelim bari de annemi hiç yormayalım buralara kadar.

Kız, az önce verdiği sözü tutmamış, alenen de patavatsızlık yapmıştı. Artık bu teklifi zor da olsa kabul etmeliydi, etti de. Zaten "evlenmek için ailelerin tanışması" bir gelenekti, olmazsa da olurdu. Hem her dediğini yapan kibar erkeğinin bu tek isteğini de kıracak durumda değildi. İçinden,

— Sonuçta hasta kadın, bizlerle görüşmek istememesi belki de daha iyidir. Kayınvalide derdim de olmaz... Ya, ben kötü bir insan mıyım acaba?

diye geçirmeden de edemedi. Öte yandan, gözleri kapalı gidip geldiğinden zaten bir daha bulamayacaktı evi. Bu durumda da kocası hiçbir zaman annesiyle ilgilenmediği için ona surat asamayacaktı. Biraz düşününce de esasında bu, Isabella için iyi bir şeydi…

Birkaç gün sonra bir akşamüstü iki parça iple eve gelen Benjamin; kızın annesi, dayısı ve birkaç yakın akrabasının şahitliğinde nişanlandı âşık olduğu kadınla. Benjamin, kendi farkını alyans yerine özel bir iple gelerek ortaya koymuştu. Aşırı olmasa da zengin sayılan adamın nişan için bir ip getirmesini kimse yadırgamadı. O, iki alyansın parasından kaçınacak kadar ucuz bir adam değildi çünkü. Herkesin yaptığını yapmaması, sanatçı kişiliğine de uyuyordu. Isabella'nın dikkatinden, Benjamin'in serçe parmağındaki eski ipi çıkardığı kaçmamıştı. Unutmaması, hayal edip hatırlaması gereken tek şey, yüzük parmağına bağladığı Isabella'ydı şimdi. Bu detayı bilen yoktu. Gelinin mutluluktan değil de baba evinden gideceği için ağladığını sandılar. Oysa o iple artık kocası olacak adama sımsıkı bağlandığı için mutluluktan ağlamıştı Isabella.

Her şey mükemmel gidiyordu. Genç kız, her geçen gün biraz daha âşık olduğu Benjamin'e artık sadece nikâh konusunda baskı kuruyordu ki başka da bir konu kalmamıştı zaten. Gel gelelim, bunun için bir türlü gün bulamıyorlardı. E, metropolde yaşamanın o kadar da zorluğu olacaktı elbet.

Benjamin, nikâh için uygun bir tarih alamayınca nişanlısına durumu şöyle izah etti:

– İnan, her yere gittim ama bir tek boş gün yok! Delireceğim. En erken beş ay sonrasına gün veriyorlar aşkım. Ben beklemekten yanayım lakin ısrar edersen sana da bir şey diyemem...

Beklemeye tahammülü yoktu Isabella'nın:

– Evlenelim, nikâhı daha sonra da yaparız.

Benjamin'in itirazları kâr etmedi. Dışarıdan bakan biri için Isabella'nın bu hâli cidden şaşırtıcıydı. Sekiz aylık hamile bir kadının aceleciliği vardı onda âdeta. Benjamin,

– Düğünü beş ay sonra yapsak ne oluyor ki bir yere mi yetişeceğiz anlamıyorum?

dese de kabul ettiremedi bunu. Her şey çok hızlı oluyordu ve bu ciddi bir tedirginliği de beraberinde getiriyordu... Açıkçası, ben Benjamin'in bu durumuna acıyordum.

– Evlenmeden böyleyse evlenince nasıl olur?

diye düşünmeden edemiyordum ama anlaşılan işin bu kısmını sadece ben düşünüyordum. Bu konu Benjamin'in asla düşünmediği bir şeydi zira o evlenmek konusunda çoktan ikna olmuştu bile.

Birkaç gün içerisinde düğün için tarih alındı otelden. Günler akıyordu ama Benjamin asla annesini ihmal etmiyordu. Kurulmuş saat gibiydi. Söz konusu annesi olunca da nişanlısı ona izin vermek hususunda problem çıkarmıyordu ve asla çıkarmayacaktı da.

– Elbette aşkım. Annen sonuçta! Bu konuda sana baskı kuramam. Evlendikten sonra da istediğin zaman kalabilirsin annende...

diyordu yeryüzünün en güzel inatçısı sanki ona bir iyilik yapıyormuşçasına ki buna ta en başından izin vereceğine dair sözler vermişti. Ancak Isabella, bunu dahi kullanabilecek kadar kurnaz bir kadındı.

Bir hafta sonra kadının hayalindekinden çok daha muazzam bir düğün töreni yapıldı istediği otelde. Damadın burukluğunu saymazsak herkes çok mutluydu. Elbette üzüldüler onun bu yalnız ve kimsesiz hâline ama bunu ona hiç hissettirmediler. Hatta,

– Üzülme yavrum, biz akrabayız artık. Kocaman bir aileyiz biz. Dualarımız annen için...

diyerek onun yalnız oluşunu dert etmemesi gerektiğini söyledi kızın yakınları. İçlerinden biri medikal onkologtu ve annesinin tedavisini üstlenebileceğini söyledi ama Benjamin, teşekkür ederek reddetti bu nazik teklifi. Bu konudaki ısrarları kibarca geri çevirdi. Benjamin'in gururlu bir adam olduğunu biliyorlardı, annesinin tedavisini yaptırmaktan hiçbir şekilde kaçınmayacağını da... Eğlenceli geceye vakur damadın bu davranışı damga vurdu. Ne kadar da asil bir insandı, herkes bunu konuştu ve ondan övgüyle bahsetti.

Düğün bitmişti. Isabella, kocasına kavuşmuş ve nihayet Benjamin de Isabella'yı koynuna almayı başarmıştı. Belki de genç kadın daha önceden Benjamin'in birlikte olma teklifini kabul etseydi bu düğün hiç olmayacaktı.

Konuyla pek alakalı değil ama şunu söylemek istiyorum. Şayet kadınlar da erkekler gibi açgözlü olsalardı herhâlde kimse evlenemezdi. Kadının, erkek kadar sekse düşkün olmayışı ve ilk gecenin heyecanını bekleme isteği ya da en azından çok da fazla ileri gitmemek konusundaki dirayeti; erkeği, muzun peşinde koşan maymuna çeviriyordu. Evlenme eylemi de esasında o "muz" için gerçekleşiyordu işte. Gelişmiş toplumların, cinsellik konusundaki rahatlığı sebebiyle lügatlerinde "beraber yaşamak" diye bir kavram vardır... Aşmış toplumlarda evlilik o kadar da önemli değildir bu yüzden. Evlilik dışı cinsel yaşam, çok da anormal karşılanmadığı için çoğunlukla herkes istediğini alır, bir müddet sonra da başka birileriyle yaşanmaya devam edilir. Elbette bunu övmüyorum hatta bu konunun çekirdek aile yapısını ve doğal olarak da toplum psikolojisini altüst ettiğinin de farkındayım lakin şu an bahsettiğim şey çok başka, gerçek mesajı almanız umuduyla...

ikinci nefes

ikinci nefes

ikinci nefes

Beş gün süren balayının ardından muhteşem evlerine geri döndüler. Isabella'nın mum merakı vardı. Oturdukları oda oldukça büyük mumlarla aydınlatılıyordu. Gerçekten de romantizm, zirveleri zorluyordu. Bu arada, az önce "şato" dedim ama bu ifadeyi "butik bir şato" diye düzeltmek daha doğru olacak çünkü evde hizmetçi veya uşak falan yoktu. Haftanın belli günleri temizliğe gelen bir kadın ve iki ayda bir kere peyzaj düzenleme için gelen bir bahçıvan vardı sadece. Kısacası, güzel bir yaşam alanının içinde yaşayan, iki kişilik sevimli bir aileydiler.

Tatiller dinlenmek içindir ama aynı zamanda insanı yoran organizasyonlardır da bunlar. Hafif bir müzik eşliğinde, kırmızı şaraplarını yudumlayarak bir yandan evliliklerinin tadını çıkarıyor, diğer yandan da dinlenmeye çalışıyorlardı. Gecenin ilerleyen saatlerinde, Isabella'nın uykusunun geldiğini fark eden Benjamin,

– Sevgilim, ben annemin yanına gidip biraz onda kalayım, gelirim sonra; ne dersin?

dedi ve evden ayrıldı. Çiçeği burnunda gelin buna itiraz edemezdi çünkü kocasının, annesine olan düşkünlüğünü biliyordu... Fakaaat onun bilmediği feci bir şey vardı, çok feci! Merak ediyor musunuz peki? Ben olsam çok merak ederdim zira Benjamin'i en iyi tanıyanlardan birisi benim. Buna rağmen eminim ki şu an aklınıza hiç kötü bir şey gelmiyordur ama artık bu kadar saf olmayın! Bunu neden söylüyorum, biliyor musunuz? Benim de aklıma kötü olan hiçbir şey gelmemişti, ta ki o güne dek; Isabella'nın da gelmemişti...

Benjamin, tarihte eşine zor rastlanabilecek cinsten bir yalancıydı ve Isabella, hiç farkında olmadan hem nikâh için beş ay dahi bekleyemeyecek kadar çok sevdiği bir gençle hem de usta bir yalancıyla evlenmişti.

– "Anneme..." diyerek işe gitmişti.

demeyi çok isterdim ya da,

– Evden çıkıp biraz yalnız kalmak için böyle demişti.

demeyi ama onun yalancılığı asla bu kadar masum değildi ve doğrusunu isterseniz götün tekiydi Benjamin. Ağzımı bozdum af edersiniz ama emin olun siz bu kitabı okurken çok daha fazlasını söyleyeceksiniz.

Bir defa, onun annesi falan yoktu ve size vereceğim haberlerin iyi olanıydı bu. Kötü haberse o, her "Anneme gidiyorum." diyerek sevgilisinden izin aldığında hep 3 yıldır evli olduğu kadının yanına gidiyordu. Evet, Benjamin evliydi ve inanın bu onun en hafif yalanıydı. Keşke bu kadarla sınırlı kalsaydı! En azından,

– Ne yapalım, adam sevmiş; bunu da aşkından yapmış. Gönül bu!..

diyebilirdik. Onun kandırdığı sadece Isabella da değildi üstelik. En son,

– Çekime gidiyorum...

diyerek evden çıkıp beş gündür hiç eve gelmeyen, evlenmeye giden Benjamin, nikâhlı karısını ve henüz meme emme çağındaki kızı Mona'yı da kandırmıştı. Onları tek başına bırakarak gittiği için tepki veremeyecek kadar küçük olan yavrucak ağlarken annesi ateş püskürdü çocuğunun babasına:

– Beş gündür neredesin Tanrı Aşkına? Bana bunu izah et Benjamin! Bak, bu çocuk günlerdir sana ağlıyor.

Benjamin, karısının bu serzenişine; oldukça sakin ama alabildiğince ucuz bir yalanla cevap verdi:

– Lütfen bana bir şey sorma, çok yorgunum! Beş gündür gece demedim, gündüz demedim çalıştım. Ne için peki? Yavrum için, senin için ama şu gördüğüm muameleye bak! Utanmasan "Hayatında başka kadın var." diyeceksin. Sana hiçbir şey demiyorum Liza, yazıklar olsun!

İyi de evli bir adamın; başka bir kadınla birlikte yaşaması, karısını aldatması, başkalarıyla fingirdeşmesi bir şekilde kotarılabilirdi de onun durumundaki biri, bir başkasıyla evlenip bu yalanı, bir ömür boyu sürdürebilmeyi nasıl başaracaktı? Benjamin, karısına çemkirdikten sonra telefonunu onun hemen yakınında duran sehpanın üzerine bırakarak duşa girdi. Karısı onun,

– Sizin için çalışıyorum.

cümlesini düşündü utanarak. Ya haklıysa ya gerçekten adam beş gündür sadece çalıştıysa? Bunu yapar kadın, biliyorsunuz! Hani zencilerin baldırında ekstradan bir kas olduğu ve bunun için iyi koştukları söylenir ya! Kadınlarda da ekstradan bir sağduyu fazlası olduğuna inanırım ben. Hiçbir şekilde inanmasalar bile yine de vicdanları onları bir kez daha düşünmeye iter. Zaten böyle olduğu için de kadınları erkeklerden daha çabuk kandırabilirsiniz. Belki bu, başlarına gelen olaylara inanmak istememelerinin bir sonucudur. Belki zencilerde de öyle bir kas yoktur ama sonuç değişmiyor: Zenci hızlı koşar, kadın hızlı kanar. Liza da işte tam bu hâldeydi. Kocasının doğru söyleyip söylememe ihtimalini düşünmek zorundaydı. Ah, bu arada, az önce bahsettiğim kadındaki bu vicdan şeysinin yanı sıra Tanrı onlara, bu durumdan çok da fazla zarar görmemeleri için bir yazılım daha yüklemiştir yaratırken. "Şeytan şaşırtan" adındaki bu şey; bütün erkeklerin defalarca şahit olduğuna inandığım ve sadece kadın DNA'sında yüklü bulunan bir yazılımdır.

Yeri gelmişken Benjamin'in üç yıldır evli olduğu Liza hakkında da birkaç kısa bilgi vermek istiyorum sizlere. Benjamin, unutmuş olsa da muhteşem bir kızdı Liza. Gizemli bir yüzü ve Isabella da dâhil olmak üzere dünyadaki hiçbir kadında olmayan fazla güzel gözleri, tarif edilemeyecek kadar muazzam bakışları vardı onun. "O, sanki güzel göz ve anlamlı bakışın farkını insanlara göstermek için yaratılmıştı." desem eminim tanıyanlar hak verirdi bana. Şu kadarını söylememe müsaade edin! Onun birer sanat harikası olan gözlerini görseniz Tanrı'nın varlığı için başka delile ihtiyaç duymazdınız. Eminim; doktorlar, kadından gerçekten anlasalardı böylesine kusursuz bir yüzün tesadüfen oluştuğuna inananlar için bir hastalık ismi icat eder, bunu da literatüre sokarlardı. O kadar ki onunla beş saniyeden fazla göz teması kurduğunuz zaman âşık olabilirdiniz.

Bunu bilen Liza, ego yapıp bunu kullanmak yerine; insanlarla göz göze gelmekten kaçınırdı. Yüzünü saklamak için kapüşonlu montlar giyer, başını önüne eğerek yürürdü. Böyle davranıp sosyal olmayı başarabilmesi de ayrıca dikkate değerdi ki ondaki bu dehayı ve sıcakkanlılığı çok az insanda görebilirdiniz. Bir konuda karar verdi mi sonuna kadar gider ve elde ettiği başarılarla dudak uçuklatırdı. Çok iyi at binerdi mesela. Okçuluk takımındaydı örneğin ve çok sayıda da derecesi vardı. Doğrusu yetenek ve zekâ gerektiren işlerde genel olarak başarılıydı Liza. Satrançta rakibi yoktu; oynarken hızlı düşünür, sarsıcı hamleler yapardı. Detaycıydı. Erkeklerin ilgi odağıydı ama doğruyu söylemek gerekirse zor kadındı, en zor. Gel gör ki evlendikten sonra Benjamin'in onu ihmal etmesinden ötürü ciddi bir değersizlik sarmıştı ruhunu. Hele de anne olduktan sonra bir "işe yaramazlık sendromu" çökmüştü ki üstüne sorma gitsin. Haftanın en fazla iki günü zar zor eve uğrayan, her seferinde ateş almaya gelmiş gibi davranan ve evde neredeyse tek kelime dahi etmeyen kocası, gerçekten de bütün ayarlarını bozmuştu henüz 23'ünde olan genç kadının. Isabella'nın güzellik bakımından onu gölgede bırakmasının sebebi de aslında buydu yoksa hiç aşağı kalır yanı yoktu Liza'nın Isabella'dan ancak o günler geride kalmıştı çoktan ve Liza, klasik bir anne olmuştu. O kadar ki o artık sadece fazlaca hiperaktif olan kızı için yaşamakta, ailesi için nefes almaktaydı.

Liza, her zamanki gibi yine başını önüne eğip düşüncelere dalmışken banyodan gelen su sesini duydu; Benjamin duşa girmişti. Yerinden kalktı ve onda da yüklü bulunan o şeytan şaşırtan yazılımının etkisiyle hiç âdeti olmayan bir şey yaptı. Tuş kilidinin şifresini dahi bilmediği telefonu, sehpanın üzerinden aldı ve ekranına baktı. Ekranda bir kadının fotoğrafı vardı ve bakın şu işe ki telefonun tuş kilidi de yoktu o gün. Gördüğü fotoğrafla neye uğradığını şaşıran kadın, bunun az sonra izleyeceği filmin bir fragmanı olduğunu nereden bilebilirdi. Şaka gibiydi ama şaka değildi ve telefonda yüzlerce fotoğraf, onlarca video vardı. Bunlar ne yazık ki Benjamin'in düğününden geriye kalanlardı: Gelinlikli bir kız ve papyonlu Benjamin'in mutluluğu!.. Peki, Benjamin böyle bir hatayı nasıl yapmış olabilirdi? Bu hata onun zekâsına yakışmıyordu gerçekten de! Telefonu sehpanın üzerinde bırakması anlaşılır gibi değildi, balayına giderken kaldırdığı tuş kilidini yeniden kurmaması ise daha da beterdi. Gerçi bunlar önemini yitirmişti çoktan! Şimdi düşünülmesi gereken tek şey, onun bu işten nasıl sıyrılabileceğiydi.

Sıyrılamazdı çünkü Liza ancak şeref konuğu olsaydı kocasının düğününü bu kadar detaylı izleyebilirdi. Bütün fotoğraflara defalarca baktı, gözlerine inanamadı; çılgına dönerek bağırmaya başladı kadın. Benjamin'in başı bu sefer büyük beladaydı. Türklerdeki şu çekirgenin üçüncü sıçramasına ilişkin atasözü sanki bugün için söylenmişti. Tek fark vardı; bu Benjamin'in üçüncü değil, belki üç yüzüncü sıçrayışıydı ama artık bitmişti. Çığlık seslerine bornozuyla banyodan çıkan Benjamin, ne olduğunu anlayamadığından mıdır bilinmez gayet sakindi:

– Ne oldu aşkım, neden bağırıyorsun?

Sinir krizi geçiren ve sütü memesinde donan kadın,

– Bir de utanmadan soruyor! Resmen evlenmişsin aşağılık herif! Bunu bana nasıl yaparsın; nasıl, nasıl, nasıl?..

diyerek hesap sorarken Benjamin,

– Sakin ol aşkım, bir şey yok; evlendim sadece.

dedi. Bu nasıl bir pişkinlikti? Bir erkek bunu karısına nasıl bu kadar rahat söyleyebilirdi? Hadi söyledi diyelim, bunu nasıl bir mantığa büründürecekti ki Benjamin acaba?

– Bir şey yok, evlendim sadece!

diyordu hiçbir şey olmamış gibi. Zaten sorun evlenmiş olmasıydı ve o da bunu itiraf ediyordu.

Liza, bu kadarını kaldıramadı artık; daha fazla dayanamayıp bayıldı ve olduğu yere yığıldı. Vücudu hâlâ ıslak olan adam ise derhâl ev telefonundan az ilerideki görkemli konakta oturan, zengin kayınpederinin cep telefonunu aradı. Başka çocuğu olmadığı için kayınpederinin hatırı sayılır serveti, tek varisi olan kızı Liza'ya kalacaktı. Buna rağmen son derece mütevazı bir hayat süren ve çocuğu olduğu için bir ev hanımı olmayı tercih eden Liza'nın kocasına ihtiyacı yoktu ve o, babasının ona verdiği parayla rahat bir hayat sürüyordu. Oturduğu evi de onlara düğün hediyesi olarak, o vermişti zaten. Bu arada, Benjamin'in kendi üzerine kayıtlı tek bir evi ya da herhangi bir mülkü yoktu. Bu evin tapusu Liza'nın, diğerininki de Isabella'nın üzerineydi. Benjamin, iz bırakmayı hiç sevmezdi. Sahibi olduğu reklam ajansı da mülküyle beraber Liza'nın üzerindeydi. Mecburi olmasa kimlik de taşımazdı Benjamin. Özgürlüğüne bu denli düşkün olan bu adamın, kendine ait bir arabası dahi yoktu; bindiği otomobiller kiralıktı. Parası olmasına rağmen bir plakayı girdiğinizde onun adının veya adresinin çıkma ihtimali bulunmuyordu ve bu onu özgürleştiriyordu.

Şanslıydı Benjamin. Paraya pula da ihtiyacı yoktu. Kazandığının on katını her ay kızına, dolayısıyla da Benjamin'e veren ve asla hesap yapmayan Lucas Green; kesinlikle dünyanın en cömert babasıydı. Benjamin'in yeni karısına yaptığı düğünün perde arkası finansörü de farkında olmasa da oydu. Yani Benjamin henüz o kadar büyük paralar kazanmıyordu ama zengin kayınpederi sayesinde oldukça güçlü duruyordu. Neyse konu bu değil. Zengin adam, ev telefonundan arandığı için,

– Efendim kızım.

diye açtı telefonunu. Benjamin, kayınpederine şunları söyledi:

– Babacım ben Benjamin. Kusura bakmayın telefonumu bulamadığım için sizi evden aradım. Kızınız benim başka biriyle evlendiğimi iddia ederek üzerime yürüdü. Aşırı kıskanç olduğunu biliyorsunuz ama bu hakaretini kaldıramam artık ve ben bunu asla hak etmedim. Onu hastaneye kaldırıyorum, artık tedavi görmesi şart. Bilginiz olsun. Çok üzgünüm…

Benjamin bir üzgünse kayınbabası beş üzgündü ve itibarını da düşünmek zorundaydı. Damadına,

– Aman yavrum hastaneyi falan karıştırma. Rezil oluruz. Duyulursa da açıklayamayız bunu. Sen hiçbir şey yapma ben hemen geliyorum.

dedi ve karısını da alıp kızının yanına koştu.

Herkes çok üzgündü, Liza ise hâlâ baygındı. Benjamin, kucağına aldığı küçük kızıyla tam bir aile babası pozundaydı:

– Neden böyle oldu, inanın bilmiyorum?!

Liza'nın annesi Ina ise her anne gibi son derece septik ve tabii ki kızından yana bir tavırla,

– Ne yaptıysan artık!..

dedi şüpheleri büyüterek. Bay Green daha temkinliydi:

– Lütfen sakin olur musun Ina, benim damadım yapmaz öyle bir şey!

Bu arada, ayılan Liza, tam hakaretlerine devam edecekken babasını fark etti. Yerinden doğrulup ağlayarak,

– Baba, bu namussuz herif evlenmiş. İnanabiliyor musun evlenmiş? Resmen evlenmiş... Bir de utanmadan fotoğraf çektirmiş, düğün fotoğrafları baba. Bu adam aşağılık namussuz bir pislik!.. Bir de pişkin pişkin "Bir şey yok, evlendim sadece!" diyor bana!..

dedi ve tekrar bayıldı. Bu olamazdı. Bu gerçekten olamazdı. Herkes donakaldı. En çok da Benjamin dondu. Doğrusunu isterseniz ben Benjamin'in o anki yüz ifadesini görünce kendimden şüphelendim çünkü oradaki herkesin bakışı onda da vardı. Olanları anlamaya çalışan kayınpeder; şaşkınca damadının yüzüne bakıyordu. Bayan Green'in gözleri ise bahse konu telefonu arıyordu. Üzgün görünen damat, karısının bayılmadan önce "telefondaki fotoğraflar" demesi üzerine,

— Telefon mu?

diye geveledi. Sherlock Kayınvalide derhâl telefonu aramaya başladı. Burun kanatları kalkıp iniyordu sinirden.

— Neredeymiş şu telefon, bir bakalım!

dedi imayla Benjamin'e doğru bakarak. Damat,

— Bilmiyorum anne, inanın bilmiyorum; hâlâ kendime gelemedim. Bu nasıl bir iftira? İnsan kıskanç olabilir, tamam ama bu kadarı da fazla!

diyerek oflamaya puflamaya başladı. Telefonu bulamıyorlardı. Neden sonra kızlarının baygın yattığı yerin az uzağında buldular telefonu. Liza, yeniden ayılınca,

— Kızım kalk! Hadi, göster şu fotoğrafları!

dedi annesi ve telefonu kızına uzattı. Kız, küle dönmüş yüzüyle:

— Bakamayacağım anne, bu aşağılık adamın hiçbir şeyini görmek istemiyorum artık; sen bak!

Annesi, yüksek bir tedirginlikle açtı telefonu fakat ne gariptir ki kızının söylediğine benzer şeyler yoktu telefonda. Reklam görselleri, dekontlar ve torunuyla Liza'nın fotoğrafları vardı telefonda. Hızını alamayan kadın, bu sefer mesajlara baktı. İlginçti ama iş yazışmaları dışında mesajlarda da hiçbir şey yoktu.

– Kızım yok öyle bir şey! Hadi, bir de sen bak şuna!

derken telefonda bir şey bulamadığına üzülmüş gibiydi Bayan Green, kızını zorluyordu bir şeyler bulması için. Yarı baygın Liza doğruldu yerinden ve telefonu alıp az önce baktığı yerlere tekrar göz gezdirdi. Gerçekten de hiçbir şey yoktu telefonda.

– Nasıl olabilir? Demin gördüm. Az önce vardı. Sildin değil mi lanet herif? Söyle sildin!..

diye hakaret etti genç anne kocasına. Benjamin,

– Lütfen artık kendine gel, saçmalama Liza! Bunu yapmana, beni aşağılamana daha fazla izin veremem artık. Evlendiğimiz günden beri böylesin. Üç yıldır hep aynı şeyler... Yeter! Bu sefer yeter! Ya git tedavi ol ya da boşanıp kurtulalım. Hiçbir şey umurumda değil. Para pul, servet hiçbir şey!..

diyerek masum olduğunu vurgulayıp bir de bu kadar zengin bir adamın malında mülkünde gözü olmadığını belirtince Liza bir kez daha düşünmek zorunda kaldı. Acaba bu bir çeşit halüsinasyon olabilir miydi? Kadının böyle düşünmesi son derece normaldi çünkü olay normal değildi. Bir erkek, karısını aldatabilirdi ama hem de lüks bir mekânda düğün yapması olacak şey değildi. Bu seviyede aşağılık olunamazdı ki bu işi yapmak için bu bile yetmezdi.

Benjamin, gerçekten sinirlendi ve bağırdı bu sefer:

– Anne bu kız delirmiş, akıl hastası bu hem de ağır hasta. "Evlendim!" demişim. Siz buna inanabiliyor musunuz? Bu kadarına da "Pes!" diyorum artık.

Kızlarını çok iyi tanıyan anne baba da aynı düşüncedeydi. Liza'nın dedikleri telefonda çıkmayınca bir anda damatlarının tarafına geçtiler. Liza saçmalıyordu. Evli bir adam, bir daha nasıl evlenebilirdi? Ayrıca böyle bir şey varsa dahi Benjamin tutup da,

– Evlendim.

gibi bir cümleyi nasıl söylerdi? Bunların yanı sıra bir de ortada masum bir bebek vardı, babasız büyümemeliydi. Öte yandan, kızlarının ne kadar kıskanç ve pimpirikli olduğunu ikisi de biliyordu; fazla detaycı bir kadındı Liza. Ayrıntılarına girmek istemiyorum ama o henüz ilkokuldayken gördüğü bir rüyanın etkisinden bir türlü kurtulamamıştı. Zaman zaman sesler duyduğunu söylüyordu. Bütün bu olanları, bir anlık bir cahilliğe vererek unutup devam etmelerini istediler lakin kararlıydı damatları. Bu işin peşini bırakmaya da hiç mi hiç niyeti yoktu. Başını ellerinin arasına alıp yavrusuna bakarak konuştu Benjamin:

– İş yapamıyorum sevgili anneciğim. Siz benim baş tacımsınız ama bu kadının kıskançlığı yüzünden işlerim hep yarım kalıyor. Yavrumun geleceği için çalışıyorum ben. Kimseye muhtaç olmayalım diye çabalıyorum ama bakın, kızınız neler yapıyor? Çocuğumun geleceğiyle oynuyor. Beni mahvetti şimdi de onu mahvedecek! Mona biraz büyüse ve bunları duysa nefret eder benden ki bir gün büyüyecek!

Kısa bir sessizlikten sonra devam etti Benjamin:

– Baba, siz de biliyorsunuz ki benim sabit bir yerde çalışmak gibi bir lüksüm yok! Ben haftanın üç günü şehir dışına çıkmak zorundayım fakat gelin görün ki sırf bu kadının kıskançlığı yüzünden çıkamıyorum ve işlerimi hep yarım bırakıyorum. Ben pes ediyorum; tamam, Liza kazandı...

Bay Green, aşırı derecede üzgündü çünkü onun yetiştiği coğrafya ve içinde büyüdüğü köklü ailenin bu konudaki geleneksel tavrı belliydi. Lucas, onların bu yazılı olmayan kurallarını kendi dünyasında da sürdürmeye çalışarak yaşatıyordu atalarını. Onlara göre başarının ve mutluluğun sırrı iyi bir aile kurmaya ve onu korumaya bağlıydı. Bu yüzden de evlilik kutsaldı ve onların kültüründe boşanmak, yüz kızartıcı bir suçtu. Kızının boşanmaması için elinden gelen her şeyi yapmaya hazırdı Lucas. Yoksa bu kadar güçlü bir adamın; kızını, damadına ezdirmesi ya da damadından yana bir tavır sergilemesi beklenemezdi. İşte bu düşüncelerle yüksek karizmasına rağmen Benjamin'i, kibarca sakinleştirmeye çalışıyordu:

– Tamam evladım, sakin ol! Seni anlıyorum yavrum. Sen de benim bir oğlumsun. Her şey düzelir. Her evlilikte olur böyle şeyler! Biz de zamanında benzer şeyler yaşadık Ina'yla ama geçti gitti... Sen de abartma artık kızım!

Liza'nın babasına saygısı sonsuzdu. Bir de annesi de aynı düşününce bu defa annesinin elindeki telefona bakarak ağlamaya başladı genç kadın:

– Elimde değil Benjamin. Özür dilerim. Seni çok seviyorum... Sanırım benim kafam karışık biraz. Çok yıprandım, çocuk sürekli ağlıyor; sinirlerim boşalıyor...

Bütün bu duygu sömürüleriyle dilenen özürlere ve aflara rağmen ısrarcıydı Benjamin ve bir psikoloğa gitmeden bu ilişkiyi sürdüremeyeceğini yineledi. Haksız da değildi. Bir ömür bu kadar şüpheci bir kadınla geçirilemezdi. Bay Green, onu kırmayacağını bildiği damadına en babacan tavrıyla şunları söyledi:

– Tamam oğlum, sen haklısın ve seni anlıyorum. Liza benim kızım ama şu anda gerçekten haklısın. Senden son bir şey rica ediyorum. Lütfen müsaade et. Ben bu işe şimdi el atıp gerekeni yapacağım. Ha bu arada, bir müddet bizde kalın. Liza biraz düzelsin, bir psikoloğa gidelim ve bu işi kökünden çözelim... Bizim de suçumuz var Ina.

İlgilenmedik çocuklarla ama bundan sonra ben hep göz kulak olacağım onlara.

Liza hiç bu kadar utanmamıştı. Düşündü. Gördükleri gerçek olsaydı Benjamin bu derece rahat ve kararlı olamazdı. İşin doğrusu, benim de kafam karıştı; kısa bir süreliğine de olsa bir an için ben de Benjamin'in yanına geçtim.

Benjamin kayınpederine kibarca teşekkür etti.

– Efendim, siz nasıl derseniz öyle olsun.

diyerek de ona olan saygısını ve sevgisini dile getirdi ama bu şartlar altında aynı evde kalamayacağını ve Liza'nın tedavisi bitmeden de geri gelmeyeceğini vurguladı. Lucas, Benjamin'e diyecek kelime bulamıyordu çünkü ne dese haklıydı genç damadı. Bay Green, karısına kaş göz işareti yaptı ve hareketlendiler. Kızlarını ve torunlarını da yanlarına alıp kendi evlerine gitmek üzere dışarı yöneldiler.

Yol boyunca Lucas'tan da destek alarak kızına sitem etti Ina:

– Kızım, bizi de rezil ettin kendini de... Bizi ve ailemizi düşünmüyorsan bari Mona'yı düşün. Adam haklı!.. Bereket versin ki biz hayattayız da yumuşadı biraz yoksa çoktan ayrılmıştı senden!..

Bayan Green hızını alamıyordu:

– Evlenmek ne demek? Hadi "aldattı" falan desen neyse de sen "evlendi" diyorsun! Bunu senin aklın alıyor mu kızım? Adam cidden haklı! Ben de günahını aldım yok yere!..

Yaptığından utanan Liza; Mona'ya sarılmış ağlıyordu, fazlaca pişmandı. Durumu düzeltmek için elinden geleni yapacaktı.

Aslında hiçbir anne baba kızlarına bu derece sert davranmazdı. Ne olursa olsun kızlarından yana olurdu böyle bir durumda her ebeveyn fakat Liza iyiden iyiye saçmalamıştı. Annesine babasına da onu savunacak bir yer bırakmamıştı. Böyle davranarak damatlarının sinirlerinin yatışmasını ve bu psikolog fikrinden vazgeçmesini sağlayabilirlerdi. Kızlarının hasta olduğuna tabii ki inanmıyorlardı. Benjamin öyle düşünmese de onlara göre bu bir kıskançlık kriziydi ve birkaç gün içinde geçecekti.

Öte yandan Benjamin de onlar gittikten sonra evden çıktı ve doğru arkadaşlarının yanına gitti. Başına gelenleri onlara da anlattı:

— Karım halüsinasyon görüyor. Benim evlendiğimi söylüyor. Telefonumda gördüğü fotoğraflardan söz ediyor. Artık dayanamıyorum. Tanıdığınız ve sözümüzün geçeceği bir psikolog var mı Tanrı Aşkına? Size dahi anlatamayacağım kadar feci şeyler yaşadım; çok yıprandım, çok!.. Yavrumu kaybetmek istemiyorum.

Arkadaşları, onlara neredeyse ilk defa bir derdini açan ve her şeyi anlatan Benjamin'e çok üzüldüler. Sadece onlar değil, ben de çok üzülmüştüm Benjamin'in bu hâline. Herkesi ikna edebiliyordu. Bu adam benim romanımın kahramanı, bütün ipler benim elimde ama inanın şu an yazarken bile o kadar etkileniyorum ki her şeyi onun lehine yazmak istiyorum. Bir yanım hep ondan yana. Belki inanmayacaksınız ama bu kitap tam dört kere buradan döndü. Her seferinde buraya kadar geliyorum ve onun etkisine girip kitabı baştan yazıyorum. Şimdi Benjamin'in nasıl bir profesyonel olduğunu daha iyi anladınız mı? Onu tanısaydınız neyiniz var neyiniz yoksa onunla paylaşmaya kalkardınız. Yok ama artık akıllandım, bu sefer bunu yapmayacağım ve devam edeceğim yazmaya lanet!

Arkadaşlarının tanıdığı bir psikolog yoktu ama içlerinden birinin çok yakından tanıdığı hem de akademisyen olan ancak biraz paragöz bir psikiyatri uzmanı buldular. Onun paracı olması, arkadaşları için kötü bir şeydi ama Benjamin için bulunmaz bir fırsattı.

– Bu devirde parasız bir şey olmuyor beyler, adam da haklı!

dedi ve hemen arayıp randevu aldı psikiyatrdan.

Benjamin, aynı gün psikiyatrın yanına gitti ve ona da her şeyi anlattı. Yaptıkları uzun görüşmenin ardından Doktor Forester, ona yardım edeceğini söyledi. Benjamin oradan çıktı ve Isabella'nın yanına gitti.

Güzel karısı, karşısında Benjamin'i görünce çok şaşırdı çünkü birkaç gün gelmeyeceğini düşünüyordu.

— Dayanamadım sevgilim sensizliğe, annemden izin alıp hemen sana koştum.

dedi genç şeytan. Isabella, çılgın kocasına âşıktı ya hani artık tapıyordu ona bu incelikler karşısında. Fakat küçük bir sorun vardı; yeni gelin, çocuk yapmak istiyordu daha dün bir, bugün iki. Benjamin ya da diğer adıyla Bay Yokuş, ilginç bir şekilde hiç itiraz etmeden "evet" dedi bu işe ve ilk defa diretmedi, ilk defa "Olmaz!" demedi. Ne düşünüyor olabilirdi? İnanın bunu ben de anlayamadım! Yani evli bir adamın bir başka kadınla evlenmesini hadi yine anladık diyelim de bu nedendi peki? Zaten başında fazlaca büyük bir bela vardı ve onun bu yaptığı gerçekten de anlaşılmazdı.

Hafta sonunu birlikte geçirdiler. Huzuru onda bulduğunu söyleyen Benjamin, son gece korunmadan sevişti karısıyla. Bir de,

— Bir kızım var, bir tane daha olsun istiyorum aşkım.

demez mi karısına! Isabella, kahkahalarla güldü. Benjamin,

— Neden güldün aşkım?

deyince daha da yüksek bir volümden güldü kadın. Elbette ki böyle bir şeyi konduramıyordu kocasına.

Böylece de bu konu kendiliğinden kapandı. Benjamin,

– Hadi aşkım, riske atmayalım bir daha deneyelim...

dedikten sonra yer gibi öpmeye başladı gülümseyen karısının dudaklarını.

Isabella; bir erkeğin, onunla sadece bir gece seviştikten sonra penisinin kesilmesine razı olacak kadar mükemmel bir kadındı ve Benjamin'in kadınıydı. Gel gelelim, Benjamin'in şu yüksek dozdaki adrenalin merakı; ona, az öncekine benzer şakalar yaptırıyordu. Böylesine büyük riskler almasını da bizim gibi normal insanların aklı bir türlü almıyordu işte.

Muhteşem bir hafta sonunun ardından pazartesi günü, sabah erkenden Green'lerin malikânesine gitti Benjamin. Dünyanın en kibar kadını Liza mahcuptu ama kocasının, olanları unutup onu şımartacağını düşünmüş olacak ki biraz nazlı davrandı. Benjamin, bırakın genç kadını şımartmayı, agresiflik kavramını bir maske gibi takmıştı suratına; gülmüyordu bile. Buna rağmen aile bütünlüğünü her şeyin üstünde tutan Lucas ve Ina, damatlarının yüzünü güldürmek ve bu evliliği kurtarmak için ellerinden gelen her şeyi yapmaya hazırdı.

Müthiş bir kahvaltı hazırlamışlardı torunlarının babasına ama o hiç ilgi göstermedi buna. Biraz Mona'yı sevdi fakat karısının yüzüne dahi bakmadı. Bir iki bir şey atıştırdıktan sonra kahvesini aldı ve yerinden kalktı. Koltuğun üzerindeki dizüstü bilgisayarı açtı ve kayınpederine,

– Lütfen baba, bir psikolog bul ve bizi sen götür. Ben bulursam bu, ondan da şüphelenir şimdi. Ayrıca hiç uğraşamayacağım ben psikologla falan. Çok gerildim, bildiğin gibi değil; çok! Uyku uyumadım kaç gündür...

Kızın babası, bu işe el atacağını ve her şeyi düzelteceğini söylemişti. Haklı bulduğu damadına itiraz etmediği gibi diyecek söz de bulamıyordu. Kayınvalidesi de oğlu kadar sevdiği torununun babasına,

– Sen üzülme oğlum. Her şey düzelecek... Kızım, sen de artık vazgeç şu huyundan!

diyerek bir kez daha uyardı Liza'yı. Bin pişmandı genç kadın. Defalarca özür diledi kocasından ama bir kez bile dönüp bakmadı Benjamin karısına.

Benjamin'i bu psikolog fikrinden vazgeçirmeye çalışıyorlardı. Ina,

– Oğlum hadi sen biraz uyu. Böyle uykusuz olmaz. Kızını da al, baba kız uyuyun şu koltukta.

Benjamin:

– Hayır anne, bu iş tamamen bitmedikten sonra bana uyku yok! Lütfen siz rahatınıza bakın, ben iyiyim böyle.

Bu işten kaçış olmadığını ve Benjamin'in vazgeçmeyeceğini anlayan Bay Green, damadının açtığı bilgisayarı aldı ve arama motoruna "psikolog" yazdı.

– Ooo... Binlerce psikolog var! Hangisine gideceğiz. Bu yaştan sonra bizi psikologlara da düşürdün ya kızım! Hiçbir şey demiyorum artık sana!

dedi. Gergin damat araya girdi:

– Baba. "Kıskançlık krizi" yaz, boşluk bırak "psikolog" yaz! Bunun gibi manyak çoktur; illa ki çıkar bir şeyler, gerçi böylesi yoktur da neyse!

Liza başını önüne eğdi; hiç gitmek istemiyordu psikoloğa şuna buna, dersini de almıştı çoktan ama kararlıydı Benjamin. Lucas, damadının dediğini yaptı çaresiz. Karşısına çıkan ilk numarayı arayacakken Benjamin birden ayağa kalktı:

– Dur baba, psikolog bundan anlamaz! Sen oraya "psikiyatr" yaz en iyisi çünkü bu hasta değil, ağır hasta baba!

Bay Green,

– Oğlum abartma istersen. Bir psikolog çözer bu işi.

dedi ve göz kırptı damadına lakin Benjamin kararlıydı ve hiç şaka kaldıracak durumda değildi:

– Baba, bu sizin kızınız ama benim de karım. Lütfen duygusal davranmayın! Ben karımı ve çocuğumu kurtarmak istiyorum. Gerçekten de şaka yapmıyorum. Bu işi psikolog falan çözemez. Gidelim tıbbi destek alalım. "Psikiyatr" yazın, boşluk bırakın, "kıskançlık krizi" yazın ve bulun birilerini rica ediyorum.

Bay Green, damadının dediğini yaptı. Tabii yine onlarca psikiyatr çıktı karşılarına. En üsttekini tercih ettiler. Öyle ya iyi olmasa en tepede ne işi olabilirdi ki? Oradaki telefonu aradı Lucas. Çok yoğun oldukları için ertesi güne randevu vermek istediler. Telefonu Benjamin aldı. Sekreterine ısrarcı davranarak kendilerini aynı güne bir yere sıkıştırmasını rica etti ve böylece de randevuyu kopardı ünlü Psikiyatr Forester'dan. Liza, itiraz edecek durumda değildi artık.

üçüncü nefes

üçüncü nefes

Liza'ya, aldıkları randevu için hazırlanıp belirtilen saatte gittiler psikiyatra. Durumu, kızın babası ve annesi anlattı Bay Forester'a. Benjamin tek kelime dahi söylemedi. Ne şikâyet etti karısından ne de ağzını açıp bir sitemde bulundu. Hatta doktor önce Benjamin'i dinlemek istemesine rağmen konuşmadı yüzünde en ufak bir duygu belirtisi dahi olmayan damat. O, böyle davranınca ilginç bir şey oldu. Hem genç kadın hem annesi hem de babası Benjamin'den yana oluverdiler. Onun aleyhine tek kelime dahi etmedikleri gibi hep birlikte Benjamin Şeytanını övdüler. Bu iş öyle bir hâl aldı ki neredeyse ben bile tekrar tekrar inandım adamın masum olduğuna lanet!

Bu olay bana Darwin'in meşhur sözünü hatırlattı: "Görmezden gelin, ses etmeyin, cevap vermeyin; sessizlik herkesi mahveder." Gerçekten de öyle oluyordu ve Benjamin'in kandırdığı insanlar, bu sefer Benjamin için kendilerini kandırıyordu. Lucas,

— Bay Forester, kızım küçüklüğünden beri böyle. Onun sanrıları hep vardı. Henüz ilkokula giderken bir rüya görmüştü ondan sonra bir türlü düzelemedi...

dedi mesela. Bayan Green de farklı değildi:

— Eşim doğru söylüyor bayım. Kızım hâlâ zaman zaman sesler duyar ve onları gerçek sanır. Son dönemde çok yıprandı yavrum.

Liza ise,

— Bay Forester, nasıl böyle olduğunu cidden anlayamıyorum. Çok utanıyorum. Bir daha asla böyle şeyler yapmayacağım. Kocamı seviyorum ben.

diyerek ağlamaya başladı. Bunlar özetiydi söylediklerinin. Benjamin'in nasıl muhteşem bir adam olduğunu anlattılar uzun uzun. Olacak şey değildi bu! Bir hastanede doktora değil de sanki adliyede savcıya ifade verir gibiydiler. Bu olaya şaşıran da yalnızca bendim sanırım.

Herkesi dışarı çıkarıp Liza'yla yaptığı uzun görüşme ve detaylı muayeneden, onlarca test ve tetkikten sonra teşhisini şöyle koydu doktor:

– Ne yazık ki iyi şeyler söylemek isterdim ama hanımefendi ağır bir depresyon geçiriyor. Kocasına olan aşırı sevgisinden ötürü zihninde birtakım ekliptik sanrılar geliştirmiş.

Bu cümleden sonra Liza'ya döndü ve iyi bir şeyler söyledi:

– Yalnız hanımefendi, hayal gücü testindeki performansınız beni dehşete düşürdü; şaşkınım gerçekten. Bunca yıllık meslek hayatımda gördüğüm en olağandışı hayal gücüne siz sahipsiniz. Bence romancı olmalıymışsınız!..

Buna sevinmeli miydi Liza yoksa üzülmeli mi bilemedi. Kulağa hoş geliyordu ama sonuç,

– Keşke hayal gücüm olmasaydı da sadece mutlu olsaydım.

dedirtiyordu. Doktor şöyle devam etti:

– Tedavi süresince lütfen tek başınıza hareket etmeyin, eşinizden hiçbir şeyinizi saklamayın ve ondan habersiz de hiçbir şekilde başka tedaviler almayın! Hastalığınız öyle bir aşamada ki çeşitli halüsinasyonlar görmeniz son derece normal Bayan Knotterson. Bunu sizin de kabul etmeniz gerekiyor Bay Knotterson zira sizin desteğiniz olmazsa eşiniz bu işten kolay kolay sıyrılamaz.

Kısa bir sessizlikten sonra doktor daha sıkıntılı bir açıklama yaptı:

– Şey... Hımmm... Açıkçası bu iyi haberdi. Kötü olan ise bu tarz sanrıların zaman zaman tekrar edeceği gerçeğidir ancak daha kötüsü de var: Bunlar, bu tip halüsinasyonlar; birebir gerçek gibidir ve siz eğer aklınızı kullanmaz da inat eder yahut bunun bir sanrı olduğunu reddederseniz sonunda ne yazık ki hem de heyet raporuyla yatarsınız hastaneye. Sizden ricam, böyle durumlarda söylediklerimi hatırlayın ve gördüklerinizin hayal olduğuna kesin olarak inanın.

Psikiyatrın bu cümleleri moralleri altüst etti. Suratları asılan Green çifti, damatlarına bakıp onun haklılığını başlarıyla onayladılar. Doktor Forester, genç kadına döndü ve ona yazılı olmayan sözlü reçetesini şöyle açıkladı:

– Böyle durumlarda yani halüsinasyon gördüğünüz zamanlarda, olduğunuz yere sırtüstü uzanın. Aralıklarla derin nefes alın ve tutabildiğiniz kadar tutun. Bunu beş kere tekrar ederseniz o an için normale dönersiniz. Halüsinasyon sırasında hızlı nefes alıp vermenizden sebep, vücudunuzdaki oksijen miktarı artacaktır. Bu egzersizle vücudunuzdaki karbondioksit oranını çoğaltarak denge oluşturmuş olacaksınız. Bunu sakın ihmal etmeyin! Ayrıca o esnada beş duyunuzu birden harekete geçirecek bir şeyler yapın! Mesela bir şeker veya tuzlu bir kraker atın ağzınıza, bir şeylere dokunun, ne bileyim bileğinize parfüm sıkın ve onu koklayın, kafanızı tavana kaldırıp odağınızı değiştirin, camı açıp ortamın sesini dinleyin örneğin; buna benzer şeyler... Elbette ki bunları yaptığınız an hemen geçecek diye bir garanti yok! Bu bazen 10 dakika bazen 10 saat sürebilir ama mutlaka geçer. Lütfen rahat olun. Şimdi size, pek fazla yan etkisi olmayan, hafif dozlu iki tane de bitkisel ilaç yazacağım, bunlar da sinirlerinizi yatıştıracak; rahatlayacaksınız!

dedikten sonra reçetesini yazdı ve tekrar konuşmaya başladı:

– Ben hastalarımı oyalamayı sevmem. Gerçek neyse onu söylerim. Dürüst davranmam gerekirse bu rahatsızlığın tam olarak düzelmesi yıllar sürebilir. Bu öyle lanet bir hastalıktır ki hırs yapsanız bir sanrı göremezsiniz ama siz kaçtıkça onlar âdeta bir karabulut gibi sizin üstünüze üstünüze gelir. Bununla yaşamaya alışmalısınız Bayan Knotterson. Hızlı iyileşmek istiyorsanız eşinize karşı olan bu dedektif tavrınızdan bir an önce vazgeçmelisiniz. Üzülerek söylemek zorundayım ki bu hâliniz devam ederse şu an emzirmek zorunda olduğunuz çocuğunuzun karakteri de olumsuz yönde etkilenecektir.

Doktorun bu son söylediği hakikaten de bir anne için çok ağırdı, anneanne ve büyükbaba için de bundan daha üzücü bir şey olamazdı. Benjamin, tepkisiz bir şekilde dinlerken Bay Green'in yüzüne,

– Bakın, Mona'yı da mahvedecek bu kadın!

ifadesiyle baktı. Lucas'la Ina gözlerini kaçırdı damatlarından ama artık olan olmuştu ve Doktor Forester'ın daha fazla detay vermesini istiyorlardı. Üstelik kızları hastaysa Benjamin de böylece yumuşamış olacak ve onun bu yaptıklarını hoş görecekti artık. Böylece de kızlarının evliliği kurtulacak ve Green Ailesi'nin de yüzü yere düşmemiş olacaktı. Doktor devam etti:

– Şimdi şöyle anlatayım. Anne sütü sadece yediklerimizle oluşmuyor. O an aklımızdakiler de sütün kalitesini ve içeriğini olumlu ya da olumsuz yönde etkiliyor. Kötü düşünceler, çocuğunuzun ileride korkak olmasına sebep olacaktır. Denk gelmişsinizdir belki. Bazen iki kardeşten biri, ötekine göre daha çekingen yahut cesur olabiliyor. Sizce aynı DNA yapısına sahip, aynı genleri taşıyan iki insandaki bu farklılık nereden kaynaklanıyor olabilir? Bilim insanları bunu araştırdıklarında "süt eğrisi" diye başlığa ulaştılar. Günün belli saatlerinde anne sütünün kalitesi değişiyor. Çok basit bir şey söyleyeyim, siz de gerekeni anlayın bu anlattığımdan. Sabah emzirmelerini erken saatlerde yapan annelerin çocukları erken kalkıyor, öğlene doğru yapanlarınki ise geç kalkıyor.

Doktorun söyledikleri karşısında şaşkındılar ancak işin ciddiyetini de iyice kavradılar. Küçük Mona'nın karakterinin zarar görmesi ihtimali onları hepten kahretti. Liza'ya artık düzelmesi için yalvarırcasına baktılar. Ailesiyle birlikte zavallı kadın da özür diledi diplerin adamından. Özellikle annesi,

– Evladım, sen artık işine gücüne bak! İstersen bir ay bile gelme, Liza seni hiç aramayacak!.. Öyle değil mi kızım?

dedi. Liza,

– Şeyyy... Tamam anne... Tabii... Aşkım, n'olur affet beni; çok utanıyorum...

dedi yeniden. Onu hasta ettiği hâlde kendisine teşekkür eden karısına sarıldı piç ve,

– Tamam aşkım, şimdi müsaade edersen ben işimin başına gideyim artık.

diye bir de izin aldı yeni karısına gitmek üzere. Kayınvalidesini ve kayınpederini kucakladı. Onlar da geride iki paranoyak, bir şizofren bırakan saygılı damatlarını öptüler ve onu kendi dünyasında belki de hiç olmadığı kadar özgür bıraktılar.

İnsanların, büyük hezimetler karşısında çoğu zaman,

– Lütfen bu gerçek olmasın!

diyerek yalvardığını görmüşsünüzdür. Belki bunu siz de yapmışsınızdır. Bazen öyle olaylar yaşar ki insan, bunun rüya olması için dua eder. Bu, kişinin kendi aleyhine olan şeylere inanmama eğiliminin bir sonucudur. Dolayısıyla her gün yaşanan yüz binlerce benzer olay, bizzat mağdur tarafından örtbas edilerek unutulur gider işte. Kimse insanların belli bir seviyenin altına inecek kadar karaktersiz olabileceğine ihtimal vermez. Bu da onlardan biriydi. Ayrıca bir arama motoruna üç beş dolar para verilerek "kıskançlık, kriz ve psikiyatr" kelimeleri yazıldığında istenilen ismin üst sıralarda gösterilebileceğini bilseler de damatlarının bunu yapacak kadar iyi örgütlenmiş olabileceğini nereden akıl edebilirdi ki Green Ailesi?

Kocasının bu derece alçalabileceği hangi kadının aklına, nasıl gelirdi? Kim evliyken başka biriyle evlenebilir? Ayrıca böyle bir şeyi hangi kadın kabul edebilirdi? Üstelik gördüğünü iddia ettiği onca fotoğrafın, bir tekini bile bulamamışken bunun bir halüsinasyon olmadığına Liza artık kendisini nasıl inandırabilirdi ki?

Liza için Benjamin, her zaman bir muammaydı. Kocası olduğu hâlde onun hakkında çok şey bilmiyor olması ilginçti. Geçmişi hakkında çok şey anlatmazdı Benjamin. Annesini ve babasını henüz bir çocukken kaybetmişti ve bu konu hakkında konuşmayı sevmezdi; soru sorulmasından da nefret ederdi. Dolayısıyla bu bahiste "Anahtarı, Hint Okyanusu'na düşmüş, kapalı bir kutuydu Benjamin." demek hiç de abartılı olmazdı. Geçmişini anlatmaması Liza'yı sevmemesinden ötürü değildi, aksine Benjamin sırılsıklam âşıktı Liza'ya ve evlendiklerinde bir yıl kadar tamamıyla sadık kalmıştı ona. Gel gelelim, bir türlü kendi kafasındaki fantezi düzeyine getiremediği için soğumuştu karısından. Ona hiçbir fantezisini açamıyordu çünkü geleneksel bir kadın olan Liza, bu tarz şeylere kesinlikle kapalıydı. Belki küçük Mona olmasaydı Benjamin çoktan boşanırdı karısından ama artık bu da imkânsızdı ve kızının annesiz büyümesini asla istemiyordu.

Esasında Benjamin sadece Liza'ya değil herkese kapalıydı. Arkadaşları onu çok seviyordu ama onun her şeyini anlattığı bir dostu asla olmamıştı. Yani o, arkadaşları için de kapalı bir kutuydu. Her zaman namustan, haktan hukuktan bahsediyordu. Aslında herkes biliyordu, genelde insan neden çok bahsediyorsa ondan yoksundu ama akıllarına asla böyle biriyle arkadaşlık ediyor olabilecekleri gelmiyordu. Bu arada, "namus" demişken şunu da araya sıkıştırmama müsaade edin lütfen. Namus, verilen sözlerdir bana göre; namussuzluk ise bu sözlerin tutulmaması. Yoksa namus, öyle insanın sadece cinsel tutumuyla alakalı bir şey değildir. Şimdi gönül rahatlığıyla Benjamin'in tam bir namussuz olduğunu söyleyebilirim. Oh bee, rahatladım!..

Ya Psikiyatr? O, her ne kadar paracı olsa da Benjamin'in bu seviyede onursuz biri olacağına ihtimal veremezdi hikâyesini dinlerken. Benjamin ona,

– Ben bir hata yaptım, anlarsınız! Kadınları bilirsiniz işte. Basit bir şey aslında ama çok inatçı ve fazla bunaltıcı! Böyle basit bir şeyden ötürü şimdi onu kaybetmek üzereyim Bay Forester. Yuvamı kurtarmak sizin elinizde! Yavrumun babasız büyümemesi sizin iki dudağınızın arasında! Bunu arkadaşlarım da dâhil olmak üzere hiç kimseyle konuşamıyorum. Bana yardım edin lütfen! Bu iyiliğinizin altında kalmam. Reklamcıyım ben. Eğer bunu yaparsanız sizi bütün arama motorlarının en üstüne taşırım ve sonsuza kadar da ücret almadan size reklam desteği sunarım.

dediğinde, her ne kadar Hipokrat Yeminini delmiş olsa da bir ailenin geleceğini kurtaracağını zannettiği için genç adamın dediğini yapacaktı doktor. Bay Forester, iyi bir şey yaptığına inanıyordu ki haksız da sayılmazdı. Bu nedenle de reklam desteğini, bir rüşvet olarak algılamadı Hipokrat'ın torunu. Annesiz babasız büyümüş biriydi doktor ve bu iyi bir şey değildi. Eğer bir gün vicdanı kendisinden hesap sorarsa cevabı da hazırdı:

– Ben de annesiz babasız büyüdüm. Bunun nasıl bir şey olduğunu iyi bilirim. Tanrı kimseye böyle şeyler yaşatmasın! O çocuğu kurtarmak için yaptım bunu. Kötü bir niyetim yoktu. Reklam desteğine gelince nasıl ki market sahibi bir dostumun ziyaretine gittiğimde tezgâhından birkaç şekerleme almam normalse bu da öyle bir şey. Sonuçta kimseye zararım olmadı.

İnsan zaten böyle bir tasarımdı. Seri katiller dahi kendilerini aklamak istediğinde abuk subuk da olsa bir çıkış yolu mutlaka bulabiliyorlardı:

– Hayat bana acımadı ki ben de onlara acıyayım.

Bu arada, arkadaşının tezgâhından biraz şekerleme almakla galerici arkadaşının dükkânından araba almak aynı manaya geliyorsa doktor da haklı olabilir elbette! Ne mi alaka? E, onu da siz bulun artık lanet!

Ah, bir de Benjamin bir ara uydurma bir muayenehane dekoru ve sahte bir psikiyatr oluşturmayı da düşündü ama sonra vazgeçti bundan. Hem kimseyle bu denli samimi değildi hem de öyle yapsaydı senaryo bu kadar zevkli olmayacaktı.

Isabella, ah Isabella; zavallı Isabella. O da yeryüzünde böyle birinin yaşıyor olabileceğine ihtimal veremezdi elbette. Görkemli bir düğün yapması mümkün olabilir miydi evli bir adamın? Pantolonunu ütüleyen birinin eline bir testere alarak bacağını kesebileceği kimin aklına gelebilirdi ki? Benjamin, sosyal medya kullanmıyordu ve onunla alakalı fake de olsa bir bilgiye ulaşılması neredeyse imkânsızdı. Daha ilginç olan, Isabella'nın bu gizemi seviyor olmasıydı.

Tamam, şerefsizdi haysiyetsizdi ama bu işin bu kadar dallanıp budaklanacağı da aklına gelmemişti genç adamın. Esasında o, o kafede tanıştığı kızla hevesi geçinceye dek sevişmek derdindeydi; o kadar. Gel gör ki kötü bir huyu vardı. Aslında bütün huyları kötüydü de bunlardan biri; onu en kötü yapmaya yetiyordu. Şöyle ki: Benjamin, bir şeyi kafaya koyduğu zaman her şeyi göze alıyordu. O istediği şey her neyse onu elde etmeden de asla vazgeçmiyordu almak istediğinden. Bunun için ödeyeceği bedelleri umursamıyordu. Güdümlü füze gibiydi, hedefi vurmadan yönünü değiştirmiyordu. Daha önce de söylediğim gibi eğer Isabella onunla bir kere sevişseydi kısa zamanda zaten hevesi geçecekti ama bu kız sert kayaydı ve Benjamin tam da ona denk gelmişti.

Şayet Isabella ile evlenmek zorunda kalmasaydı "hasta anne yalanı"nı uydurmazdı elbette.

– Evliyim, bir kızım var; eve gitmem, karımla kalmam lazım...

diyemeyeceği için uydurmuştu bu masalı. Oysa az önce de söylediğim gibi ne annesi vardı ne de babası. "Annem" dediği yaşlı kadın, nasıl bir kumpasın içinde olduğundan habersizdi. Genç bir kızın evlenmek istediği adamın hasta annesi rolünü hem de kameralara bakmadan en iyi şekilde oynaması karşılığında ciddi para almıştı ki bunu zaman zaman aynı mekânda tekrar etmesi istenebilecekti. Kadın, anne rolünü kusursuz oynayınca fazla inandırıcı gelmişti Isabella'ya. Kaldı ki bunun ona inandırıcı gelmemesi gibi bir olasılık da zaten yoktu. Kimin aklına gelebilir ki böyle bir şeytanlık?

Benjamin'in, bu iş için ayırdığı bütçeyi düşünerek kadrajı biraz geniş tutunca bunun pahalı bir prodüksiyon olduğu çıkıyordu ortaya. Doktor Forester'dan hasta annesine kadar, her yere bir sürü para harcıyordu ama bu işin finansörü Benjamin'in kayınpederi Bay Lucas'tı ve onun bundan katiyen haberi yoktu. Bu durumda da Benjamin'in herhangi bir kaybı olmuyordu. Bütün bu işler için harcayabileceği parası vardı elbette fakat kendi cebine hiç dokunmaması da ayrı bir hazdı. Dedik ya işte tam bir şerefsizdi Benjamin hem de bu konudaki hiçbir fırsatı kaçırmayacak kadar büyük bir şerefsiz.

Aslında sıkıntısı büyüktü Benjamin'in ama garip bir şekilde bu işten keyif alıyordu. Bu son işi ise en keyiflisiydi. Risk yoksa heyecan da yoktu Benjamin de... Bir kadınla evlenip bir ömür boyu sadece onunla birlikte olmayı kabul edemiyordu.

Gerçekten de onun risk almayı seven bir tarafı her zaman vardı. Bu yüzden de onu yalnızca yasaklar tahrik ediyordu. Benjamin, hiçbir zaman birlikte olduğu kadınlardan tam olarak ayrılmıyordu, onlarla kavgalı ya da küs de kalmıyordu. Bir defa birlikte olduğu her kadın, onun ömür boyu arkadaşı oluyordu. Birkaç yıl önce ayrıldığı eski sevgilisi Katie de bunlardan biriydi. Kız, Benjamin'den sonra nişanlanmış olmasına rağmen o yılki doğum gününe onu da davet etti. Eski sevgili olduklarını sadece ikisi biliyordu. Benjamin, gerek kıyafetiyle gerekse tarzıyla etkileyiciydi o gece ve yine herkesin dikkatini çekmeyi başarmıştı. Hem Katie'nin hem de evleneceği adamın bütün arkadaşları oradaydı. Katie, nişanlısı Milton'ın çok kıskanç olduğunu ve dikkat edip eski sevgili olduklarını ona hissettirmemesi gerektiğini, daha davet ederken söylemişti Benjamin'e. O da bu konuda rahat olmasını, asla problem çıkmayacağını ifade ederek rahatlatmıştı Katie'yi. Hediyeler verilirken herkes birkaç cümle söyledikten sonra Benjamin,

– Katie, benim kardeşim gibidir. Onunla çok güzel anılarımız oldu. Beni kiliseye o alıştırmıştır. Şimdi olduğu gibi evlendikten sonra da her zaman yanındayım. Ona çok şey borçluyum ve gerçekten minnettarım.

diyerek duygusal ve kısa bir konuşma yaptı. Kıskanç damat çok sevdi, Katie'ye sürekli "kardeşim" diyen Benjamin'i ve nikâha da davet etti.

Sohbet o kadar koyu gidiyordu ki Milton, yemek için masaya oturduklarında Benjamin'i yanına aldı. Benjamin, Katie'ye;

– Gel kardeşim, sen de şöyle sol tarafıma otur. İkinizin ortasında durayım; belki benim de şansım açılır, evlenirim.

dedi. Gülüştüler...

Yemekler geldi. Yılların nasıl da hızlı geçtiğini anlatan Benjamin'in çok yavaş yemesi Milton'ın dikkatini çekmiş olacak ki ona,

– Neden yemiyorsunuz, beğenmediniz mi yoksa?

diye sordu Milton. Benjamin, bu ayrıntı ve incelik için damadı överken bir yandan da bu kadar kalabalığa rağmen her türlü detayı görmesine hayret ettiğini söyledi. İnsanları övdüğünüzde, yüzünüze bakmaktan çekinirler. Benjamin de bunu bildiği için Milton'ın ona bakmamasını böyle sağlamıştı. Milton, o tarafa bakmamalıydı çünkü Benjamin'in sol eli masanın altından nişanlı kızın bacaklarına uzanmıştı. Katie tedirgin olsa da ses çıkaramıyordu. Bir şeye karar verdiğinde, geri dönüşünün olmadığını bildiği Benjamin'e yardım etmek için bacaklarını hafifçe aralamış, masa örtüsünü de dizlerinin üstüne çekmişti. Bu esnada Milton da bitmek tükenmek bilmeyen övgüleri için Benjamin'e teşekkür ediyordu. Yaz ayı olduğu için altında çorabı olmayan Katie'nin çıplak bacaklarını, büyük bir ustalıkla okşayan Benjamin; onun külodunu aralayarak yüz ifadesini görüp aldığı zevki doruklara çıkarmak istiyordu. Bunun için de ara ara dönüp,

– Çok şanslısın Katie.

diyerek onun nezdinde Milton'ı şımartıyordu ve bunu yaparken de genç kızın ıslaklığına ulaşmıştı zaten. Titremeye başlayan Katie çığlık atmak istiyordu.

Masa örtüsünün altından, Benjamin'in elini uzaklaştırmak için tuttu ama aldığı zevk o kadar tarifsizdi ki bunu başaramadı Katie. Hatta onun parmaklarını iyice içine alarak bu anın tadını çıkardı doğum günü çocuğu. Benjamin'in işaret parmağının birinci boğumundaki, ip yüzüğün düğümlerini ıslak dişiliğinde hissedince istem dışı çıkardığı ve engel olamadığı sesleri de yemeğin lezzetine bağlamayı akıl edebildi Katie. Gözlerini kapatarak,

– Imh... Ben böyle bir şey yemedim. Mmmükemmel... Hepsini yiyebilirimmmm... Hmmm...

deyip kusursuz bir orgazm yaşadı genç kız, bütün sevdiklerinin içinde. Milton ise o anda kendisini şımartan Benjamin'e şunları söylüyordu gururla:

– Hayır, boya değil. Amcamın da saçları erken ağarmış. Bu bizde irsî... Bunu bana herkes soruyor! İnanamayacaksın ama geçenlerde bir kuaför de "Saçlarınız boya mı?" diye sordu.

Tehlikeli biriydi Benjamin Knotterson. Öylesine yüksek bir zevkin ortasında, heyecanını bu kadar başarıyla gizleyebilmesi ve hiç telaşa kapılmadan bunu yapabilmesi akıl alacak gibi değildi. Hani "Sivrisineği beceriyor da iğnesini kırmıyor." derler ya! Hah, işte Benjamin tam da böyle biriydi. Yakalansaydılar ikisinin de işi bitmişti şüphesiz ama yakalanmadılar. Katie daha sonra bu konuda onu uyardığını söyleyip sitem ettiğinde ise Benjamin,

– Sen bana “Hissetmesin!” demiştin, ben de sana “Hissetmeyecek!” demiştim kardeşim. Sorun ne?

diye cevap verip sözünü tuttuğunu ispatlamıştı.

Benjamin’i tahrik eden de işte bu sınırda olma hâliydi ki bu heyecan herkesi etkilerdi. Katie de ömrü boyunca o anı asla unutmadı ve eşiyle yaşadığı hiçbir cinsel deneyim de onda bu kadar yüksek bir haz oluşturmadı. Benjamin, bunların hiçbirini hesap etmiyordu. O, o anı kusursuz bir şekilde yaşamaktan ötesini düşünmüyordu. Sırf kendi keyfi için Liza’ya akıl hastası teşhisi koydurmuştu ve bundan da hiçbir rahatsızlık duymuyordu! Öz çocuğunun annesi kendini ağır hasta sanıyordu artık. Bu, bir insana nasıl zevk verebilir ki? Veriyordu işte ve bu adam iki kadını birden idare ettiğini, onları kandırdığını düşününce bir başka biçimde, üstelik de cinsellik tabanlı hazlar alıyordu. En zor olayların dahi bir şekilde üstesinden gelebildiğini görünce ya da zekâsıyla şeytanı bile kıskandırdığını hesap edince hazzı katlanıyordu ince ince... Nikâhlı olduğu ve yasalar ikinci bir imzaya “hayır” dediği için,

– Beş aydan öncesine gün vermiyorlar...

diye bir yalan uydurması çok çılgıncaydı mesela. Peki, beş ay sonrası için ne yapacaktı? İşte onunla ilgili bir fikri yoktu ve bu durum onun hormonlarını kabartıyordu. Ayrıca bu işten de sıyrılmanın bir yolunu bulacağını biliyordu.

Hülasa; kayınpederini, kayınvalidesini, eşlerini, o yaşlı kadını ve de psikiyatrı hatta ve hatta henüz annesini emme yaşındaki öz kızı Mona'yı kandırmayı başarmıştı. Bu, çok özel bir yetenek olmalıydı. Kimileri buna bok atsa da bu denli karmaşık bir hayatı yönetmek hiç de kolay bir iş değildi. İnsanların, liseden arkadaşlarıyla buluşmak ya da poker oynamak için bile eşlerinden izin alamadığını düşünürsek bu hakikaten büyük bir meziyetti.

dördüncü nefes

dördüncü nefes

Her iki evine de birer gün arayla giden ve herkesi idare etmeyi sorunsuz şekilde başaran Benjamin mutluydu. Eskiden bu kadar zeki biri değildi ama artık çözemeyeceği bir sorun yoktu. Yaşadığı bu olaylar onun zihnini açmıştı gerçekten de. Sürekli yalan söylemek ve aynı yalanı takip etmek de kolay iş değildi ama o bunu da başarıyordu.

Yeni karısı, Benjamin'in bir annesinin olmadığını henüz bilmiyor ve gördüğü o yaşlı makyajlıyı hâlâ onun annesi sanıyordu. Genç adam, bunu nasıl açıklayacağını bilmiyordu çünkü Isabella sürekli,

—Anneni bize getir. Ona ben bakmak istiyorum.

diyordu verdiği sözleri unutarak. O ise kendi kendine,

—Kadınlar, kayınvalide istemez; bu geri zekâlı bunun için feryat ediyor. Hasta mıdır nedir?

diye düşünüyordu. İlginç gelebilir ama kadının bu insani davranışı ya da aslında her erkeğin karısından beklediği bu tavır, onu Isabella'dan soğutuyordu. Henüz birkaç aylık evliydiler ama bu ısrar cidden bıktırmıştı onu. İlk tanıştıklarında,

—Daha fazla kimseyi sevemem!

diyen büyük aşk adamı soğumuştu karısından fakat ayrılamıyordu da ondan. Ayrılamıyordu çünkü Isabella'nın varlığı, yasağı büyütüyordu. Ondan ayrılırsa bu yasaklık kalkacaktı ortadan. Benzer şeyler yapmıştı ama iki kadınla hem de bu biçimde evli olmak çok başkaydı. Yani bu heyecanı yok edemezdi. Bu yüzden de son derece sakin ve bir o kadar da kibar davranıyordu hep. En sinirli olduğu zamanlarda bile,

—Annemin yanına doktordan başkası giremiyor. Bağışıklık sistemi çökmüş durumda. Üşütürse ölür. Mikrop bulaşırsa biteriz aşkım. Neden anlamıyorsun karıcığım bunu?

diyordu. Karısı olduğunu düşünen Isabella ise son derece anlayışsız bir biçimde ısrar edecekken,

—Annene verdiğin değer beni şaşırtıyor ve sana daha da âşık oluyorum.

diyordu. Adam, ne yaparsa yapsın kadın sinir bozucu şekilde büyüleniyordu. Benjamin rahattı, iki karısı vardı ve kimseye yaranmak gibi bir derdi de yoktu. Öteki olmazsa beriki olurdu. Onlar da olmazsa başkalarını bulurdu.

Benjamin şu "aşk" kelimesinden nefret ediyordu. Onun duymak istediği tek şey vardı:

– Becer beni, Benjamin!

Seksten gerisi boş değil, bomboştu ona göre. Hayatına giren çıkan kadınların sayısını artık kendi de bilmiyordu. Her şeyi deniyordu. Ona "Yalancısın sen!" demek istiyordum ama bunu söyleyemiyordum. Zamanda oluşacak kırılmadan ötürü değil, onun bunu hak ettiğine tam da inanmadığımdan. Esasında ona "yalancı" yerine "stratejist" demek daha doğru olur sanırım.

O değil de ondaki nasıl bir beyindi, hâlâ aklım almıyor bunu! Bir seferinde aynı iş yerinde çalıştığı bir kıza yaptığı prodüksiyon hiç çıkmaz hatıramdan.

Yıllar önce reklam koordinatörü olarak çalıştığı şirkette gözüne kestirdiği Nina'ya, seslendi bir gün. Kız onun odasına girdiğinde karşılaştığı manzara çok ilginçti. Benjamin'in arkasındaki cam kırılmıştı ve yer, cam kırıklarıyla doluydu. Benjamin ise şaşkınlıkla masasının üzerinde duran bir şeye bakıyordu. Bu şey, yumruk büyüklüğünde bir taştı;

kâğıda sarılmış ve bir iple sıkıca bağlanmış bir taş. Kadın sordu:

– Ne oldu Bay Knotterson, bu nedir?

Benjamin:

– Bilmiyorum Nina. Üzerinde senin adın yazıyor o yüzden açmadım ve gerçekten de çok korktum. Biri camdan içeri attı bunu. Üzerinde de Tanrı'nın imzası var.

Nina şaşkındı çünkü gerçekten de taşın üzerinde "Tanrı'dan Nina'ya Not!" yazıyordu ve notun altında, siyah kalın kalemle atılmış devasa bir imza vardı. Benjamin:

– Yeni geldim, masama oturdum... Bu korkunç taş bir gürültüyle camı kırdı ve içeri düştü. Uzayla falan ilgilenme lütfen, başımıza iş açacaksın Nina! Genel müdür duysa işten atar seni!

Nina korkmuştu. Benjamin doğru söylüyordu. Genel müdür bu sefer onu işten atabilirdi fakat o karşı konulamaz bir merakla bu notu görmek istiyordu. Önce parmağının ucuyla dokundu taşa. Uzaya fazlaca merakı olan ve sürekli bu konuyla ilgili belgeseller izleyen Nina bunun bir göktaşı olabileceğini düşündü ve dokunarak taşın sıcaklığını anlamaya çalıştı. Taş soğuktu. Peki, ama bu ne olabilirdi? Nina, eline aldığı beyaz kâğıda sarılı Tanrı imzalı büyük taşı inceledi bir müddet. Lakin dışından bakılınca hiçbir şey anlaşılmıyordu. Açmaya da cesareti yoktu. Çabucak odanın kapısını kapayıp geri geldi. Bütün cesaretini topladı ve çözmeye başladı taşın üstündeki ipleri. Aslında bunun Benjamin'in romantik bir tuzağı olduğunu anlayacak kadar zeki bir kadındı ama o an bunun, onun aklına gelmesi pek mümkün olamazdı. Olurdu da bir insanın böyle bir şey için koca camı indireceğine ihtimal vermemesi "acaba" dedirtiyordu güzel Nina'ya. Gerçi Benjamin'i yeteri kadar tanısaydı sadece bunu değil çok daha fazlasına hatta binayı yakmasına dahi ihtimal verebilirdi ama pek bir samimiyetleri yoktu. Nina metin yazarıydı. Benjamin, onun yazdığı reklamlarda uzay metaforunu çok kullandığı için genel müdürden azar işittiğini duymuştu. Onun hakkında bildiği tek şey buydu.

Nina, taşın üzerindeki kâğıdı açtı, şunlar yazıyordu:

– Nina, bu mektubu kendine doğru çevirerek oku güzel Nina! Yanındakiler göz ucuyla dahi bakamasınlar. Uzayla ilgili merakını çok dikkate değer buluyor ve seni sürekli ödüllendiriyoruz Nina ama ne yazık ki sen pek farkında değilsin bunun Nina. Şimdi sessizce yanında duran şu Benjamin'e bir bak! O nasıl bir şebek ooo? O nasıl bir soytarı ooo? İyice bak! Seni güldürmesi için biz onu seçtik ama sen bunun hiç farkında değilsin Nina! Olmaz ki canım! Şimdi, hemen şimdi veya daha sonra da olabilir; onu dudaklarından öp Nina, iyice öp. Bu şirkete tesadüfen girdiğini falan mı sanıyorsun yoksa? Bu Tanrı'nın planı! Buna itaat et Nina ve git öp Benjamin'i. Ha bir de bu taşa sarılı şu ipi de serçe parmağına dola ve altına da üç düğüm at ki hep Benjamin'i hayal edeceğini, onu asla unutmayacağını iyice anlasın çocuk.

Nina mektubu okurken kahkahalara boğuldu. Benjamin safça sordu:

– Ne yazıyor Nina, hı? Hadi bana da söyle! Kötü bir şey yok değil mi?

Nina, bir yandan o ipi parmağına sarıyor bir yandan da konuşuyordu:

– Hayır, kötü bir şey yok serseri... Ya sen nasıl bir varlıksın? Bunu yaptığına gerçekten inanamıyorum.

Benjamin,

– Neyi yaptığıma?..

dedi gülümseyerek ve o geceyi tabii ki beraber geçirdiler sevişerek...

Öyle şaşırtıcı bir hayal gücü, o kadar derin bir yaratıcılığı vardı ki bu anlattığım taş olayını, uzay merakı olduğu için sadece Nina'da kullandı Benjamin. Aynı şeyi iki kez yapmayı pek sevmiyordu. Robotlarla ilgilenene ayrı, yemek yapmayı sevene ayrı kurguları vardı onun. Yahu o değil de Tanrı'nın imzasını taklit etmek nedir ya?

Yetinmiyordu Benjamin. Aslında işini çok iyi yapıyordu. Öne çıkmak ya da ünlü olmak isteseydi bunu çoktan başarmıştı ama istemiyordu. Reklamcı olduğu için hiçbiriyle fazla samimi olmasa da çoğu zaman mühim insanlarla oturup kalkıyordu. Bir defasında, fit vücudu ve farklı yüz hatlarını keşfeden bir tekstil firmasının reklam yüzü olmasını teklif ettiler; kabul etmedi. Deşifre olmaktan ve özgürlüğünün kısıtlanmasından korkuyordu. Onun gibi birinin, böyle düşünmesi de son derece normaldi. Hayatının yarısından fazlası yalan, kumpas ve entrikayla geçmişti; öyle uluorta görünemezdi...

Gerçi Benjamin'e sorsanız o hiç yalan söylemiyordu. Doğruyu gizliyordu sadece. Bazen hak vermiyor da değildim buna. Kadınların aklını başından aldığı için Benjamin'le ilgili senaryoları, onun adına onlar yazıyorlardı. Yani Benjamin adına yalanı kendilerine bizzat onlar söylüyorlardı. Onun evli olabileceği akıllarına gelmiyordu mesela. Hatta bunu soranlara Benjamin,

– Evliyim tabii ki bir de kızım var! Parmağımdaki yüzüğü görmüyor musunuz?

diye cevap verdiğinde kahkahalarla gülüyorlardı. "Yüzük" dediği, serçe parmağına dolanmış bir ipti neticede.

Aşırı yakışıklı olmasa da fazla ilgi çeken biriydi Benjamin ve yansıttığı yönlerine bakıldığında herkesin evlenmek isteyeceği türden biriydi. Kadınlar, onun ipten de olsa bir yüzük takmasını; kızların onunla evlenme isteğini frenlemek için yaptığına inanıyorlardı.

Komik biriydi genç soytarı. Bu yüzden de ona "şeytan" demelerine rağmen onun hep şaka yaptığını zannediyor ve söylediği bu tarz şeylerin de doğru olduğuna ihtimal vermiyorlardı Benjamin de zaten ona göre yapıyordu kurgularını.

İnsanlar, birileriyle konuşurken kafalarında bir senaryo yazar ve ona göre sonuçlar beklerler ya! Bu da öyle bir şeydi. İnsan, duymak istemediği şeyin üstünde pek durmaz. Bu sebeple biri "bakarız" ya da "düşünelim" dediğinde öteki bunu kendi lehine olumlu bir cevap olarak kabul edebilir. Hoşlandığı bir erkeğe,

– Evli misin?

diye soran bir kadın aslında,

– Ne olur evli olma!

demek istiyordur. Buna verilen cevap varsayalım ki,

– Pek sayılmaz!

olsun. Soran kişi bunu "bekârım" diye anlamaya daha yatkındır. Söyleyen ise belki de sadece

– Mutsuzum.

demek istemiştir ama soran bunu hiçbir şekilde doğru anlamaz. Aslında Benjamin'in cevapları ve diğerlerinin anladıkları işte tam da böyleydi.

O gece Benjamin, istemeye istemeye Isabella'ya gitti. İstemiyordu çünkü artık ciddi ciddi sıkılmaya başlamıştı ondan ve bu normal karşılanmalıydı. En azından ben bunu anlayabiliyordum. Gece yanına uzandığı karısının vücuduna dokunurken öpmeye başladığı dudaklarından ateş çıkıyordu, doğru. Gerçekten de baştan çıkarıcı bir kadındı Isabella ama Benjamin artık onun her yerini tüm detaylarıyla biliyordu. Yani bir başka erkek için erişilmez olan bu kadın, Benjamin için herhangi bir kadındı.

—Ahh, şu memelere bak!

—Off, kalçalara bak!

—Tanrı'm şu ağza, şu burna bak!

demesi beklenemezdi. Bunu şuradan da anlayabilirsiniz. Dünya güzeli olan bir kadın aynaya bakarak her sabah,

—Ah, ben ne güzelim.

diye sürekli şımarmaz değil mi? Ya da tokalaşmak için önünde sıraya girdikleri bir ressam, ikide bir ellerine bakarak,

—Bu nasıl bir marifet, bu nasıl bir hüner?

demez. Birileri, Salvador Dali'nin çöpe attığı bastonuna, milyon dolar verebilir ama o baston, Dali'ye göre bir çöpten ibarettir. Eminim, yaşadığında ona bir sentini bile kıymayanların, onun bastonu için hem de hiç alakasız birilerine bu kadar para verdiklerini duysa küfrederdi büyük usta. Bunun gibiydi işte ve Isabella artık şaşırtıcı gelmiyordu Benjamin'e. Yeni heyecanlar gerekiyordu ve de...

Karısını öperken fısıltıyla bir heyecan yaratmak istedi o gece,

– Şu an birilerinin bizi izlediğini fark etsen devam eder miydin öpüşmeye sevgilim?

dedi. Cevap vermedi genelde yatağa girerken ışıkları söndüren ve utandığı için neredeyse hiçbir zaman tam olarak soyunmayan Isabella. Benjamin, karısının yine utandığını düşündü. Bu da heyecan vericiydi, bir kadının utanması... İçine girdiğinde cevap vereceğini düşünüyordu. Hiç riske atmadı ve Isabella zirvelerdeyken sordu bu sefer:

– Hadi söyle karıcığım, söyle; şu an bizi kimin izlemesini isterdin?

Bunu birkaç kez tekrar edince,

– Konuşma Benjamin, ahh konuşma!..

dedi Isabella. Evlendikleri günden beri buna benzer şeyler söylüyordu Knotterson ve karısı her zaman susuyordu. Benjamin de onun utandığını düşünerek iyice heyecanlanıyor ve daha da üstüne gidiyordu. Acele etmiyordu bu konuda, yavaş yavaş alıştıracak ve kendine benzetecekti onu da.

Yalnız o gece biraz dozu artırmaya ve bir de isim verip fanteziyi edepsizleştirerek büyütmeye karar verdi:

– Hadi aşkım söyle! Jessica bizi izliyor! Ohh, hadi orospum; ahh, hadi sürtüğüm...

Jessica, Isabella'nın en yakın arkadaşıydı ve ne yazık ki Benjamin beklediği cevabı alamayacaktı hatta bu cümle, cinsel anlamda genç adamı Isabella'dan sonsuza dek koparacaktı. Zevkin doruklarına bir "off" kala yerinden kalktı kadın ve sanki kafasını gözünü yarmışlarcasına bir sinirle,

– Yahu sen ne rezil bir adamsın! Evlendiğimizden beri bana bunları soruyorsun. Susuyorum, anlamıyorsun. Ses etmiyorum, durmuyorsun. Jessica, benim en yakın arkadaşım; bunu nasıl düşünürsün?

Benjamin cevapsızdı. Isabella'yla ilk tanıştıklarında, söylenilenleri yavaş anlaması; ona ekstra bir şirinlik katıyordu ya hani! Genç adam; onun bu, yataktaki cevapsız hâlinin de o, anlamasındaki yavaşlıktan kaynaklandığını düşünüyordu ama öyle değilmiş meğer. Benjamin, karısının bambaşka bir yüzünü görüyordu o gece ve onu daha yeni tanıyordu. Isabella susmuyordu:

– "Orospum" nedir ya? Orospu muyum ben? Benimle ne biçim konuşuyorsun sen?..

Benjamin özür diledi ve duşa girdi. Böylece konu kapandı Isabella için ama sadece Isabella için. Benjamin, onunla her yatağa girişlerinde bunu hatırlıyor, karısının ne kadar sığ ve ruhsuz biri olduğunu düşünüyordu çünkü yatak odasında kullanılan bu tarz kelimeler hakaret değil, heyecan için söyleniyordu. O da zaten bunu sadece kendi kadınına ve yatakta söylüyordu. Isabella'nın bilmediği ya da daha önce hiç duymadığı, cinsel heyecanı artıran bu tarz kavramlar aslında onu da heyecanlandırmıştı ama bunu o da itiraf edemiyordu kendinden kaçan her kadın gibi. Bu da zaten çiftler arasındaki en büyük sorundu, hayal kurup konuşamamak; yatağın içinde yalnız kalmak. İşte böyle sustular...

Aslında evlenmeden önce sevişselerdi bunlar olmayacaktı çünkü o zaman; kızın, onun istediği gibi bir hayal gücünün olmadığını anlayıp vazgeçecekti Benjamin. Sonuçta Isabella, onun için artık sadece bir görevdi.

Seks, çoğunlukla iki kişilik bir eylemdir ama yatakta hiçbir zaman iki kişi olmaz! Sahi, insan; bir şeyi severken neden "bak" der sonunda hiç düşündünüz mü bunu?

– Şu arabaya bak!

– Şu kalçalara bak!

– Şu lezzete bak!

Bunlar neden hep "bak"la biter sizce? Düşünmediniz değil mi? Ama anladınız. Gerçekten tuhaf! İnsan, gücünü göstermek istediği gibi sahip olduklarını da göstermek ister çünkü. İnkâr etse de ister bunu. Sabah işine, akşam evine giden birinin, o kadar para vererek Ferrari almasındaki amaç ne olabilirdi ki? Milyon dolarlık arabaları, binmek için aldıklarına inanacak kadar saf olamazsınız öyle değil mi? Bu bir güç gösterisidir. Bakın "güç göstergesi" de demiyorum, "güç gösterisidir" diyorum. Yani elde edilmeye çalışılan güç, sadece o sahip olunanı göstermek içindir. Şimdi iş; cinselliğe, sahip olunan libidoya, testosterona falan gelince elbette namus, kıskançlık, edep, tabu ya da sosyolojik diğer örfî kavramlar bunların gösterilmesine engeldir ama sadece gösterilmesine engeldir, asla gösterme isteğine değil.

İşte bu istekler, hayalde kaldığında adına fantezi, gerçekleştirildiğinde ise namussuzluk denir. Bu durumda da aslında derin bakıldığında, "Fantezi, karşılık bulduğunda namussuzluğu önleyen en yüksek tatmin biçimidir." diyebiliriz.

Benjamin, karısından sadece hayal kurmasını istemişti. Onunla konuşmak istemişti ama olmadı. Oysa hayvanlarla insanları cinsel anlamda birbirinden ayıran tek şey, onların fantezi kuramamalarıdır. E, bu durumda da konuşmadan yapılan seks; sevişme değil, çiftleşmedir.

Bir gün ev kalabalıkken karısına mesaj atıp ondan, külodunu çıkarıp odaya gelmesini istemişti. Bunu dahi sapıklık olarak görüp yapmayan Isabella, ne yazık ki Benjamin için artık sadece bir ev arkadaşıydı. Oysa bu onun sıradan fantezilerinden biriydi. Bunu daha önce Maya ile denemişti.

Maya, üniversite yıllarından Benjamin'in sevgilisiydi. Beş arkadaş onlarda ders çalışmaya gittiklerinde, Benjamin şöyle bir mesaj attı Maya'ya:

—Aşkım, çamaşırını çıkar. Sanki hiçbir şey yokmuş gibi yanımıza gel ve gizlice külodunu bana ver!

Maya bunu yaptı. İnce çamaşırını çıkarıp eteğiyle odaya geldi ve kimseye hissettirmeden külodunu Benjamin'e verdi. Doğal olarak bunu sadece Benjamin ve o biliyordu. Sonra mesajlaşmaya devam ettiler. Benjamin, Maya'ya bunu kimsenin bilmiyor olmasının heyecanını, onların bilmesi durumunda olacakları, herkesin gözünün önünde Maya'yı becerdiğinde diğerlerinin ne yapacağını sordu mesajla ama bununla yetinmedi. Tuvalete gitti ve Maya'nın tül çamaşırını iyice gerdirip dikişlerini içe getirerek âdeta bir bileklik gibi koluna dolayıp içeri geldi. Bunu yaptı; Maya, anlayacaklar diye korkudan ölebilirdi ama Benjamin son derece rahattı. Ayrıca zaman zaman masadaki silgi parçacıklarını bileklikle toplayarak Maya'nın çamaşırını onların gözüne sokar gibi davrandı. O, bütün bunları yaparken Maya, korkuyla karışık kıvranmalar ve abartılı ıslanmalar yaşadı. Maya, fark etmese de bu aslında bir fragmandı. Nitekim sonraki buluşmalarında o günü ve o heyecanı konuşarak sevişip zevk büyüttüler...

Fantezilerini saymazsak aslında kıskanç biriydi Benjamin. Kadınlarını paylaşma fantezisi hep vardı ama bunu asla bir erkekle yapmadı.

Tahmin edebileceğinizden daha kurnaz ve çok daha zeki bir adamdı Knotterson. Sınırda şeyler yapmasına rağmen yakalanma ihtimali sıfırdan daha düşüktü çünkü akla gelmeyen şeylerdi onunkiler. Maya'yla mutfağa gidip onun ıslaklığıyla biraz oynayarak onu mutlu ettikten sonra kızın sularını parmaklarıyla bileğine bulaştırıp odaya geri döneceğini kim düşünebilirdi ki? Peki, bir müddet sonra herkese, yeni parfümünün nasıl olduğunu sorup bileğinden Maya'nın suyunu, üç erkek ve dört kıza koklatmasına ne demeli? Bunu yaptı deli. Hem de Maya'nın gözlerinin önünde yaptı. Bu, ona göre inanılmaz bir heyecandı; Maya'nın kokusunu herkes biliyordu ama kimse "Maya'nın kokusunu" bilmiyordu. Maya'nın aklına gelemeyecek kadar uçta şeylerdi bunlar ama onun bu heyecanlarına ortak olmaya bayılıyordu genç kız ki Benjamin de zaten bunu seviyordu.

Isabella yetersiz kalıyordu bu manada Benjamin'e. Böyle olunca da aykırılıkta zirveleri zorlayan genç adam, Isabella'dan umduğunu bulamadı ve düşünebiliyor musunuz? Benjamin'in bir zamanlar "Tanrı'nın Başyapıtı" dediği, vücudunu santim santim şımarttığı, kadınların prototipi olarak yaratıldığına inandığı Isabella; bütün şaşırtıcılığını kaybetmişti şimdi ve artık sıradan biriydi. Benjamin, sıra dışı hiçbir şey yapmayan, en basit fantezilerden bile sınıfta kalan Isabella'yı aldatmaya başladı tabii ki. Aslında benim gözlemlediğim ve sonradan anladığım kadarıyla her kadına, onun tek kadını olma şansını veriyordu Benjamin ama onlar bunun hakkını veremiyor ve bu fırsatı asla değerlendiremiyorlardı.

Isabella'yla tartıştığı o gecenin sabahında yeni bir kadınla tanışmıştı ve aynılarını ona söylüyordu şimdi:

– Sensiz yaşayamam.

– Sen hayatımda gördüğüm en muhteşem kadınsın...

Emin olun, bunları Başyapıt'a söylerken inandığı gibi diğer kadınlarına söylerken de inanıyordu. Benjamin'in bilmediği, aslında kimsenin bilmediği şey; her aşkın muhakkak biteceği gerçeğiydi. "Aşk" dediğimden siz "seks" anlayın tabii çünkü aşk diye bir şey yoktu Benjamin'e göre hatta onun nezdinde seks bitmese aşk hiç bitmezdi. Dolayısıyla aşkın dinamosu doğrudan doğruya seksti. Hatta bu konuyu tartıştığı ve "Seks değil, aşk önemli." diyen bir kadını (ki onu da becerilecekler listesine almıştı) şu basit cümleyle mat etmişti:

— Parmağım olmasa beni sevebilirsin fakat penisim olmasa çeker gidersin! Öyleyse sen aslında beni değil, penisimi seviyorsun kadın ama kesip cebine koysam bunu da istemezsin! Haa, eğer onu cebine koymam seni mutlu edecekse haklısın, seks önemli değil bence de...

Ne diyorduk? Evet, her seferinde yanılsa da yine her "Sensiz yaşayamam!" dediğinde inanıyordu Benjamin buna. Bilmediği yahut bilmediğimiz şuydu: Elde ettiğimiz her şey bir müddet sonra anlamını yitirecektir ve bu kötü bir şey değildir. Doğanın genel kanunudur bu. Şayet öyle olmasaydı bütün mutlu başlangıçlar mutlu sonlanmaz mıydı? Eğer öyle olmasaydı,

— Hayatım boyunca patates kızartması yiyebilirim.

diyen çocuk birkaç yıl sonra patlıcanla, ıspanakla patatesi aldatmaya kalkar mıydı? Şayet öyle olmasaydı kim arabasını satardı, kim ayakkabısını atardı? Öyle ya! Bunların da bir ilk alındığı an vardı!

Her şey biter. Ne olursa olsun mutlaka biter ve insan sıkılır her şeyden. İlginç olansa bunu herkesin bilmesi ve her seferinde aynı açmaza tekrar tekrar düşmesidir. Bu tuzağa düşmeyen sadece Tanrı'dır. Baksanıza dünyanın en büyük eğlence merkezini kurduğu hâlde bir gün sıkılıp hem de "kıyamet" adıyla yerle bir edeceğini söylüyor onu buyruğunda.

— Olur mu öyle şey? Hiç, insan birkaç ay içinde sıkılır mı sevdiğinden?

diyenler için hızlı bir özet yapmam gerekirse onların bildiği ama ısrarla reddettiği şeyler vardı. Ne olursa olsun hiç kimse bir şeyi sonsuza dek, aynı hislerle sevemez çünkü hiçbir şey; sonsuza kadar şaşırtıcı değildir ve alışmak sevgiyi azar azar azaltan bir hakikattir. O hâlde sürekli sevilmek istiyorsanız daima hayret verici seviyede şaşırtıcı olmaya bakın çünkü insan farkında olmasa da sadece şaşırmaya âşıktır.

Uzun lafın kısası, Benjamin sıkılmıştı Isabella'dan ve yeni şeyler istiyordu artık. Bir ara, vicdanını rahatlatmak için,

— Ben acaba sapyoseksüel miyim?

diye düşünmeye başladı. Öyle ya! Dünyanın en sarsıcı kadını vardı altında ama o yine başkalarını istiyordu. Bir türlü onu sonsuza kadar tatmin eden ve elde tutan bir kadın bulamıyordu.

Benjamin artık önüne geleni kandırıyordu. Taktiğini değiştirmiş ve borçlarının olduğunu söylemeye başlamıştı. Fakir olduğunu söylediği hâlde onunla birlikte olduklarında egosunu tatmin ediyordu.

— Ne kadar olağanüstü bir adamım ki kadınlar artık paramla pulumla da ilgilenmiyorlar...

diyerek kendiyle gurur duyuyordu Knotterson. Öte yandan seviştiği bir kadının ona yemek ısmarlaması da vicdanını;

– Çocuğumun, karımın hakkını onlara yedirmiyorum.

diyerek rahatlatıyordu. Bu, onu mutlu ediyordu. İnsan, bir şekilde kendinde elle tutulur bir taraf yakalamasaydı bütün kötülerin intihar etmesi lazımdı. Gerçekten de cinayet işleyen birinin bile kendince iyi tarafları vardı:

– Adam öldürdüm ama kimsenin hakkını yemedim.

– Adam öldürdüm ama kimseye tecavüz etmedim...

Hırsızın savunması da benzerdi:

– Çalıyoruz ama kimseyi öldürmüyoruz.

– Çalıyoruz ama kimseyi taciz etmiyoruz...

İnanın tecavüzcünün bile saçma sapan da olsa kendini akladığı zamanlar vardı:

– Tamam, tecavüz ettim ama öldürmedim.

– Tamam, tecavüz ettim ama o da zevk aldı...

Aşağılık insanların dahi kendini savunabilmesi bu şekilde mümkün olabildiğine göre bir kadının hayatına kastetse bile yine de rızaya dayalı birliktelikler kuran, kayınpederinin parasıyla düğün yapsa da en azından çalmayan, birilerinin hayatını katletse de onları alenen öldürmeyen biriydi Benjamin. Çocuğunun hakkını değil, o kadının parasını ötekine yedirdiği için masumdu kendince. Bu konuda yaptığı çok daha güzel şeyler de vardı. Yaşlı bir kadını karşıdan karşıya geçirmek, dilenen birine bozukluk vermek, çimene basmamak, çocukların başını okşamak, yere çöp atmamak, ibadet etmek gibi... Bunlar, sanki bütün insanlığın kendini iyi hissetmesi için tasarlanmış minyatür iyiliklerdi.

– Karıncayı bile incitmedim.

diyenlerin çoğu, işte bu basit iyilikleri baz alarak konuşuyordu. Haklıydılar da kendilerine göre. Yaşlılara saygı gösteren, muhtaçlara yardım eden, çocukları seven, doğaya zarar vermeyen biri, herkesin gözünde iyidir mutlaka değil mi? Kimse,

– Ben aşağılık adamın tekiyim! İki kişiye yardım ettim mi kendimi peygamber sanıyorum!..

demeyeceğine göre diğerleri onları iyi sanır elbette. Bu arada,

– Ben şerefsizin biriyim.

diyene rastladığınızda deneyin isterseniz,

– Evet, sen büyük bir şerefsizsin...

deyin bakalım neler oluyor? Olay oluyor tabii, cinayet çıkıyor... Çünkü bunu söyleyen, kendini aklamanın ve,

– Olur mu yaa? Sen özünde iyi ve ahlaklı birisisin.

cevabının peşinden koşuyor! Eğer öyle olmasaydı derhâl hem de bu gece beraberce intihar etmeleri hatta etmemiz gerekirdi de bunu kimse düşünmüyordu ne yazık ki.

beşinci nefes

beşinci nefes

Benjamin, hiç hız kaybetmeden devam ediyordu hovardalık mesleğine; meslek olmuştu onun çapkınlığı ya da "çapkınlık" diye adlandırılan midesizliği. Yakalanmıyordu, hiç yakalanmıyordu. Tanıştığı her güzel kadını becermek hem de bunu bir kompozisyonla yapmak tarifsiz bir keyifti onun için. Tanıştığı ve bir kere "merhaba" dediği her güzel kadın onun potansiyel sevgilisiydi. Gerçi hakkını yememek lazım! O, aralarında henüz hiçbir şey yokken tuzağına düşürdüğü kızın fotoğraflarını arkadaşlarına göstererek,

– İşte yeni sevgilim!

diyenlerden değildi. Bu tip insanlar çok fazlaydı ki bu aynı kişilere,

– Peki, aranızda bir şey oldu mu?

diye sorsanız ballandıra ballandıra ortada hiç olmayan hayalî şeyleri anlatmaktan geri kalmayacaklardı. Benjamin'in belki de en iyi yanı buydu. Susmak! Yaşadıklarını kimseyle paylaşmıyor olması onun en büyük sırrıydı. Buna rağmen yine de içinde, yaşadıklarını anlatma ve bu zevki de yaşama arzusu hep vardı. Onun gibi yaşayan hiçbir erkek susmayı başaramazdı. Bunları anlattığında insanların yüzlerindeki heyecanı görmek istiyordu. Gerçi anlatsaydı çoktan vermişti yakayı ele ve doğruyu isterseniz anlatmadığı için eşsizdi hergele.

Son zamanlarda başka bir yöntem geliştirmiş ve hiç kendinden bahsetmeden bütün yaşadıklarını anlatır olmuştu arkadaşlarına fakat çok uzun zamandır bu konularda hiç konuşmayan Benjamin, anlatırken bir şeyi fark etti; kimsenin sevişmediğini. Kendi yaptıklarıyla mukayese edemeyeceği kadar geride kalmıştı arkadaşları. Üç beş dakikalık ön sevişmeleriyle gurur duyuyorlardı en fazla ya da kadınını bağırttırmalarıyla övünüyorlardı. Fısıltının gücünden haberi yoktu porno çığlıklarını marifet sayanların.

Herkes şaşkındı onu dinlerken ki o, yaşadıklarını bir film senaryosu gibi ya da başkalarının yaşadığı afaki veya imkânsız şeylermişçesine aktarıyor ve bir de çaktırmadan fikir alıyordu yeni hamlesi için.

– Adam, sevgilisini evdekiler uyurken hem de onların yatağında becermiş.

diyordu mesela. Dinleyenler,

– Yok daha neler? Yalandır yaa! Olur mu hiç öyle şey! İmkânsız!

der demez coşuyordu Benjamin ve işte o imkânsızların peşine düşüyordu vakit kaybetmeden.

Baştan çıkarıp koynuna aldığı kıza bunu, yapmak istediği bir fantezi olarak anlatıyordu. Bu tip şeyleri hiçbir kadın kolay kolay kabul etmiyordu elbette ama yasak, insanlığın ortak zaafıydı ve en azından merakından dinliyorlardı onu.

Şöyle oluyordu: Benjamin, bir kadınla sevişirken onun en arzulu olduğu anda,

– Aşkım, yanında en çok utandığın insanlar kimler?.. Düşünsene onların bizi izlediğini!

diyordu. Böylece de kadının zihnine edepsiz, sebepsiz ve toplum normlarına göre son derece ahlaksız bir fotoğraf atıyordu. Kadın, tabii ki itiraz ediyordu buna:

– Nasıl? Saçmalama! Delirdin mi sen? Olmaz öyle şey!..

Benjamin:

—Aşkım sakin ol ve düşün! Bu çok iyi değil mi yaa?

Bunu söylediğinde verilen "hayır" cevabının şiddetine göre senaryo yön değiştiriyordu ve buradan öyle ya da böyle, erişilmez heyecanlara ulaşabiliyordu Benjamin. Mesela kadın,

—Ah hayır, bu olamaz!

dediğinde bu sefer Benjamin, söz gelimi şunları teklif ediyordu:

—Biliyorum aşkım, olmaz! Ama yan odada birileri uyurken sessizce sevişebiliriz değil mi?

—Biliyorum aşkım, olmaz! Ama başka bir kadın bizi izlerken seni becerebilirim. Off aşkım, bu çılgınca değil mi?

—Biliyorum aşkım, olmaz! Ama aramıza başka bir kadın alabiliriz. Memelerini bir başka kadının öptüğünü düşünsene!

—Biliyorum aşkım, olmaz! Ama senin şu sınıf arkadaşın var ya! Onun kirli çamaşırlarını giyip koynuma girebilirsin. Ah aşkım, senin çizginin kenarından Gina'yı koklamak... Mmmm...

Menünün en başına imkânsız olanı koyuyor sonra da bahse konu fantezi listesini alabildiğine uzatıyordu ki ben sadece birkaçını saydım. Bu esnada yaptığı tek şey, kadının yüzüne bakıp hangisinde kalbinin daha hızlı attığını keşfetmekti. Sonra mı? Sonrası kolay! Onu yaşamak için ne gerekiyorsa yapıyor ve kusursuz bir kurguyla bunu mutlaka gerçekleştiriyordu. Öte yandan bunları konuşurken, kadınının nabzını yükseltirken, altındakinin heyecanını artırırken de fazlaca zevk alıyordu ama tabii ki o bunları uygulamadan asla rahat edemiyordu.

Tükeninceye kadar sevişip bitik duruma gelmiş olsa bile onun için bitmiyordu seks. "Cinsellik 24 saattir." diyordu hatta "7/24" bile demiyordu. Oradaki "7" sinirini bozuyormuş. Bu, onda 7 gün sonra bitecek hissi uyandırıyormuş. Hülasa, ona göre seksin zamanı yoktu ve seks her zamandı. Seviştiği kızı, evine bırakırken cebinden sürekli yanında taşıdığı o özel ipliği çıkarıp onun işaret parmağının birinci boğumuna sarıyor, altına da anlamlarını söyleyip o üç düğümü atıyordu. Sonra da işaret parmağında ölçtüğü bu ip yüzüğü kızın serçe parmağına takıyordu. Ben de o zaman öğrenmiştim, Fibonacci Matematiği gereğince işaret parmağının birinci veya ilk boğumuyla, serçe parmağının üçüncü ya da dip boğumunun aynı kalınlıkta olduğunu. Ben, o ipin neye yaradığını da o gün öğrenmiştim aslında. Bunu, kızın kulağına yaklaşarak dünyanın en büyük sırrını veriyormuş gibi bir sessizlikle ve ciddiyetle şöyle anlatıyordu aykırı fırlama:

— Bak sevgilim, bu bir hayal ipi. Bunu asla çıkarma serçe parmağından. Sadece mastürbasyon yaparken çıkar ve işaret parmağının ilk boğumuna tak. Öyle bir ayarla ki kendine dokunurken o düğümler de o noktana değsin. Kendine kibar ve telaşsız davran sevgilim; nazikçe dokun, üzmeden... Unutma, bu mastürbasyon değil; derin mastürbasyon. Eğer anlarsan o parmağındaki de ip değil, bir Benjamin mucizesi! Dediğim gibi yaparsan dokunduğun yerde düğümleri değil, beni hissedersin...

Bunu öyle bir söylüyordu ki onun zihnine hem de o az önce sorular sorarak keşfettiği fanteziyle birlikte saplanıyordu Benjamin. Onun detaycılığı şaşırtıcıydı. Bakar mısınız? Kimse şüphelenmesin diye serçe parmağında taşıyıp ihtiyaç hâlinde işaret parmağına alıp kullanmayı ve sonra da sanki hiçbir şey olmamış gibi tekrar serçe parmağına geri takmayı bile hesaplamış. O yüzüğü artık kime takarsa taksın sonrasında çıkarsa dahi unutamıyordu Benjamin'i. Onun bir sapık olduğunu düşünseler de merak ediyorlardı adını "mastdeep" koyduğu o ip parçasının marifetini. Merak da zaten böyle bir şeydi ve bırakmıyordu insanın peşini. Bir kez, "Acaba o düğümler oraya değince ne oluyor, öyle yapsam daha mı iyi olur?.." dediğinde bunu denemeden edemiyordu hiçbir insan. Deneyince de zaten aklına Benjamin geldiği ve sadece onu hayal ettiği için aldığı zevk zirveye çıkıyordu. Daha sonra bir araya geldiklerinde ise Benjamin'in bu ipi öpüp koklaması, o ip hakkında konuşması, sevgililerinin "Seni hissettim." demesi bambaşka heyecanlar oluşturuyordu her iki tarafta da. Böylece büyük şeytan, bir iple geriye kendini bırakıyordu ve asla unutulmuyordu. Hatırla, hayal et ve sır tut!..

Benjamin, kadınlarına asla tek tip hitap etmiyordu. Kimine "orospum" kimine "fahişem" kimine "tanrıçam" kimine "karım" kimine "kadınım" kimine "sürtüğüm" diyordu. Her kelimeyi kullanırken kadınının tepkilerini ölçüyordu ve duruma göre de yeniden değerlendirip öyle konuşuyordu. Sanırım bunu tam anlatamadım. Şöyle deneyeyim: Bir sevgilisine,

– Orospum.

dediğinde şayet o bunu seviyorsa bu sefer ona,

– Fahişem.

diye sesleniyordu ama asla burada kesmiyordu. Sonra,

– Ucuz orospum...

diyordu mesela fakat bununla da yetinmiyordu; daha da abartıyor, pantolonunun cebinden para çıkarıp,

– Al orospum, bu senin hakkın; işini çok iyi yapıyorsun sürtük!

diyerek kadınına veriyordu. Sonra iyice abartıyor, en küçük demir paraları fırlatıyordu kadınının üstüne ve ona,

– Sen benim ucuz orospumsun...

diyordu. Bunun sonu yoktu, ona göre zevkin sonu ve de sınırı yoktu. Elbette ara sıra bu tip hitapları sevmeyenler de çıkıyordu. Peki, vaz mı geçiyordu sizce? Asla! Onlara bunu sevdirene dek uğraşıyordu zira onun bu oyunlar için zamanı çoktu. Aldığı asıl zevk de zaten buydu; kadınlarının yataktaki ahlakını bozmak veya onları kendine benzetmek ki ikisi de aynı şey. Dediğim gibi bunlar sadece oyundu onun için ve o, oyuncularını kendi yetiştiriyordu. Şunu da söylemeliyim ki Benjamin bunları yaparken hiç kimseyi zorlamıyordu. Onu stratejisi, eşsiz zekâsıyla kibarca ikna etmek üzerine kurulmuştu.

Benjamin'in kadınları, hep iyi aile kızlarıydı. Onun orospularla, eskortlarla, fahişelerle işi olmazdı. Bu arada, eğer anında istediği şeyi yapıyorlarsa derhâl soğuyordu onlardan. "Hayır" demeleri onu tahrik ediyordu. Acemi oluşları ise onun aklını alıyordu. Bir kadının külodunu ilk defa aralamak, sutyenini ilk defa gevşetmek, pantolonunu kemer iplerinden tutarak yukarı çekiştirmek, omzunu açmak, sırtına dokunmak, omurgasını öpmek; bunlarla saatlerce uğraşıyordu. Arkadaşları kadınlarının boynunu öpmeyi, klitorisine dokunmayı, belini koklamayı daha yeni yeni keşfediyorken o hiçbir kadının ve erkeğin neredeyse bilmediği saç diplerini ısırmayı keşfetmişti. Üstelik boyundan ya da enseden değil kafatasının en tepesinden. Dişlerini kibarca kafatasına değdiriyordu ve kadınını tepesinden boşaltıyordu Benjamin. Çok daha ileri gittiği zamanlar da oluyordu. Mesela henüz hiçbir şey yaşamamış olan 24 yaşındaki Sharon'ı çıldırtmıştı. Herkes tersini sorarken o,

– Sence senin zevk almayacağın yerin neresi?

diye sormuştu. Acemi kız ona tutup "Alnım" demez mi? Yahu sen Benjamin'le iddialaşılmayacağını nasıl bilmiyorsun hadsiz! Belki inanmayacaksınız ama Benjamin, Sharon'a,

– Seni alnından hem de sadece ölü hücrelerimle kudurtacağım.

dedikten sonra tırnaklarıyla kızın alnına dokunarak 15 dakika içerisinde onu dümdüz etti. Tabii sadece dokunuyor demek de haksızlık olur. Bunu yaparken muazzam bir senaryoyla ve aralıksız bir fısıltıyla konuşuyordu.

Kadınlarının kafasına, hiç akıllarına gelmeyen şeyler sokuyordu Benjamin. Üniversitede okuyan Xandra'ya şöyle diyordu mesela:

– Bir şeyi çok merak ettim! Hiç evdekilerle aynı odada otururken mastürbasyon yaptın mı Xandra?

Bunu duyan kız,

– Tabii ki hayır!

dediğinde,

– Sakın yapma bunu, delirirsin! O yakalanma korkusu zevkten çıldırtır seni bir daha da normal mastürbasyon yapamazsın.

diye karşılık veriyor ve konuyu kapatıyordu. Bu, zihne yazılan bir kod etkisi yapıyordu ve Xandra böyle bir anı kovalıyordu artık. Fırsatını yakalayınca da ister istemez bunun nasıl bir zevk olduğunu merak etmeye başlıyordu. O gün bunu ertelese bile birkaç gün sonra üzerine bir battaniye alarak hafifçe ışığı kısıp kendisine gizlice dokunuyordu evdekilerin yanında. E, hâliyle dayanamıyor bunu Benjamin'e anlatıyordu. Benjamin'in verdiği tepkiler o kadar heyecan dolu oluyordu ki kız bunun bir üstünü merak ediyordu bu sefer. Benjamin ona öyle ödevler veriyordu ki kız artık sınırlarını aşıyordu ve son olarak, genç adamı kalabalık evine alıp herkes içerideyken sevişiyordu onunla.

Aslında Benjamin'in yaptıkları "kendini gerçekleştiren kehanet" misali şeylerdi. Anlattığını yaşamadan rahatlayamıyordu. Söz gelimi az önce anlattığımı, Xandraların tripleks evine, kameraların kör noktasını bulup balkonlarından tırmanarak başardı. Üstelik bunu bir de gece yarısı değil, akşamüstü yapması çıldırtıcıydı. Xandra'nın ailesi içeride televizyon izlerken oluyordu her şey. Benjamin, sevgilisinin içine giriyordu ve ses çıkarmaları yasaktı. Benjamin hızlanınca kadın,

– Ah yapma, duyacaklar! Aşkım yavaş ol, annem gelecek!..

diyordu. Sessiz sevişme mecburiyeti herkes gibi Xandra'yı da tahrik ediyordu. Sadece bu değil, buna benzer birçok kurgusu vardı Benjamin'in. Gece yarısı gizlice girdiği evin yatak odasının kapısının önünde hem de çırılçıplak seviştiği bile olmuştu. En inanılmazı ise Benjamin'in son kadını Xandra ile olandı. Onunla yatakta oynaşırken kızın annesinin kapıdan seslenerek,

– İyi misin kızım, bir ses duydum da?

demesiydi ki o an Xandra'nın içindeydi Benjamin hatta kız, annesine cevap yetiştirirken usul usul ve sessizce bütünleşmeye devam ediyordu iki sevgili. Daha akla zarar olansa o sesi, elindeki çakmağı kapıya fırlatarak bizzat Benjamin'in çıkarmasıydı. Yakalanmaya çalışmıştı yani. Xandra'nın o anki tepkilerini görmek ve o heyecanı yaşamak deli ediyordu onu. Zaten kızı ikna ederken,

– Ben balkondan gireceğim ama asla odanın kapısını kilitlemeyeceksin. Her an içeri girme ihtimalleri olmalı. Yakalanma korkusunu iliklerine kadar hissetmeni istiyorum aşkım. Sen rahat ol. Eğer aniden içeri girerlerse ben ölü gibi dururum. Diyelim ki yakalandık! En fazla ölürüz.

diyerek kıza sözde tüyolar vermiş oluyordu.

– Yakalanırsak evleniriz!

demesi beklenirken o,

– Yakalanırsak en fazla ölürüz!

diyordu.

Kısacası, yol üstü fantezileri, kırbaç kemer mazoşizmi, ayak fetişizmi, el manyaklıkları, banyoda sevişme ameleliği falan cezbetmiyordu onu. Bir de kadınlarını bölgesel sevmeyi yakıştıramıyordu kendine. Saç diplerinden ayak tabanlarına kadar seviyordu onları. Onun fantezileri üst seviyelerdeydi ama yetinmiyordu. Abartıyordu Benjamin. Seviştiği kadınlarla maske takıp videolar çekiyor ve bu filmleri de erotik videolardan oluşan sayfalara koyuyordu mesela. Sonra da ne kadar izlendiğini takip edip bir de bu konuda hırslanıyordu. Başarıyordu da... O kadar estetik çekimler yapıyordu ki videoları en çok izlenenlerin arasında gösteriliyordu. Gel gelelim, artık bunlar bile onun için sıradan şeylerdi.

altıncı nefes

altıncı nefes

Benjamin tehlikeyi sevmiyordu, tehlikeye âşıktı. Ona göre bir yasak ne kadar büyük olursa, bir gizli ne derecede kapalı olursa, bir günah ne seviyede yüksek olursa; zevk de o nispette yukarıda olabilirdi. Bakın ne yaptı Knotterson? Halüsinasyon gördüğüne ve artık bunlarla yaşaması gerektiğine inanan, bu konuda tedavi gören karısı Liza'ya,

– Artık eskisi gibi sevişmiyoruz karıcığım. Ben her şeyi düzeltmek, geçmişi tamamen unutmak istiyorum. Bize heyecan lazım sevgilim!

dedi bir gün. Liza da bunu istiyordu. O da geçmişten ve bu sanrılardan kurtulup kocasına gerçek bir kadın olmak istiyordu ama henüz Benjamin'in neler isteyeceğini bilmiyordu.

– Tamam aşkım, sen ne dersen yaparım!

diyordu fakat hayret ki ona sadece birlikte erotik filmler izlemeyi teklif etti kocası. Onun bu konudaki çapı düşünülürse "karısıyla birlikte film izleme isteği" aşırı derecede sıradan ve bir o kadar da masumdu. Gel gör ki işin Benjamin'ce olan kısmına henüz gelmedik. Benjamin, internetten rastgele açılan sayfalardan biriymiş gibi kendi videolarının olduğu siteye giriyor ve karısına bizzat başkalarıyla yaptığı seksi izlettiriyordu. Üstelik iyice abartıyor ve beyin yakan bir şey söylüyordu:

– Aaa, ne kadar da bana benziyor değil mi karıcım? Baksana onun da aletinin kenarında doğum lekesi var benimki gibi...

Kadın korkusundan,

– Hayır Benjamin, hayır; ben artık düzeldim.

diyerek o gördüğünün de bir çeşit halüsinasyon olduğunu düşünüp normal bir video gibi seyretmeye devam ediyordu ama Benjamin, bunu istemiyordu.

– Hadi aşkım ama... O adam bana çok benziyor, itiraf et! Hadi söyle, oradaki ben olsam ve o orospuyu buraya getirip senin yanında becersem heyecanlanır mıydın?

diyerek karısının bilinçaltıyla oynuyor ve bir de onun bundan zevk almasını istiyordu. İlginç gelebilir ama bunu başarıyordu. Aslında "ilginç" dedim fakat çok da ilginç değildi bu çünkü Liza; kocasının güvenini tekrar kazanmak, kendini affettirmek ve bu lanet hastalıktan da bir an önce kurtulmak için her şeyi yapabilirdi. Yapardı çünkü ilaçlardan ve sürekli yorgun hâlde yaşamaktan bıkmıştı. İlaçların etkisiyle öğlene kadar uyuyan, akşama doğru da yine uykusu gelen ve hep uyuklayan; devamlı,

—Yine halüsinasyon görecek miyim?

diye tetikte olan bu kadın, mutluluğu hak ediyordu gerçekten de. Ayrıca doktorun dediği gibi bu ruh hâli, sütünün kalitesini düşürebilir ve bu da kızının karakterine yansıyabilirdi. O da hiçbir suçu olamayan Mona'ya bu kötülüğü asla yapamazdı.

Benjamin yakalanmıyordu ama o yakalanmayla yakalanmama arasındaki çizgide, bir risk alanında yaşamayı; kadınların bilinçaltlarında dolanarak onları ele geçirmeyi ve de onlarla oynamayı seviyordu. Karısını da bu yüzden hasta etmişti zaten. Yoksa gidip de telefonunu o sehpanın üzerine hem de şifresini kaldırarak koymazdı hatta yakalandığında o derece sakin davranmazdı.

Gerçek şu ki çok daha fazlasını yaptı Benjamin.

—Kimsenin cesaret edemediği…

bile diyemiyorum çünkü o bu defa gerçekten de hiç kimsenin aklına gelmeyecek kadar sıra dışı bir şey yaptı Liza'ya. Daha sonra yapacaklarından hafif ama daha öncekilerden ağırdı bu seferki. Hanımlar beyler, benim yerimde bir başkası olsa,

— Bu adam ne ara zaman bulup da çalışıyor?

diye düşünmeden edemezdi ama ben izliyordum olup biteni. Benjamin, adam gibi çalışıyordu da; herkes kadar işinde gücündeydi ancak aklının tamamını "seks" başlığına kaptırmıştı. Bu, onu tahmin edilenin aksine yavaşlatmıyor daha da çalışkan biri yapıyordu çünkü fantezi zekâsı yüksek birinin beyni farklı prensiplerle çalışıyordu. Bu sıra dışılık; böyleleri için yalnızca yatakta kalmıyor, bütünüyle hayatlarına yansıyordu. Fantezi zekâsı dediğim; aykırı seks algısı, beynin sadece sağ ya da sol lobunu veya matematik ya da sosyal zekâsını değil, zihnin en ücra noktalarını bile harekete geçirerek çok daha muazzam bir zihinsel performans oluşturmaktadır. Hastalarına, beyinlerini daha iyi kullanabilmeleri için "bulmaca çözmeyi" teklif eden doktorlar; bunu bilmedikleri için saçmalıyorlar. Bulmaca ya da sudoku çözerek Demans'tan, Alzheimer'dan kurtulan tek bir insan gösteremezsiniz bana ama ben; tarihte iz bırakan neredeyse bütün büyük insanların cinsellik konusundaki duruşlarıyla bu tezimin doğruluğunu, çocukluğunda çözemediği ve içine dert ettiği o çengel bulmacada aklı kalan tıp adamlarına ispatlayabilirim. Ah, bir de dünyanın en uzun ve fit yaşayan Japon Halkını, dikkatlerinize sunmak istiyorum. Elbette ki onların "fantezi zekâsı"nın yüksekliği ve tabusuz yaşamaları, bu konudaki belirleyici unsurların başında gelmektedir ama bu sonucu değiştirmiyor. Düşünüldüğünün aksine, fantezi zekâlarının yüksek olması, onları ahlaksızlaştırıp tembelleştirmiyor. Sanırım "Dünyanın en ahlaklı ve çalışkan ayrıca da yaratıcı milleti Japonlar." desem buna itiraz eden de çıkmaz. Öyleyse cinsellikten uzak durmayı çok da bir marifet sanmayın!

Bunlar, bugün için size sapıkça gelse de benim içim son derece rahat. 1910'lardan 1970'lere kadar; pembeyi erkeklere, maviyi kızlara giydirip onları sokaklarda dolaştıranlar, 1970'ten sonra bunun tam tersini yaparken asla utanmadılar. Biliyorum ki günü geldiğinde "fantezi zekâsı" için de bana teşekkür ederken utanmayacaklar. Üstelik bunu milyarlarca kere yapmış oldukları hâlde yine tekrarladıklarından da habersiz yapacaklar.

Oysa bütün bu kepazeliklerin bir tek sebebi var, referans tutkusu. Sözde modern insan, üç beş kişinin özelsediği ya da önemsediği birini veya bir şeyi görür görmez eriyor ve artık o ne diyorsa onu doğru sayıyor. Bir şeyin "iyi olmasını" değil, o şeye "iyi denilmesini" doğru kabul ediyor. Gözünün ya da kulağının aşina olduğu şeyleri hiç sorgulamıyor bile.

Ritmin peşinden gidiyor hep, kalabalıkları takip ediyor daima. E, böyle olunca da hem kör hem sağır hem de dilsiz yaşıyor. Bakın, biz bunu denemek için bu kitabın arkasına sadece bir iki tane font ismi yazdık; bildiğiniz yazı karakterlerinin adını... Bazıları fark edip bu espriyi zekice bulduğu için bizi tercih etse de çok ciddi bir çoğunluğu, bunu hiç fark etmedi bile ve geleneksel düşünerek bu font isimlerini, özel ya da tüzel kişilik sanma gafletinde bulundu. Oysa biz, sadece orada kullandığımız yazı karakterlerinin adını yazmıştık oraya, hani beğenirseniz fontu aramayın diye(!). Biz bunu yapıp bir de kapağa, benim en sevdiğim hashtag olan "#bestseller"i koyunca referans tutkunları; kitabın arkasındaki yazıya, sağına soluna bakmadı çünkü aradığı kendi fikri değil, başkalarının ne dediğiydi! İşte modern insanın son durumu tam olarak bu ve kendini çok da akıllı sanıyor doğrusu. Bugün bir karar verip bundan kurtulmalı ve artık kendi kararlarıyla yaşamalı.

Şimdi sevsek de sevmesek de Benjamin, kendi kararlarıyla yaşadığı için hikâyesi ilgimizi çekiyor. O, kimin ne yaptığına ya da ne yapmadığına bakmıyor. Dolayısıyla da onun kendine ait bir tarzı oluyor.

Gel gelelim, her ne kadar işini ya da başarısını etkilemiyor olsa da Benjamin'in abarttığını kabul etmek zorundayım elbette. O, birileriyle iş konuşurken dahi aklı oraya kayıyordu hemen. Her kadını cinsel birer obje olarak görmesine engel olamıyordu.

Legal ya da onun için yasal kadınları cinsel birer obje olarak görmeyenleri de asla anlayamıyordu. Nasıl bir obje olarak görülmesi gerekiyor olabilir ki kadınların? Dinsel obje mi, bilimsel obje mi, fikirsel obje mi; ne? Ona göre kadın da erkek de öncelikle cinsel birer objeydi. Onları böyle görmemek de yaratıma hakaret sayılmalıydı.

Bir iş toplantısında karşılaştığı Bayan Branson'la yemek sonrası, ellerinde kahveleriyle sigara içmek üzere dışarı çıktılar. Birazdan içeri girip ilgili anlaşmayı imzalayacaklardı. Benjamin, kahvesini yudumlarken dalları büyükçe bir güneş şemsiyesinin üzerine uzanmış bir ağaç gördü. Rüzgâr hafif hafif estikçe ağacın dalları kusursuz bir ritimle koyu yeşil şemsiyeye sürtünüyordu. Benjamin, gözünü alamıyordu şemsiyeden. Henüz 25 yaşındaki Bayan Branson'ın dikkatini çekti bu.

– Neye takıldınız Bay Knotterson?

diye sordu. Gayet sakin bir şekilde,

– Neye mi takıldım? Şemsiyeyle ağaç alenen seks yapıyor açık havada! Fark etmiyor musunuz bayan?

dedi Benjamin, çok da samimi olmadığı bu proje sorumlusuna. Rosa Branson, ilk tepki olarak onun bir sapık olduğunu geçirdi içinden. Ağacın şemsiyeye sürtmesinin neresinde seks olabilirdi ki? O, bunları düşünürken Benjamin, usta bir beyin okuyucu gibi girdi cümleye:

– Sapık olduğumu düşünüyorsunuz, farkındayım ama bence siz de diğer 7 milyar insan gibi fazla safsınız. Bir de asıl sapık sizsiniz çünkü sapıklık bunu düşünmek değil, düşünmemektir.

Açıkça hakaret ediyordu ancak Bayan Branson yanlış duyduğunu düşünerek cümlenin devamındaki düzeltmeyi bekledi. Benjamin'in dilinin sürçtüğünü zannetti. Oysa çok daha fazlasını söyledi gizemli genç hem de kahveler soğumadan:

– Yeryüzünde, seksten başka bir gerçek yok ama bunu unutmak için özel bir çaba sarfındasınız! Sonra da benim değerlerimle düşünenlere "sapık" demeyi marifet sayanlardansınız. Mesela bir otomobil tamircisi bir cıvatayı sıkarken size göre işini yapıyor olabilir ama bana göre iki demir parçasının seks yapmasına yardımcı oluyor o tamirci. Vidanın o deliğe girmesi, o vidanın bir bütünü tamamlaması ve gelinebilecek son noktasıdır.

Rosa şaşkındı ve daha ciddi bir şekilde Benjamin'in ağır sapık olduğunu düşünmeye başlamıştı.

– Az önce sapık olduğumu düşünürken şimdi daha fazlasını düşünüyorsunuz Bayan Branson çünkü söylediklerimi beyniniz almıyor. Ayıplarınız, tabularınız ve yasaklarınız olduğu için değil; sizin inkârlarınız var. İnkâr ettiğiniz için benim gibi bakamazsınız hiçbir şeye. Derin düşünürseniz her dokunuş sekstir aslında. Ormandaki bütün hayvanlar seks için yaşarlar. Siz onun adına "çiftleşme" diyerek küçültmeye kalksanız da onlar ciddi ciddi seks yapıyorlar hem de büyük bir zevkle. İçgüdüsel olması bir şeyi değiştirmez. Bir ineğin otlaması da içgüdüseldir ama sonunda "karnını doyurdu" deriz. Her ne kadar çiftleştikten sonra sigara yakmasalar da orgazm oluyorlar işte.

Rosa gülümsedi. Tamam "çiftleşme" kavramını biraz abarttığını ben de kabul ediyorum ama ilginçti anlattıkları. Bayan Branson, bütün dikkatiyle dinliyordu Benjamin'i çünkü o, yerçekimini anlatırken ayakları yere basmayan bir fizik profesörü kadar şaşırtıcıydı:

– Deneyin isterseniz, hayvanlardan çiftleşmeyi kaldırın bakalım orman bir yıl sonra neye dönüşüyor? Çöl olur çöl!.. Siz o aslanın, yavrularını beslemek için mi avlandığını sanıyorsunuz yoksa? Gülerim. Dişisini etkilemeye çalışıyor elbette. Ne için peki?.. O fil, o timsah, o aygır, o beygir ne varsa ormanda hepsinin tek amacı var, seks! İğrendiğiniz o salyangozların sevişmesini siz izlediniz mi hiç? Onlardaki zarafet hiçbir insanda olamaz! O nasıl bir kibarlık, o nasıl bir incelik. Öyle kenetleniyorlar ki aralarına hava girmiyor, su sızmıyor. Sanat yapıyorlar; Dali'nin "Anıların Direnci" tablosundaki saatler gibi birbirlerinde eriyorlar âdeta. İzleyin onları bir gün mutlaka.

Yıllardır yanlış yaptığınızı fark edeceğinize bahse girerim!

Benjamin'in yüzündeki gerginlik bu son cümleleriyle gülümsemeye dönüştü. Bu, kadının da gerginliğini alıyordu ama dozun artacağından haberi yoktu kibar hanımefendinin:

– O değil de şimdi size, "Hadi sizi dölleyeyim." desem polis çağırırsınız ama gökyüzünde uçan ne varsa hepsi bir şeyleri, ağaçları çiçekleri döllemek peşinde ve fakat siz bunun için bir polis çağırmıyorsunuz; hayret!

Bayan Branson, Benjamin'in anlattıklarını ciddi bir merak ve hayretle dinliyordu ama konunun seks olması da onu bir parça düşündürüyordu. Konuşmanın sonunu bekliyordu fakat o son bir türlü gelmiyordu. Daha kötüsü, kadın ince ince hak vermeye de başlıyordu ona ama vermemeliydi. Hayır hayır, vermemeliydi. Gerçi asıldığı veya taciz ettiği falan da yoktu lakin kadın yine de savunma hâlinde dinliyordu adamı:

– Çok uzattım bayan fakat bunları bir düşünün! Milyarlarca insan kendi gizli dünyasında seksten başka bir şey hatta hiçbir şey düşünmüyorsa ve seksi dünyadan çekip aldığınızda, geriye bir hiç kalıyorsa sizce atomun içindeki nötronla proton oynaşmaktan başka ne yapıyor olabilirler orada? Ayrıca sizin "elektron" dediğiniz o şey, ne buldu da milyarlarca yıldır dönüp duruyor protonla nötronun etrafında. Sahi siz hiç bu gözle izlediniz mi atomu? Sanmam! İzleseydiniz âşık olurdunuz. O kadar estetik sevişiyorlar ki dünya güzelleşiyor. Evet, durdurun bakalım onları ne oluyor sizin "dünya" dediğiniz bu aptal kürenin hâli. Onların durması demek -273 küsur derecelik ya da 0 Kelvinlik bir üşüme demektir. Peki, bu kusursuzluk tahrik etmiyor mu sizi?

Kadın bunları düşünürken Benjamin:

– Cık! Etmez, eminim etmez. Sizi etmez ama biliyor musunuz bu zarafeti ilk olarak mikroskobik ortamda zor gördüğünüz o "elektron" fark etti. Nefes almadan sürekli olaya dâhil olmak ister bir edayla her açıdan hem de 24 saat onları izledi ve sonsuza kadar da izlemeye devam edecek!

Bu cümleler, kadının bakışını değiştirmişti ayaküstü. Gülüyordu ve bu konuşmanın bitmesini hiç istemiyordu. Benjamin:

– Öyle aptalsınız ki bir elektron kadar bile yaşayamadınız bu hayatı. Hadi itiraf edin, bütün yatak odalarını merak ediyorsunuz! Rahat olun ve şunu bilin ki ancak bunu itiraf ettiğinizde yaşamaya başlayacaksınız. Yani diyorum ki bacaklarınızı sıkarak yaşamaktan vazgeçin artık!

Rosa, aptala dönmüştü. Karşısındaki adam, bildiğiniz atomun içindeki yatak odasını görürken o kendi yatak odasından habersiz yaşıyordu. Benjamin'i dinlerken bacaklarını sıktığını fark edip hafifçe bıraktı kendini, araladı bacaklarını. Benjamin'le sevişmek istiyordu. Az önce erkekleri çıplak olarak düşününce midesinin bulandığını iddia eden milyarlarca kadından biriyken şimdi atomun çıplaklığına lubrikasyon salgılıyordu. Gözü güneş şemsiyesine gitti Bayan Branson'ın. Aynı ritimle sürtünmeye devam ediyordu ağacın dalları şemsiyeye ve Rosa bu sefer onları izlerken tahrik oluyordu. Bu gerçekten olacak şey değildi. Kadın yüksek hazlardaydı ve patavatsız Benjamin'in,

– Hadi sevişelim!

demesini bekliyordu ama Benjamin her zamanki gibi yine beklenmeyeni yaptı:

– Rahat ol meleğim, seninle asla sevişmeyeceğim. Şimdi işimize geri dönelim. Evet, ne diyorduk? Reklam kampanyası...

Rosa, kendini aşağılanmış hissediyordu ve bu his onda yıllarca sürecekti oysa Benjamin, gerçekten kampanyayla ilgilenmeye ve işini yapmaya devam etti. Kısacası Benjamin'in aklında hep seks olduğu için sürekli rahatlıyordu ve işine dönebiliyordu. Bayan Branson ise hiçbir zaman rahatlayamadığından kafasını boşaltıp odaklanamıyordu. Anlaşmayı imzaladılar. Rosa, ertesi gün Benjamin'i aradı ve onunla görüşmek istediğini söyledi. Benjamin, sevişmemek kaydıyla kabul etti bu teklifi. Sonra buluştular, bir atomun içine girip salyangozlar gibi seviştiler. Ne? Siz Benjamin'in felsefe yaptığını falan mı sanmıştınız yoksa?

yedinci nefes

yedinci nefes

Bu kadar gevezelik yeter. Şimdi tekrar, Benjamin'in hasta ettiği kadınına neler yaptığına geri dönelim. Erotik film sitelerine yüzünü gizleyerek koyduğu kendi filmlerini karısına izletmek, yetmiyordu Benjamin'e artık. Sadece karısına özel hem de maskesiz videolar çekmeye karar verdi. Yo yo yo, çok daha beterlerini de yaptı. Liza'ya el sallamalarını istiyordu sürtüklerinden. "Sürtük" dediğim için kızmayın lütfen. Bu, Benjamincede iltifat kabul ediliyor. Kedinin, sahibinin paçalarına sürtündüğünde daha sevimli olması gibi bir anlamı vardı Benjamin'e göre bunun. Başına "küçük" kelimesini koymasının sebebi de kadınlarını şımartmak içindi. Benjamin, yaşı 40 bile olsa kadınlarının kendilerini iyi hissetmeleri için yapıyordu bunu. Neyse ne diyorduk? Evet; Benjamin, sürtüğüne,

– Bak aşkım, karım şu anda bizi izliyor. Hadi, ona el salla küçük orospu!

diyordu. Kadın, el sallamakla kalmıyor; Benjamin'in isteğiyle çok daha büyük bir alçaklık yaparak Liza'nın adını söylüyordu.

– Liiiza, bak kocan beni beceriyor... Liiizaaa...

diyerek gülümsüyordu. Emin olun, bunu şimdiki şeytanlar değil; Tanrı'ya kafa tutan "İblis" dahi akıl edemezdi.

Benjamin, bu fantezilerine ortak edeceği kadın bulmakta pek zorlanmıyordu çünkü bunlar çok sıra dışı şeylerdi ve merak duygusu biraz fazla gelişmiş her insanda bir heyecan oluşturabilirdi. Hele bir de bunu yapma teklifi Benjamin gibi bir seks gurusundan gelirse gerisini varın siz düşünün artık.

Sonuçta prodüksiyon hazırdı ve o, çektiği bu videoları karısına izletmek için deli oluyordu. Gündüzden mesajlar atıyor ve karısını akşama hazırlıyordu:

– Aşkım bu gece sevişelim.

– Seni çok istiyorum bebeğim.

– Sen benim tek kadınımsın.

– Senden başka hiç kimse beni heyecanlandırmıyor sevgilim.

– Şu anda bunları sana yazarken bile önüm kabarıyor. Birileri fark edecek diye ödüm kopuyor...

Liza, kocasıyla yine eskisi gibi olabilmenin heyecanını yaşıyordu. Her şeye rağmen Benjamin onu bağışlamıştı ama Liza hâlâ affedemiyordu kendini. Kocasının bütün istediklerini yapacaktı artık ve öyle sanrılar da görmeyecekti bundan sonra. Benjamin de o güne kadar karısıyla bırakın yapamadıklarını, konuşamadığı bütün fantezilerini bile gerçekleştirecekti şimdi.

Benjamin, kendini seksin tanrısı sanıyordu; belki de öyleydi. Bazen bir salyangoz gibi sevişiyor, bazen de bir tavşan gibi... Ona göre sanatların en muazzamıydı sevişmek ve yaratıcılık istiyordu bu sanat. Penisinin arka tarafına, tüy dökücü kremle karısının isminin baş harfini dövme gibi işlemişti. Büyükçe bir "L" harfi vardı penisinin duvarında. Komikti Benjamin,

– Aşkım, hani helikopterler, pistteki "H" harfinin üstüne iniyor ya! İşte sen de senin harfinin olduğu yere ineceksin aşkım!

diyordu. Karısı kahkahalarla gülerken aşırı derecede mutlu olmuştu bu işe. Onun için özel olarak böyle bir şey yapması tahrik ediciydi gerçekten de. Ağır hareketlerle karısını soyundurmaya başladı. Benjamin, o kadar aheste davranıyordu ki kibar karısı mutluluktan sarhoş olmuştu âdeta. Dolgun dudaklarını öptükten sonra karısının, Mona'nın marifetiyle biraz da olsa şekli bozulmuş memelerini şımartarak öpüyordu. Bunu hakikaten de iyi yapıyordu Benjamin. Hayır; meme öpme işini değil, şımartma işini. Söz konusu geceyi birlikte geçireceği kadınının arızalarını şımartarak onun kendini iyi hissetmesini sağlıyordu...

Aman Tanrı'm! Şimdi ara verip bunu size anlatmalıyım. Bir seferinde, kepçe kulaklarını fark etmeden koynuna aldığı Tia'nın saçları geri gidince fark etti onun kulaklarındaki iticiliği. Önceden fark etse belki de sevişmezdi çünkü o sadece kusursuz olanları istiyordu. Üç milyardan fazla kadın varsa neden bunların içinden paçoz, kaba, hadsiz olanlarını; neden erkek gibi davranmaya çalışanlarını; neden dişiliğinin farkında olmayanlarını; neden vücudunu korumayanlarını seçecekti ki? O, muhteşem olanların peşindeydi. Aslında onunla sevişen kadınlar biraz da bunun için mutluydular. Benjamin çok seçiciydi; güzelleri değil, en güzelleri alıyordu ve onun kadını olmak, kusursuzluklarının kanıtıydı. Neyse Tia, kepçe kulaklarını saçlarıyla kapatmaya çalışırken sordu Benjamin:

— Bu ne ya?..

Kadın,

— Bakma aşkım, lütfen bakma; çok utanıyorum!..

dedi. Benjamin:

— Aşkım, sen ne saçmalıyorsun? Bunlar mükemmel, bunlar kusursuz, bunlar inanılmaz!.. Off kadınım, bu gece sabaha kadar kulaklarınla sevişebilirim.

dedi. Tia, dalga geçtiğini düşünüyordu oysa Benjamin; her zaman olduğu gibi o gecenin de tadını çıkaracaktı. Tia'nın kulaklarını şımartarak öpmeye başladı:

— Ben inanamıyorum bunlara. Âşık oldum kulaklarına. Bu olamaz. Kusursuzlar. Sanki "Beni sev." diye öne çıkmışlar. Off bayıldımmm...

Hepsi neyse de bunları söylerken inanmasına ne demeli? Gerçekten bunları yalandan söylemeye başlıyor ve birazdan kendini de buna inandırıyordu. Sanki kadının kafasının iki yanında iki mucize görmüş gibi davranıyordu. Benjamin'in bir felsefesi vardı. O, hiçbir şeyin mutlak bir değerinin olduğuna inanmayanlardandı. Bütün değerler anlıktı ve kişiye özeldi. Bir şeye herkesin yüklediği anlamların zıddı manalar yüklediğinizde asla unutulmuyordunuz ona göre. Kepçe kulaklı Tia'yı düşünür müsünüz şimdi? O güne dek kimle sevişmiş olursa olsun her zaman kulaklarını saklamıştı ve onlardan hep utanmıştı. İlk defa Benjamin sevdi onun kulaklarını hatta sevişti onlarla. İlk defa biri, sevgiyle dokundu Tia'nın kulaklarına. Şimdi söyler misiniz? Onun kulaklarını beğenmeyen yahut görmezden gelen milyarlarca insan varken Benjamin'in Tia için listenin en başında olmasından daha doğal ne olabilirdi? Bu arada, belki çok özel olacak ama o gece kepçe kulaklı o kadın, tam 12 kere boşaldı. Yanlış duymadınız, 12 kez hem de sadece kulaklarından. Aklınız almıyor değil mi? E, haklısınız daha orgazm nedir bilmeyen çok kadın tanıdınız. Bir gecede iki defa boşalmayı marifet sandı birçoğu hatta bunu başaran erkeği ilah saydı. Gerçi Benjamin'i hiç izlememiş olsam ben de öyle sanırdım ama o, bir kadını bir gecede 10'un altında rahatlatmışsa özür dilerdi. Onun bu konudaki rekoru 71'di. Aslında zaman olsaydı devam ederdi. Benjamin bunları bazen hiç dokunmadan sadece fısıltıyla dahi yapabiliyordu. Dedim ya sanattı onun için sevişmek. Tekrar Tia'ya dönersek Benjamin, ertesi gün o kadını elbette "tekrar sevişilecekler listesi"nden çıkaracaktı ancak bunu, onun ölümsüzler listesine girerek yapacaktı. Sadece kulaklarını severek 12 kez boşalttığı bir kadın için tabii ki ölümsüz olacaktı Benjamin. Bu ilk değildi elbette. Fark edemediği çarpık bacakları, gözünden kaçırdığı sarkık memeleri, dikkatinden kaçan kalın belleri şımarttığı da çok olmuştu genç adamın.

Benjamin, unutulmaya tahammül edemiyordu. Bu yüzden de muhteşem sevişiyordu. Hiçbir ucuz davranışı yoktu yatakta. Kadınlarına,

– Aşkım geliyor musun?

– Boşaldın mı?

– Orgazm oldun mu?

– Nasılım?

– Beğendin mi?

– Büyük mü?

gibi kadınları yalan söylemeye zorlayan ezikçe sorular sormuyordu. Çok daha pratik teknikleri vardı onun. Mesela,

– Aşkım, geleceğin zaman dilini dışarı çıkar çünkü tam o esnada dilini öpmem gerek. Bu, seni "yüksek orgazm"a ulaştıracak. Beş kat daha fazla zevk alacaksın!

diyordu. Böylece hiçbir orgazmı ıskalamadığı gibi gerçekten de kadınlarına çok daha yüksek hazlar yaşatıyordu. Kısacası Benjamin, bilinçaltını ele geçirdiği kadınını; kedinin faresine çeviriyordu hepsi bu! Benjamin diğer erkekler gibi çetele tutmaz, abaküsle saymazdı. O sadece sevişirdi. Az önce bahsettiğim; 12'yi, 71'i, 40'ı, 50'yi o saymıyordu. Birlikte olduğu kadınlar, yaşadıkları bu ilki ona hayretle söylüyordu.

Onun kadınları geç orgazm olmuyordu. Benjamin'e göre bir erkek için kadınının geç boşalmasından daha sıkıcı hiçbir şey yoktu. Fakat hayal dünyaları olmadığı ve seksin sadece cinsel organlarla yapıldığını sandıkları için kadınların yarısı zaten hiç boşalmıyordu. Diğer yarısının yarısı ya da bütün kadınların çeyreği de neredeyse boşalmıyor diyecek kadar geç kalıyordu bu mevzuda. Benjamin, kendisine rağmen hızlı boşalmayan kadınlarla bir daha görüşmüyor, onların eğitilemeyeceğine inanıyordu ki bu aynı kadınlar, zamanı gelince uyumayı da bilmiyordu. Onlar, sabaha dek evin yüzünde dolaşıyor ve bön bön Benjamin'in yüzüne bakıyorlardı. Suratını asanlar ya da borcunu öder gibi sevişenler de bu aynı kadınlardı lanet.

Kusursuz sevişmesi onun başına çok defa büyük belalar da açtı. Onunla seviştikten sonra kimseden zevk alamadıkları için Benjamin'e sarıyordu kadınları. Bu nedenle "kötü sevişme kararı" aldığı zamanlar da oluyordu ama yatağa girince yine kendi gibi davranıyordu. Onun erken boşalma gibi bir derdi de yoktu çünkü zihnindeki cinsellik merkezine veya bilinen adıyla hipotalamusuna hükmedebilenlerdendi o. Bunu söylemem, belki de fantezi zekâsı gelişmemiş insanların nezdinde benim inandırıcılığımı düşürecek ama söylemek istiyorum. Benjamin, kadınlarından birinin içinde tam sekiz saat kalmıştı. Bunu, belki de yeryüzünde başarabilen tek insandı Benjamin. O; sevişmeyi bir iş olarak görmüyordu, çünkü onun için bu bir sanattı cidden, çünkü onun asla acelesi yoktu, çünkü o gerçekten de salyangozlardan öğrenmişti sevişmeyi...

Konu, Benjamin olunca ne yazık ki sürekli dağılıyor kafam lanet! Şaşkınlığımı bağışlayın, onu ezberden okuyorum ama geçmiyor hayretim, anlayın!

Ne diyorduk? Evet; karısının, Mona'dan ötürü hafifçe sarkmış memelerini, Süleyman'ın hazineleri gibi sevdikten sonra yine salyangoz tekniğiyle göbeğine doğru kayarak ya da sürünerek indi. Her noktasıyla dakikalarca uğraştı. Liza'yı santimetrekarelere ayırıp öyle sevdi. Yıllardır bildiği hâlde, karısının külodunu yine yavaşça kenara çekip her zamanki gibi ilk defa görüyormuşçasına hayret ederek sevdi:

– Tanrı'm bu nasıl bir incelik bu ne kibarlık? Beni ödüllendirdiğin için sana minnettarım. Hiç kimse benim kadar şanslı olamaz! Gözlerim kamaşıyor Tanrı'm, çok teşekkür ederim.

Bunları binlerce kez duyan Liza ise her seferinde ilk defa sevişiyormuş gibi hissediyordu çünkü Benjamin, fısıltının gücüne; kadının da şımartılmak için tasarlandığına inanıyordu. Hangi erkek bir kadının cinsel organına kişilik kazandırıp vajinasıyla fısıldaşmış hatta öpüşmüştür ki? Liza, tam olarak hazzın zirvelerinde ve sırılsıklamken Benjamin,

– Aşkım, bana inanmıyorsun değil mi? Yeryüzünde hiç kimsenin dişiliği seninkinden daha güzel olamaz.

Tanrı'm şu simetriye bak! Yok yok, sen bana inanmıyorsun! Hadi biraz film izleyelim de gör bakalım senin kutundan daha güzeli var mıymış?

dedi ve bir video açtı bilgisayardan, amacı belliydi; o kadar çekimi boşa yapmamıştı. Önce yem olarak üç kısa film izletti Liza'ya. Sonra gündüz çektiği kendi filmine geldi sıra. Bu sefer maske falan yoktu ve yüzleri açıkça belli oluyordu. İzlediği filmde kocası şehvetle sevişiyordu ve Liza bunu halüsinasyon sanıyordu. Daha inanılmazı; videodaki kadın,

– Liiiza, Liizaa; bak, kocan beni beceriyor, Liiizaaa...

diyerek el sallıyordu kameraya. Yahu hangi birini söyleyeyim? Benjamin'in seviştiği, Liza'nın izlediği filmdeki kadının işaret parmağında da kocasının yaz kış serçe parmağından hiç çıkarmadığı o ip yüzüğün aynısı vardı. Bir yerde artık durmalıydı bu Benjamin ama durmuyordu daha kötüsünü de yapıyordu. Bundan daha kötü ne olabilirdi ki ama vardı. Aynı kadın, Benjamin'e oral yapıyordu ve aletinin dibindeki veya duvarındaki o "L" harfini göstererek,

– Bak Liza, kocan buraya benim ismimin baş harfini yazdı. Benim adım Loreana tatlım.

diyordu. Liza ne düşüneceğini bilmiyordu. Bu, beyninin ona oynadığı en büyük oyundu. Parmağındaki yüzüğe varıncaya kadar her şeyi kendi kafasında yaratıyordu Liza. Bu olacak iş değildi elbette hatta daha oyun başlamamıştı bile. Aynı kadın, elindeki külodu kameraya tutuyor ve,

– Bak Liza, bu senin zifaf külodun. Benjamin onu bana hediye etti aşkım, baaak!..

diyerek gerçekten de onun çamaşırını gösteriyordu kameraya. Evet, ben de biliyorum; dünyada bir tane pembe külot yok ama bu, Liza'nın ilk gece giydiği çamaşırdı. Fantezi olsun diye yırtmıştı Benjamin onu o ilk gece. Yani sadece pembe değildi, aynı zamanda da Benjamin'in yırttığı gibi yırtıktı. Elbette aşağılık, şerefsiz, acımasız, vicdansız Benjamin; onu çoktan aldığı yere geri koymuştu bile. Neticede Liza bir kadındı, halüsinasyon gördüğüne inanıyor olsa da o yırtık pembenin yerinde durup durmadığına bakacak kadar kadındı hem de. Karısı, çaktırmadan; ekliptik mi ne karın ağrısıysa işte o sanrılarıyla mücadele ederken Benjamin ara vermiyordu:

– Hadi aşkım durma! Zevk almıyor musun yoksa?

Liza bir yandan kocasını mutlu ediyor öteki yandan da o esnada gördüğü halüsinasyonlardan kurtulmak için doktorunun dediğini yapıyordu. Gizlice bileğini kokluyor, kocasına hissettirmeden tavana bakıyor, derin nefesler alıp veriyordu:

– Hayır aşkım, çok zevk alıyorum. Ohh aşkım, hadi devam et! Seni seviyorum erkeğim, hiç çıkma içimden, ben seninim...

Liza, videodan duyduklarına asla kızmıyordu çünkü bunun bir halüsinasyon olduğuna kesin olarak inanıyordu. Böyle bir şey olamazdı. Bunu kimse kurgulayamazdı. O yüzden kocasıyla birlikte olmanın tadına varıyor, her zamankinden daha fazla keyif alıyordu. Ne de olsa onun gördüklerini Benjamin görmüyordu. Şiddetli bir sarsıntı ve titremeyle boşaldıktan sonra,

— Aşkım, mola verelim mi? Ben yine biraz kötü oldum galiba...

diyerek kocasından kibarca izin istiyordu. Bundan hemen kurtulup tekrar ve sorunsuz olarak girmeliydi Benjamin'inin koynuna.

Sevişmelerinin ikinci bölümüne geçmeden önce yatağın üzerine sırt üstü yatarak bir müddet derin nefes alıp rahatladı. Benjamin esaslı bir fırlamaydı. Karısının doktordan öğrendiği reçeteyi uyguladığının tabii ki farkındaydı ve ikinci bölümde normal videolar izleterek doktoru haklı çıkaracaktı. Öyle de yaptı. Normal videolar izletti karısına. Bunların içinde ne Loreana vardı, ne ip yüzük, ne de pembe külot... E, böyle olunca ya da Liza az önceki sesleri ve görüntüleri bu sefer duymayınca Bay Forester'ın dediği gibi yapmasının işe yaradığını düşünmekle kalmadı; rahatsızlığından da bir kez daha emin oldu.

Şimdi bunları okuyan insanlar,

— Yaa... Hiçbir kadın bu derece aptal olamaz!

diyerek bana itiraz etmeye kalkabilir. Hatta,

– Bunu benim kocam yapsa asla kanmam; onları bulur, ikisini birden mahvederim.

diye ekleyebilir. Onlara, siyahı kırmızı yapan öğretmenin öyküsünü anlatmak istiyorum şimdi:

Bir öğretmen, sürekli derse geç kalan öğrencisinin yine her zamanki gibi teneffüsten kopamadığını ve son derse geç kaldığını fark edince,

– Arkadaşlar, şimdi biz bir işbirliği yaparak Abraham'a bir ders vereceğiz.

dedi. Bu bir oyundu ve çocuklar oyun oynamayı severdi. Birazdan içeri giren Abraham, arkadaşlarının ve öğretmeninin renkleri konuştuğunu fark etti. Öğretmen, eline aldığı mavi kalemi onlara göstererek rengini sordu. Henüz üçüncü sınıfta olan öğrenciler, koro hâlinde,

– Mavi.

dediler. Sonra yeşil kalemi sordu, onu da bildiler. Sonra da sarı kalemi sordu, onu da bildiler. Şimdi sıra kırmızı kaleme gelmişti fakat ilginç bir şey oldu ve öğrenciler, hep bir ağızdan,

– Siyah.

diye bağırdı kırmızıya. İçlerinden biri hem de oyunu bilen bir kız,

– Kırmızı.

dedi kırmızıya. Hepsi güldü kıza. Gülme sebepleri kızın, kırmızıya,

– Kırmızı.

diyerek oyunu bozmasıydı çünkü öğretmenleri tam tersini tembihlemişti. İlk üç rengi doğru cevaplayacak; sonra kırmızıya siyah, siyaha da kırmızı diyeceklerdi fakat sınıfa henüz girmiş olan Abraham, bunu öyle anlamadı. O, renginin kırmızı olduğunu düşündüğü kaleme hem de gözlerini iyice kısarak bakıp,

– Demek ki ben yanlış görüyorum; bu kırmızı değil, siyah.

diye düşündü. Öyle ya! Bütün arkadaşları yanlıştı da bir o mu doğruydu? Bu sırada, öğretmen son olarak eline siyah kalemi aldı ve rengini sordu. Çocuklar hep beraber,

– Kırmızı.

deyince ki bu sefer az önce güldükleri kız da aynı cevabı vermişti; Abraham, artık siyahın yerinde kırmızı görmeye başladı. Bu, diğerleri için bir eğitim olsa da artık onun için bir algı dönüşümüydü.

Öğretmen, ders çıkışında Abraham'ı çağırdı ve ona şunları söyledi:

– Bak evladım, sırf "sözüm bölünmesin" diye seni derse aldım; bir daha geç kalırsan derse almayacağım... Şimdi git ve yarın tam saatinde burada ol.

Abraham'ı bir şekilde gönderdikten sonra diğer çocuklara dönerek bu oyunu çok ciddiye almalarını ve asla kimseye de bundan bahsetmemeleri gerektiğini söyledi. Zaten cep telefonları falan olmadığı için o çocuğa ulaşmaları kolay olmayacaktı ama riske atmamak adına da sıkı sıkı tembihledi öğretmenleri onları.

Ertesi gün tam zamanında dersteydi herkes. Öğretmen, tekrar renk bahsini açtı.

– Herkes iyice çalıştı mı?

diye sordu. Çalışmışlardı. Aynı renkleri aynı sırayla tekrar gösterdi. Mavide, yeşilde ve sarıda sorun yoktu ama sıra kırmızıya geldiğinde herkes,

– Siyah.

dedi, Abraham da... Çünkü evde gece boyunca bütün kırmızılara siyah diyerek çalışmıştı dersini. Neyse devam ettiler ve bunun aynısı, siyahta da oldu. Herkes siyaha,

– Kırmızı.

deyince öğretmen, Abraham'a,

– Evladım. İyi bak, bu "siyah" değil mi, neden "kırmızı" diyorsun?

diye sordu. Çocuk bütün inancıyla birlikte, dünkü arkadaşı gibi komik olmak da istemediği için,

– Hayır, öğretmenim; o kırmızı...

diye diretti. Sonuçta onu bu iki renk konusunda ikna etmeleri, tahmin edilenden çok daha uzun sürdü.

Her ne kadar öğretmeni, derse geç kalmanın cezasının bu şekilde işletilmek olduğunu anlatmak için bunu yapmış olsa da derin düşünenlere bu büyük bir derstir. Yanınıza iki kişi daha alarak tek suçu size güvenmek olan bir üçüncü kişiyi delirtmeniz anlık bir iştir ve bunu yapmak için olağanüstü güçlere de ihtiyacınız yoktur.

Bunu, makro ölçekte "adresi belli değil" diye Tanrı'ya dahi kredi vermeyi reddedebilecek seviyede gözü dönen kapitalist düzenin ukala yöneticileri, hepimize hem de her gün yapmıyorlar mı sizce? Ömrümüz boyunca ne kadar çok siyaha kırmızı dediğimizi saymaya kalksam buraya sığmaz!

İşte Bayan Knotterson'ın o hâle gelmesi aynen bu şekilde olmuştu. Babası ve annesi yetmiyormuş gibi bir de bu işin uzmanının aynı şeyleri söylemesi, üstüne üstlük kadının,

– Gördüm!

diyerek kıyametler kopardığı o fotoğrafların bir tekinin dahi ortada olmaması, onu obsesif bir kişilik yapmaya yetmiş de artmıştı bile.

Bu, biraz da deprem sonrası rüzgârla sallanan avizenin zelzele hissi oluşturması gibi bir şeydi. Liza, eskiden de unuttuğu bazı şeyleri hem de aynı şekilde unutsa bile, hep bu son dönem sanrılarına bağlıyordu. İlk defa unutmamıştı cüzdanını evde ama bu sefer bunu,

– Neler oluyor bana, iyice kafayı mı yiyorum? Yoksa "kocama haksızlık ettim" diye Tanrı beni cezalandırıyor mu?

diye değerlendiriyor ve de bu mevzuyu hiç kimseye anlatmıyordu. Şayet anlatsa belki bir başka psikoloğa yahut psikiyatra gidip nasıl bir oyunun içinde olduğunu anlayabilirdi ama olmadı. Anlatmadı, anlatamadı çünkü bunu yaparsa daha da kötü olabileceğini düşünüyordu. Ayrıca Bay Forester, onu bu konuda uyarmıştı. Kocasından bir şey gizlemeyecek ve ondan habersiz başka bir tedavi almayacaktı. Her ne kadar bir şeyleri gizlese de en azından başka bir doktora gitmiyor olması içini ferahlatıyordu.

sekizinci nefes

sekizinci nefes

sekizinci nefes

Benjamin için her şey kusursuzdu. Onun para kazanmak gibi bir derdi yoktu mesela. Her kanaldan ona doğru akan para, artık hatırı sayılır bir yekûn tutuyordu ve o sadece onu heyecanlandıran kampanyaları yürütüyordu. İlginç bir şey oldu ve bu seçiciliği onu yükseltmeye başladı. Büyük şirketler Benjamin'i tercih ediyorlardı artık.

– O her işe bakmıyormuş. Sadece inandığı projelere imza atıyormuş!

diye de bir söylenti yayılmaya başlayınca onunla çalışmak artık bir ayrıcalıktı. Sizin anlayacağınız, iş hayatı da en az cinsel hayatı gibi sıra dışı gidiyordu artık.

Şeytan tüyü vardı Benjamin'de, belki de şeytan vardı onun her bir tüyünde. Düşünebiliyor musunuz? Benjamin Isabella'dan soğumuştu ama o hâlâ kocasının eve bir gece daha fazla gelmesi için uğraşıyordu ve onu, canını bile verecek seviyede çok seviyordu. Büyük şeytanın bu vurdumduymaz tavrı, filmlerdeki karizmatik erkekleri çağrıştırıyordu Isabella'ya ve bu durum, onu tuhaf bir şekilde heyecanlandırıyordu. Bir de Benjamin'in en çalışkan olduğu yer, yatak odasıydı ve bundan mahrum kalmak istemiyordu karısı.

Neredeyse her gece başka bir kadınla olan Benjamin, bu sefer çok daha olağandışı bir düşün peşindeydi. Hadi bunu sizin fark ettiğinizi varsayalım! Az önce anlattıklarımdan sonra,

– Bundan daha fazla ne yapabilir ki?

demekten başka çareniz olmazdı ama inanın hikâye daha başlamadı bile ki bu kadarını hiç kimse tahmin edemezdi.

Liza'ya, başka kadınları becerdiği videolar izletecek kadar ileri gitmişti ama artık bu da yetmiyordu ona. Bir soyguncunun sürekli,

– Bu son işim. Bundan sonra normal bir insan olacağım.

diyerek her seferinde daha büyük soygunlar yapmaya kalkması gibiydi onun ruh hâli. Tek farkı vardı: O, hiçbir zaman bir son hamle düşüncesinde değildi. Ne zaman duracağını ise ancak Tanrı bilirdi.

Isabella'daydı o akşam. Genç karısı ona yemek hazırlamak istedi ama o, annesine gideceğini ve onunla yiyeceğini söyleyerek bir şey yemedi. Müsaade istedi ve evden çıkarak arabasına bindi. Liza'ya gideceğini düşündürse de direksiyonu zıt bir yöne çevirdi.

Muazzam bir yağmur vardı havada. Bardaktan boşalırcasına yağıyordu âdeta. Benjamin bu havalara âşıktı ve ona göre Tanrı bu havaları seks yapmak için yaratmıştı.

10 mil uzaklıkta bulunan alışveriş merkezinin otoparkına girdi Benjamin. Loreana arabasını park etmiş onu bekliyordu. Etrafa dikkat eder bir telaşla bindi reklamcının arabasına.

– Korkuyorum Benjamin. Ya anlarsa?

dedi genç kız tedirgin bakışlarla. Benjamin rahattı:

– Aşkım korkacak bir şey yok! Sen sadece dediklerimi yap, gerisini akışına bırak; efsane olacak.

Bu arada, Loreana'yı hatırladınız değil mi? Hani şu videoda, Benjamin'le oynaşırken Liza'ya selam veren, el sallayan hatta ona ismini söyleyen kadın vardı ya! Loreana oydu işte. Ne konuştukları hakkında ikisinin dışında kimsenin bir fikri yoktu. Hâliyle ben de ne yapmaya çalıştıklarını anlayamamıştım. Çiçekçinin önünden geçerken durdu Benjamin ve bir çiçek aldı. Çiçeklerden pek anlamadığım için ne çiçeği olduğunu da bilemedim. Belki de Loreana'nın korkusu için almıştı o beyaz demeti fakat öyle olmadı. Arabasına geri dönen Benjamin, çiçeği el freninin üstüne koydu. Loreana aldı çiçeği ve,

— Güzelmiş.

deyip tekrar yerine bıraktı. Belli ki bu hediye Loreana'ya alınmamıştı. Gerçi birazdan kime alındığı belli oldu çünkü direksiyon Liza'ya çevrildi. Yol boyunca korkmaması gerektiğini anlattı Benjamin Loreana'ya ve onu iyice sakinleştirdi. Silecek yetişemiyordu yağmurun hızına. Derken Liza'nın evinin tam giriş kapısının önüne park edip araçtan indiler. Loreana, iki adımla apartmana girdi ama saçları ıslanmasın diye de çiçeği başının üstüne tuttu bu kısa mesafede. Benjamin ise aksine yavaştı ve fena hâlde sanki bilerek ıslanmıştı. Liza, tek daire üzerine kurulmuş bu güzel binanın son katında oturuyordu. Benjamin, binaya girinceye kadar Loreana son kata çıkmıştı bile. İyi de amaçları neydi? Loreana'yla Liza'yı mı tanıştıracaktı Benjamin? Bunu neden yapacaktı ki ayrıca? Loreana son bir umutla tekrar sordu:

— Benjamin emin misin, bunu gerçekten yapacak mıyız?

Benjamin:

— Tabii ki yapacağız sevgilim. Hadi başla!

Loreana, mini sayılabilecek eteğini çıkardı. Altında Liza'nın zifaf küloduna benzer pembe yırtık bir çamaşır vardı. Hızlı hareketlerle atlet benzeri tişörtünü de çıkardı, sutyeni yoktu. Benjamin başıyla Loreana'nın ayakkabılarını işaret etti. Sessiz keten ayakkabılarını da çıkarıp Benjamin'e uzattı genç kadın. Ne yani, bu hâlde mi girecekti Loreana, Liza'nın yanına? Benjamin, ayakkabının birinin içine eteği, ötekine de tişörtü koyup onları fotoğraf makinesinin çantasına yerleştirdi. Zile basmaya hazırlanıyorlardı. Buna inanabiliyor musunuz? Kalbime inecek derler ya! Anlatırken öyle hissediyorum. Belki de Liza, onları bu hâlde görürse düşüp ölebilirdi! Bu yapılır mı? Bir kadına böyle bir şey yapılır mı? İnanın bunu, Liza hemcinsim olduğu için söylemiyorum. Erkek de olsam düşüncem değişmezdi. Bu aşağılık bir hareketti. Aldattın, gittin başkalarını becerdin; tamam ama bu yapılmaz bir kadına. Gel gör ki Benjamin kararlıydı. Sol elinde çiçek vardı sağ elini zile uzatırken. Tanrı'm, bunu yaptı bu adam fakat bir şey oldu ve tam basacakken vazgeçti. Bilmiyorum belki de çocuğunu düşündü o an. Ne olduğunu Loreana da bilmiyordu. Hızlı hareketlerle çantasındaki ayakkabıların içinden kızın tişörtünü çıkardı. Herhâlde tekrar giymesi için verecekti onu Loreana'ya ama öyle olmadı.

—Al bunu, boynunla dizlerini kurula!

dedi. Binaya girerken her ne kadar acele ettiyse de boynunda ve dizlerinde ıslaklıklar vardı Loreana'nın. Benjamin'in dediğini yaptı. Saç uçlarını da iyice kuruladı. Genç onursuz, tişörtü tekrar yerine koydu ve zile bastı. Loreana, Benjamin'in sağ arkasında duruyordu ve bulutların üstünden gelmiş gibi kupkuruydu. Üzerinde her zamanki siyah kot pantolonu ve siyah tişörtü olan Benjamin ise bulutların içinden düşmüş gibi sırılsıklamdı.

Çiçekçiye girdiğinde; telefon ederek eve geleceğini, çok aç olduğunu söylemişti Benjamin Liza'ya. Zilin sesini duyunca çoktan hazırladığı sofradaki tabakların yerini üçüncü kez ve hızlıca tekrar değiştirdi genç anne. Her şey kusursuz olmalıydı. Kocasını, ciğerin oksijeni sevdiği gibi seven kadın bir türlü affedemiyordu ona yaptıklarından ötürü kendini. Hatta bunun için yarın, Boston'daki Eski Kuzey Kilisesi'nde olacağını duyduğu Peder John Anton'a gidip günah çıkarmayı ve bu iftiranın ağırlığından bir an önce kurtulmayı planlıyordu. Bunu düşününce de gözlerinin nemlenmesine engel olamıyordu. Liza, elleriyle gözlerini sildi ve kapıyı açtı her şeyden çok sevdiği kocasına. O değil de gerçekten bu yapılır mı ya? Liza'ya bu yapılır mı? Bu kısmı, bu kadar rahat anlatabileceğimi düşünmüyordum kitaba başlarken. Şu an kendimi suçlu hissettim. Belki abarttığımı düşünüyorsunuz ama inanın hâlâ aklım almıyor bunu. Düşünün! Kıskanç ve âşık bir kadınsınız, birazdan kocanıza kapıyı açacaksınız ve de onun yanında çırılçıplak bir kadın göreceksiniz. Yaptı; Benjamin alçağı, bunu da yaptı.

Liza, büyük bir sevinçle kapıyı açtı. Son dönemde onu her gördüğünde olduğu gibi yine içinden "Beni affet!" diyerek boynuna sarıldı ıslak kocasının ve tam da o sırada göz göze geldi çıplak sürtük Loreana'yla. İyice sarıldı kocasına ve bir an için Benjamin'in yanında bu kadının ne işi olup olmadığını düşündü ve içgüdüsel olarak gözlerini kapatırken sanki kocasını o kadından korumak istiyor ve,

– Bu adam benim!

der bir edayla daha da sıkı sarıldı Benjamin'e. Bunu neden yapmış olabilirdi ki? Karmakarışık olan düşüncelerle öteki omzuna sarılırken tekrar açtı genç kadın gözlerini ve az önce sadece yüzünü fark ettiği Loreana'nın memelerini gördü bu sefer. Duyguları birbirine karıştı Liza'nın. O lanet halüsinasyon muydu bu yoksa yine? Onursuz pezevenk ise sanki hiçbir şey yokmuş gibi karısının yanağına büyük bir öpücük kondurup,

– Kurt gibi acıktım sevgilim. Neler hazırladın bakalım kocana?

diyerek içeri girdi. Elindeki çantayı girişteki ayakkabılığın üstüne bırakıp kendi kadar ıslak olan çiçeği de sevgiyle karısına uzattı. Liza'nın çiçeklerle pek arası yoktu ama özenle aldı çiçeği eline ve daha sonra vazolamak üzere uygun bir yere bıraktı. Benjamin'in son sürtüğü ise hiçbir şey söylemeden ve tek kelime dahi etmeden hem de elini kolunu sallayarak daldı odaya. Hiçbir şeyden haberi olmayan Mona, beşiğindeydi ve henüz uyumuştu. Liza, bunun gerçek olmadığını biliyordu elbette ancak yine de kızının uyuması, ona tuhaf bir rahatlık hissi verdi o an. Hayalet kadın, Liza'ya gülümseyerek usulca gitti ve üçlü koltuğa oturdu. Kocasının ıslak ceketini alan kadının gözü hep çıplak Loreana'nın gölgesindeydi. Yüzüne bakamıyordu. Tek isteği, biraz uzanmaktı ama uzanacağı yerde o çıplak kadın yatıyordu. Evet, bu sadece bir hayaldi ki zaten bu gördükleri de hiçbir matematiğe uymuyordu. Öyle ya! Eğer beraber gelselerdi Benjamin gibi o kadının da sırılsıklam olması gerekirdi ama değildi. Şimdi o koltuğa uzanması da Benjamin'i işkillendirecekti. Liza, Bay Forester'ın söylediklerini hatırladı ve oraya uzanmayı tekrar düşündü. Sonuçta bu bir hayaldi ve orada gerçek bir kadın yoktu hatta hiçbir şey yoktu. Cesaretini topladı ve o tarafa yöneldi. Benjamin,

—Aşkım, sen yemiyor musun?

diyerek onun uzanmasına engel oldu bir süreliğine. Liza geldi ve kocasının karşısına oturdu.

—Yok aşkım, ben akşamüstü atıştırmıştım.

dedi. Hayalet kadın şimdi arkasında kalmıştı Liza'nın. Benjamin,

– E, aşkım günün nasıl geçti?

diye sordu ve sanki hiçbir şey yokmuş gibi davranmayı sürdürdü piç. Liza da benzer bir şey yaptı ve o da sanki hiçbir şey yokmuş gibi gününü özetledi:

– Her şey muhteşem gidiyor aşkım, kızımız çok güzel gülüyor... Görmen lazım. Bir dahaki sefere biraz erken gel de sev onu babası.

Benjamin yüzünü asarak biraz da üzgün:

– Aşkım, az kaldı; şu işleri toparlayayım, hiç çıkmayacağım evden ve senden.

Bunu ilk defa söylüyordu kocası Liza'ya. Çok mutlu oldu kadın, fazla mutlu...

Bu sırada, hayalet kadın yerinden kalktı ve gelip yuvarlak yemek masasının etrafındaki üçüncü ve bir ayağı diğerlerinden bir santim daha kısa olan boş sandalyeye oturdu. Hiçbir şey diyemedi Liza, dememeliydi. Liza'nın sol tarafına oturan Loreana, sol eliyle sağ memesine dokunuyordu. Uçlarının fazla kışkırtıcı ve pembe olduğunu fark edince kıskançlıkla Benjamin'e baktı genç anne. Benjamin'in bunu sevdiğini hatta video izlerken bundan bahsettiğini ve bu kadının memelerini övdüğünü hatırladı. Bu; o kadındı evet, videodaki kadın... Benjamin oralı bile değildi. Liza, bütün bunları sadece kendisinin gördüğünden emindi ama bakışları değişmedi. Bu görüntülere artık dayanamıyordu. Kadına saldırmak istiyordu lakin bunu yaparsa başına çok daha büyük işler açacağını biliyordu. Bu esnada Loreana, sandalyeyi ezerek poposunu oynatıp pembe memelerine dokunurken sandalyenin kısa ayağı ritmik sesler çıkarıyordu. Bir an için,

— Bu nasıl olabilir? Bu kadar detayı nasıl kurabilirim?

diyordu Liza ama konu bu değildi ve kurtulmak istiyordu. Derhâl yerinden kalkıp hiç zaman kaybetmeden doktorun dediklerini yapmalıydı, beş duyusunu harekete geçirmeliydi. Bileğine sıktığı parfümü kokladı çaktırmadan. Benjamin, çatalının ucuyla ona bir şey ikram etti; Liza, hiç tereddüt etmeden yedi uzatılanı. İştahı yoktu tabii ki ama ağzına bir şey aldığı için tat alma duyusunu da harekete geçirmişti. Şimdi tavana bakmalıydı.

— Aşkım, sen ye! Ben temizlik yaptım, yoruldum bugün; biraz uzanayım şöyle.

dedi ve az önce kadının yattığı yere, uzandı; tavana baktı biraz. Sonra gözlerini sıkıca kapadı. Koltukta Loreana'nın sıcaklığı vardı ve bu çok rahatsız edici olsa da tıpkı psikiyatrın dediği gibi gerçek gibi olması onu, doğru doktora gittiklerine ikna etmişti. Eğer şimdi bunun bir halüsinasyon olmadığını düşünürse kendini asla toparlayamayacak, belki de yatacaktı hastaneye.

Psikiyatrın, hayal gücünün yüksek oluşuyla ilgili övgülerini hatırladı o an. Saniyelik bir zaman diliminde bunun için mutlu oldu. Ortada olmayan bir kadını hem de ısısına kadar hissediyordu. Duyguları birbirine girmişti. Eğer bu sanrılardan kurtulmazsa kızından tutun da annesini babasını hatta en çok sevdiği adamı kaybetmesine kadar başına gelebilecek irili ufaklı onlarca faciayı düşündü Liza.

Benjamin, sakince yemeğini yiyor ve sesi kapalı, kendi açık olan televizyona bakıyordu göz ucuyla. Çıplak kadın ise halının üzerine uzanmış kısık bir sesle,

– Liiizaa...

diyordu. Liza, onu görmemek için gözlerini kapattığından kızın tam olarak ne yaptığını bilmiyordu fakat ısrarla,

– Liiizaa... Liiizaa... Liiizaa...

diye fısıltılar duyması fazla sinir bozucuydu çünkü bu sesleri daha önce kocasıyla video izlerken de duymuştu. Fakat yine de duyduğu bu seslerle beş duyusundan "duyma"yı harekete geçirdiği için reçeteyi uyguladığını düşündü. Aslında sandalyenin tıkırtısı da bu işi görmüştü ve bunu da o kadına borçluydu. O sesleri, bu iş için kullandığı ve o kadından faydalandığı için kendine kızdı:

– Keşke o sesleri iade edebilsem. Niye duyduğum bir şeyi mesela geri duyamıyorum, geri vermek gibi?

Bundan sonrakileri duymak istemiyordu ama şüphe çekmesin diye de kulaklarını tıkayamadı sadece duymazdan gelmeye çalıştı. Lanet olsun ki olmuyordu, duyuyordu.

– Az sonra geçecek!..

diyordu ama geçmiyordu. Birazdan kulağının dibinde fısıltıya karışmış ılık bir nefes hissedince önce hayal gücü için tekrar şaşırdı ancak o kadar gerçekti ki gözlerini açmak zorunda kaldı. Gördükleri inanılmazdı. Kör olmak istercesine kapadı gözlerini bu sefer. Çıplak kadın, Liza'ya yaklaşmış ince ve kusursuz parmaklarını ağzına götürmüş, ince sesler çıkararak emiyordu onları. Liza gözlerini kapatmakla yetinmedi, bir de kafasını öteki tarafa çevirdi fakat neler olup bittiğini merak ediyordu. Burası kendi eviydi ama kendini bir kavanozda hissediyordu. Dayanamadı ve tekrar baktı; hayalet kadın, pembe ojeli uzun tırnaklı narin parmaklarını hafifçe araladığı külodundan içeriye doğru uzatıyor, daha kısa tırnaklı olan ve birinci boğumunda, üç düğümlü fitil ipin olduğu işaret parmağını ise ıslaklığında gezdiriyordu. Hafif aralanan külodun kenarından görünen dişiliği büyüleyiciydi. Kendi vajinasıyla onunkini kıyasladı Liza, asla o kadar estetik durmuyordu kendisininki. Loreana, kendine dokunurken öyle yavaştı ki ağır çekim bir filmi izler gibiydi Liza ona bakarken. Filmlerdeki hayal sahnelerini hatırladı. Gerçekten de bu bir hayaldi çünkü filmlerde de ağır çekim gösteriliyordu hayaller. Bu her ne kadar bir hastalık olsa da bunun gerçekten de bir halüsinasyon olmasını ondan fazla isteyen olamazdı o an. Böyle bir şeyin gerçek olabileceğini düşünemiyordu ama birkaç dakikadır hiç bakmadığı kocasına doğru da göz ucuyla bakmayı ihmal etmiyordu. Benjamin, hâlâ yemek yiyordu ve elindeki kumandayla kanalları değiştiriyordu. Bunu, kocasına söylemediği için ondan gizli bir dünyasının olduğunu utanarak düşündü. İzlediği kusursuz kadından nefret ettiği hâlde onun bu hareketlerinden de aşırı derecede ve saçma sapan bir şekilde tahrik oluyor bir de kadınlık öğreniyordu. Ondan hiçbir şey öğrenmek istemediği hâlde öğrenmek zorunda kalıyordu.

Liza bu gelgitleri yaşarken Loreana da hem kendi vücudunu okşuyor hem de iyice yaklaştığı hasta kadının kulağına,

— Liiizaa...

diyerek nefesini bırakıyordu. Bu, Liza'yı iyice tahrik ediyordu. Kaçmak için gözlerini kapatan kadın; fazla dayanamıyor, birazdan gözlerini açıyor ve Loreana'yı izlemek istiyordu. Daha kötüsü, istem dışı bir şekilde elini kendi memesine uzatıyordu Liza. Evet, gerçekten de engel olamadı ve o an sertleşerek sutyeninden belli olan memesine dokundu Liza. Gözünü, Loreana'dan alamıyordu lanet. O kadar güzel dokunuyordu ki kadın, Liza da kendi memesine hem de onun gibi dokunmaya çalıştı. Hiç bu kadar zevk almamıştı bunu yaparken. Külodunun ıslandığını hissetti o an. Poposunu kıpırdatmasına engel olamıyordu. Yapmaması gerektiğini düşündükçe daha da çok yapmak istiyordu. Bacaklarını sıkarak ileri geri hareket ettiriyordu ve kadınlığını hiç olmadığı kadar çok hissediyordu bacaklarının arasında. Külodunun içindeki ılıklık onu heyecanlandırdı, sırılsıklamdı. Kendinden nefret etti ama aldığı zevk, nefretten çok daha baskındı. Kendi kendine, bu yaptığını beş duyunun sonuncusu olan, "dokunma duyusu"nu hareket ettirmek için yaptığını düşünerek avunuyordu. Benjamin ise önündeki tabağa bakarak yemeğini yiyordu. Vicdan azabı çeken ve kocasını aldatıyormuş hissine kapıldığı hâlde kendini durduramayan karısına,

—Aşkım...

dedi Benjamin. Çikolata yerken yakalanmış çocuk gibiydi Liza; kırmızı, kıpkırmızı. Elini memesinden çekti apar topar. Gözlerini kapatıp,

—E, e, efendim aşkım.

dedi korkarak. Ya memesini okşadığını gördüyse, ya hissettiyse Loreana'nın hareketlerinden etkilendiğini?.. İçinden,

– Kendine gel Liza! Öyle bir kadın yok! Onu sadece sen görüyorsun!..

dedi ve rahatladı. Benjamin ise tamamen başka, bambaşka bir konudan; o gün başladığı yeni reklam filminin çekimlerinden bahsetti. Bu, Liza'nın umurunda değildi çünkü o,

– Keşke kendime dokunduğumu görseydi, bir an önce sevişirdi belki benimle.

diye geçirdi aklından. Kocasının görememesine üzüldü yani. Liza, öyle edepli bir kadındı ki kocası istemeden asla ona sevişmek istediğini söyleyemiyordu ama ömrü boyunca hiç o günkü kadar arzulu olmamıştı ve artık kendine gelmesi gerektiğinin farkındaydı.

Kendine geldiğinde hayalet kadının sesinin kesildiğini fark etti. Kafasını kaldırıp odayı gözden geçirdi hızlıca, Loreana yoktu ortalarda. Sebebi belirsiz tuhaf bir hüzün çöktü üstüne ama mutluluğu ağır basmıştı bu sefer. Bay Forester'ın verdiği reçete işe yarıyordu işte. Derhâl kalktı yattığı yerden ve kocasının sofrasını topladı. O, normal bir insan olmak istiyordu ve galiba bunu da başarıyordu. Kurtulmuştu halüsinasyondan şundan bundan...

Loreana, ne cehenneme kayboldu bilinmez ama gerçekten yoktu görünürlerde. Peki ama bunu neden yapmışlardı? Liza'yı sekse alıştırmak mı istemişlerdi yoksa? Eğer amaç buysa söylemeliyim ki çok başarılıydılar; Liza, sırılsıklamdı fakat eğer ortada Benjamin gibi bir duayen varsa hayır! Amaç bu kadar sıradan olamazdı. Belki de kadına hasta olduğunu iyice kavratmaktı maksatları. Gerçi bu da Benjamin'i tanıyan biri için basit kalacaktı.

Çok daha tehlikeli, çok daha baştan çıkarıcı, çok daha inanılmaz bir şeyler olmalıydı ama ne? İleriye yönelik yatırımlar bile beklenebilirdi ondan çünkü Benjamin sabırlıydı, hele konu seks olunca. İstediğini elde etmek için aylarca bekleyebilirdi. Bambu ağacı üreten Çinli çiftçilerle yarışabilirdi. O da bir tohum ekip yıllarca bekleyebiliyordu. Abartmıyorum, böyle biriydi Benjamin Knotterson. Bir defa, beğendiği her kadınla tanışır tanışmaz yatağa girmeyi planlasa da hiçbir zaman o kadar aceleci davranmaz ve onu, sır tutabildiğinden emin olmadan koynuna almazdı. Belki de hiç yakalanmamasının sırlarından biri de buydu. Bir yıl, iki yıl hatta üç yıl beklediği kadınlar bile oluyordu. Bu süre size uzun gelmesin. Onun için değişen bir şey yoktu. O, her gün birileriyle tanışıyordu. Bugün tanıştığını bir yıl sonra beceriyordu ama geçen yıl tanıştığının sırası da bugün gelmiş oluyordu. Yani beklemek gibi bir durumu yoktu Benjamin'in. Bakın şimdi size mola niyetine bu konuyla ilgili ilginç bir prodüksiyonunu anlatayım da az nefes alalım.

Yıllar önce hiç sebep yokken herkesin imrendiği ve arzuladığı fazla dekolteli, her zaman dantelli bir kadına,

– Hani yeryüzünde üç buçuk milyar erkek var ya! Senin için bu böyle değil!

dedi. Giyim kuşamıyla her erkeğin dikkatini çeken cesur kadın, bunun nedenini sordu. Benjamin, bir ara anlatacağını ve kadının bunu duymaya henüz hazır olmadığını söyledi. Her hafta karşılaştığı Sara, birkaç kez bunun sebebini sordu. Benjamin ise daha zamanının gelmediğini, bunu bir gün mutlaka anlatacağını yineledi. 25 yaşındaki afet sinirlendi, bunu ona hiç kimse yapamazdı:

– Bir daha asla sormayacağım. Merak da etmiyorum zaten.

Bay Knotterson gülümsedi ve ona Benjamince bir ayar verdi:

– Bana bak ufaklık. Bana sakın bir daha trip mrip atma! Tanrı, trip atıyor diye ben kiliseye gitmiyorum, sana neler yaparım artık sen düşün!

Bu neydi şimdi? Tehdit miydi, meydan okuma mı? Ne olduğunu asla anlayamadı genç kız! Fakat nefreti o kadar büyüktü ki gerçekten de aradan aylar geçmesine rağmen bir daha da hiç sormadı bunu Benjamin'e. Oysa deli gibi merak ediyordu.

Kim etmez ki? Şimdi şu cümleye bir bakar mısınız Tanrı Aşkına?

– Hani yeryüzünde üç buçuk milyar erkek var ya! Senin için bu böyle değil!

Bunu yarışmaya katılmadığı için taç takmayan kâinat güzeline söylüyordu üstelik. Sizce öyle bir kadın, böyle bir soruya cevap bulamadığında ne düşünür? Elde edemeyeceği birinin olduğunu düşünür elbette ama onun için böyle bir ihtimal yoktu. O, istediği herkesi elde edebilecek kadar nefes kesici bir kadındı. Benjamin'in, bu ciddiye almayan ve sallamayan tavrı sinir ediyordu onu. Sonuçta ne Sara sordu ne Benjamin cevapladı.

Tam bir yıl sonra bir gün tenine çığlık atılası kadın Sara, Benjamin'e yaklaştı:

– Tamam, sen kazandın Tanrı'nın Cezası, hadi söyle, neden?

Benjamin,

– Eğer sormasaydın, iki gün sonra zamanı geliyordu ve ben sana söyleyecektim zaten.

dedi. Kadın çıldırabilirdi çünkü bütün havası inmişti. İki gün daha dayanamadığı için çok üzüldü. Benjamin, gerekli açıklamayı yapmak üzere onu kahve içmeye davet etti. Kadın nereye gelmesi gerektiğini sordu.

– Kahvelerin parasını sen ödeyeceksin, bütçene göre bir yer seç küçük sürtük!

dedi Benjamin. Bu nasıl bir küstahlıktı, kadının aklı bunu almadı.

– Seni şikâyet edeceğim. Hakaret ettiğin için mahkemelerde sürüneceksin.

demek istiyordu ama diyemedi, diyemezdi; duymazdan geldi. Kavga ederse onu konuşturamazdı ve tekrar yalvarmak zorunda kalabilirdi. Sara, bir yer söyledi. Benjamin, derhâl navigasyondan yerin mesafesine baktı. Eviyle oranın arası 20 mildi.

– Tamam tatlım 5 dolarlık benzin yakarım. Onun parasını da şimdiden alayım. Ben sana pek güvenemiyorum da!..

dedi pırlanta gözlü kadına. Kadın, tiksiniyordu Benjamin'den ama buraya kadar gelmişken artık geri dönmek de istemiyordu. Cüzdanından 5 dolar çıkardı ve pislik herife uzattı. Benjamin kadından aldığı 5 doları düzenli bir şekilde cüzdanının içine koydu ve saçma sapan bir şey söyledi:

– Pazar günü 14.00'te orada ol; 15.00'e kadar bekle, 16.00'da gelmezsem 17.00'ye kadar dur, baktın olmuyor, işine git. Başka zaman buluşuruz ama yine de gelmeye çalışacağım, umudunu kaybetme!

Bunu ona hiç kimse yapamazdı. Sordu kadın:

– Gelemezsen haber verirsin, ben de giderim, neden bekleyeyim pardon?

Benjamin abarttı. 30 sent de bu arama için alması gerektiğini söyledi.

– Sonuçta telefonla haber vereceğim bunun bir bedeli var...

Kadının bozuğu yoktu 5 dolar daha çıkardı cebinden ve genç ukalaya uzattı. Sinirlendi Benjamin:

– Haddini bil. Dilenci değilim ben. "30 sent" dedik, sadece 30 sent vereceksin!

dedi. Sara gitti bin bir zahmetle parayı bozdurdu ve 30 sent verdi Benjamin'e. Sonra ayrıldılar.

Pazar günü buluşma saatine yakın aradı küstah ve 15.30'da orada olabileceğini söyledi. Oysa o güne dek hiç bekletilmeyen, hiçbir erkeğin hesap ödetmediği, hep el üstünde tutulan, yalvarılan yakarılan, görenlerin hayalinden çıkmayan, rüyalarına saplanan kadın; süslenip püslenip tam vaktinde gelmişti buluşma yerine. Benjamin'in tavrına sinirleniyordu ama yapabileceği bir şey de yoktu. Aylardır peşinde olduğu cevabı duymak istiyordu ve bir yıl daha beklemeye hiç niyeti yoktu. Siz, herhangi bir şey için bu kadar uzun beklediniz mi hiç? Kadına kızmayın ve onu hiç kınamayın! Bunlar yaşandı.

Aslında cevabı çoktan almıştı fakat yine de duymak istiyordu.

Genç avcı tam 16'da oradaydı. Olağanüstü kadının kıyafetiyle mukayese edildiğinde Benjamin, paçoz bir hâldeydi. Sara onun beynini yakacaktı ve az sonra pişman edecekti onu bütün bu yaptıkları için. O gelinceye kadar gömleğinin üçüncü düğmesini defalarca açtı kapadı ve elindeki küçük aynayla kaç deneme yaptı saymadım ama sonunda tam istediği gibi bir dekolte yakaladı. Karşısına oturunca aklı gidecekti Benjamin'in çünkü onunki göğüs ya da meme değil, mucizeydi. Kısacası Sara, ağını germişti fakat beklediği balık, köpekbalığıydı. Gelir gelmez paramparça etti gerilen ağı. Çünkü Benjamin, 25 yaşındaki kadının planladığı gibi karşısına değil; hiç planlamadığı gibi 90 derece yanındaki sandalyeye oturdu. Böyle anlatınca sert ve sinirli bir Benjamin tasvir ettiğimi fark ettim. Belki de Benjamin'den nefret ettiğim için böyledir, bilmiyorum. Neyse kafanız karışmasın! Sinirli değildi hatta gülümsüyordu ama gerçekten alabildiğine sinir bozucuydu lanet. Kahveler geldi. Çok zamanının olmadığını belirten Benjamin önce anlaştı:

– Sinirlendiğin yahut saçma sapan tepkiler verdiğin anda burayı terk ederim, baştan söyleyeyim!

Kadın, kafasıyla bunu tasdik ettikten sonra devam etti Benjamin:

— Dünyada üç buçuk milyar erkek var ama söz konusu olan sensen ben o kalabalığın içinde yer alamam. Seni herkes becermek ister, ben istemem. Sen istediğin her erkeği elde edersin, beni edemezsin. Sebebi ne biliyor musun?

Bilmiyordu, tabii ki bilmiyordu. Başını salladı Sara.

— Sebebi, o altındaki aptal tanga. Senin yaşındaki biri tanga giyer mi Tanrı Aşkına? Kaygılısın Sara. Sürekli dekolteli kıyafetler giyiyorsun. Tabii ki erkeklerin dikkatini çekiyorsun ama benim dikkatimden kaçıyorsun. Sende ısrarla bir kendini teşhir etme arzusu var. Yahu 25 yaşında bir kızsın sen, tanga nedir ya? Onu 40 yaş üstü teyzeler giyer, onların ihtiyacı vardır buna. Sen dişiliğinin zirvesindesin. Sen çuval giysen de olur hatta giymesen de ama bunun farkında değilsin! Bugatti'sin ama kamyonlarla yarışıyorsun!..

Kadın, bu şakanın bir yerde biteceğini düşünüyordu ama beklediğinin aksi oluyordu ve abarttıkça abartıyordu Benjamin. Onun için tek sent harcamadığını, yol parasını dahi ona ödettiğini, kahveleri de ona ısmarlattığını söyleyerek iyice aşağıladı kadını. Gerçekten, onun bu tavrı bir kadına yapılabilecek en büyük hakaretti ve Sara hayretler içerisindeydi.

— Şimdi sana kötü bir haberim var, seni Benjamin'den mahrum bırakıyorum. Daha kötü habere gelince yeryüzünde hiçbir erkek benim kadar iyi beceremez seni. Ve son olarak da en kötü haberi veriyorum, benimle sevişemeyeceğin için bakire öleceksin!..

Genç kadın bakire değildi. Tangayı bilmişti ama bunu bilememişti küstah. Kadın tam buna sevinirken Benjamin onu iyice küçük düşürdü kahkahalar atarak:

— Bakire olmadığını düşünüyorsun değil mi? Çünkü senin "bekâret bozulması"ndan ya da "kadın olmak"tan anladığınla benim anladığım aynı değil! Sen bakiresin küçük aptal ve benimle sevişmediğin sürece de hep bakire kalacaksın. Yaptıkların seks falan değildi; sen sadece seviştiğini zannettin, hepsi bu.

Bunlar nasıl cümlelerdi? Bir erkek bu konudaki yeteneğine nasıl bu kadar güvenebilirdi? Ya bu soruların cevabı yoktu ya da bu adam hakikaten seksin tanrısıydı. Son olarak,

— Şimdi ben gidiyorum. Sakın beni arama siyah tangalı küçük kadın!

dedi ve hem bütün planları terse dönen Sara'yı hem de onun gerdiği ağı paramparça edip mekânı terk etti seksin gurusu Benjamin. Her şey tamamdı da tangasının rengini nereden bilmişti. Sara, aramaması gereken bu pisliği aramak istiyordu, ısrarla aramak! Aradı da... Sinirlenecekti ama yapamadı ve ona açık açık kendini kavanozda hissettiğini söyledi Sara.

Bu çok ağır bir cezaydı. Herkesle sevişebilirdi ama Benjamin'le asla! Bu durum onu hapishanedeymiş gibi bir ruh hâline itiyordu. Bok gibiydi. Ayrıca ona alenen hakaret etme cesaretini nereden bulabiliyordu? Bu kadar iddialı olmayı nasıl başarıyordu? İşte bunları ve çok daha fazlasını o gece yatakta konuştular. Benjamin, onunla ancak bedelini ödemek kaydıyla sadece bir geceliğine birlikte olabileceğini söyledi.

Sara için bu küstah adam hırstı artık. O kadar istiyordu ki Benjamin'i "Ondan sonra hiçbir erkekle olmayacaksın!" deseler razı gelebilirdi. Tamamı metal paralardan oluşan yüzlerce senti kızın üstüne fırlattı. Paralar odaya savruldu. Bütün parayı son sentine kadar toplaması dakikalar sürdü. Sonra Benjamin işini yaptı ya da sabaha kadar Sara'yı defalarca şımarttı. Bazen saçlarını çekerek, canını yakarak; bazen poposunu tokatlayarak; bazen de öpüp koklayarak becerdi onu. Benjamin, "müthiş" kelimesini utandıracak bu vücuda sevişirken âşık olmadı. İlk gördüğü andan itibaren aklı çıkmıştı zaten ve başka hiçbir şey düşünemez olmuştu. Geberiyordu onunla olmak için. Öte yandan tanga ve benzerlerini saymazsak klasik dekolteyi, "orospuluk" değil, "dişilik" olarak görüyordu Benjamin. Gel gelelim yaklaşamayacağı türden olan bu kadını becerebilmek için yaptığı ve "yasağın gücü" adını verdiği kurgu böyleydi işte, risk alamazdı Benjamin. O yüzden kimsenin yapamadığını yaptı ona. Benjamin dışında hiç kimse hakaret edemez, bir nevi ucuz orospu muamelesi yapamazdı böyle birine ama o yapmıştı işte. Tanganın rengini nasıl bildiğini ben de asla öğrenemedim fakat yüz tangadan, doksanının siyah olduğu düşünülürse Benjamin, bu riske rahatlıkla girebilirdi. Ah, bir de belki içinizden bazıları o gece için Benjamin'in ödediği parayı merak ediyor olabilir, söyleyeyim: Tamı tamına 530 sent.

Benjamin, bir şeyi kafaya koymuşsa sabır beden buluyordu onda. Loreana neden geldi, nereye gitti bilinmez ama bu konularda asla acelesi olmayan Benjamin'in planında bu hikâyenin de bir devamı olacaktı mutlaka.

Nerde kalmıştık? Ah, evet; Liza sofrayı topladı ve koltuğa geçmiş olan kocasının yanına oturdu. Televizyon izlediler bir müddet. Benjamin, elini boynuna attığı karısının dudaklarını öptü ıslak ve sakince.

– Seni çok özledim sevgilim. Şu haberlere biraz bakalım da yatalım. Deli gibi istiyorum o mükemmel vücudunu.

dedi. Liza, hazırdı zaten buna. Keşke o hayalleri görmeseydi de çok daha fazla mutlu etseydi kocasını ama her şeye rağmen yapacaktı bunu. O gece zevkten deli edecekti onu. Benjamin:

– Aşkım bu arada, gerçekten iyisin değil mi? Öyle saçma sapan şeyler görmüyorsun artık?

Liza, elbette ki iyi değildi ama o geceyi kurtarmak için yalan söyledi:

– Yok aşkım, hepsi geride kaldı; çok iyiyim, çok...

Bunu demese ya da gördüğü hayallerden bahsetseydi belki de onu kaybedecekti. Benjamin:

– Biliyorum sevgilim, sen çok güçlü bir kadınsın. Beni çok sevdiğin için oluyor bütün bunlar ama inan ki seni mutlu etmek, istediğim tek şey. Şurada dünya güzeli bir kadın olsa hatta çırılçıplak yatağa uzansa bile dönüp bakmam ona!

Sanki Loreana'nın az önceki hâlini tasvir ediyordu Benjamin. Oysa Liza tam unutmuştu onu ki tekrar hatırladı. Hatırladığı anda da o aynı sesi derinlerden tekrar duydu:

– Liiizaa... Liiiza...

Hayır, hayır; bunları düşünmemeliydi. Genç anne, anlamıştı artık; bunların hepsi Doktor Forester'ın dediği gibi onun yüksek hayal gücünün yarattıklarıydı ve formül belliydi, düşünmemek. Ama öyle kolay olmuyordu işte. Bu, kırmızı tavşan deneyine benziyordu. Hani 100 kişiyi bir odada toplayıp,

– Sizden sadece bir şeyi düşünmemenizi istiyoruz. Geri kalan her şeyi düşünebilirsiniz, sadece iri kulaklı kırmızı topal tavşanı düşünmeyin!

demişler de odadakiler iri kulaklı kırmızı topal tavşandan başka bir şey düşünemememişler ya onun gibi. Kocası,

– Çıplak kadın.

der demez, derhâl Loreana'nın sesini duymuştu Liza. Üstelik o gece izledikleri filmde de aynısı olmuştu. Daha kötüsü; şimdi duyduğu, az önce odada gördüğü, hayalinde yarattığı kadınla o filmdeki kadın birebir aynıydı. Bu hakikaten de halüsinasyondan başka bir şey olamazdı. Hani yakın bir arkadaşını görse, komşusunun sesini duysa neyse de porno filmdeki kadını duyması onun hayal gördüğünün en büyük kanıtıydı. Kocasını bir porno yıldızından kıskanacak kadar paranoyak oluşunu ise asla hazmedemiyordu. Bir de kocasıyla uzun zamandır bu denli iyi olamamışken bunu yapamazdı. Liza, bunları düşünürken,

– Seni çok seviyorum karıcım.

diyerek hince bir tebessümle araya girdi lanet:

– Aşkım, hayal kur! Bence halüsinasyon dahi olsa tadını çıkar bunun. Az önce orada yatarken memelerine dokunduğunu da görmedim sanma!

Liza, kıpkırmızı olmuştu tekrar. Benjamin devam etti:

– Doktor senin düş dünyanı övmüştü, hatırlıyor musun sevgilim? Bence üzülmek yerine bunu kullanmalısın. Benimle sevişirken ne bileyim bir başka kadının bizi izlediğini hatta benim yanımda seni öptüğünü düşünmek seni tahrik etmeli! Off, bu beni deli ediyor sevgilim.

Liza,

— Lütfen böyle şeyler söyleme. Psikolojim bozuluyor...

diyemiyordu ve adam ne söylüyorsa derhâl zihninde onu canlandırıyordu. Yalnız ne tuhaf ki aklına daima o kadın, porno yıldızı olan o kaltak geliyordu. Liza'nın, kocasından gizli yaşadığı dünyasında hep o kadın vardı ve az önce Liza'ya heyecan vermişti onun kendine dokunuşları.

Büyük bir şehvetle öperek kucakladığı karısını yatak odasına götüren Benjamin, aşırı derecede arzuluydu o gece ve karısı onu epeydir bu hâlde görmemişti. Bu atmosferi bozmaya da hiç niyeti yoktu. Kocasından daha arzulu bir biçimde öpüşüyordu şimdi Liza. Benjamin, kucağına aldığı eşini nefessiz bırakacak kadar istekli öperek yatak odasına götürdü. O şeklide yatağa yatırdığı karısının üzerine uzandı. Eliyle sert bir şekilde Liza'nın külodunu yana sıyırdı ve sutyenini tek hamleyle ustaca çıkardı. Liza'nın sırılsıklam olan dar dişiliğine, o gece için fazla büyük olan sertliğiyle bir seferde girdi. Tek vücut olmuşlardı ama uzun sürmedi çünkü Liza aynı sesi yine duydu. Gözleri kapalıydı fakat o ses gitmiyordu kulağının dibinden. Şimdi sırası mıydı halüsinasyonun? Bu olmamalıydı ama düşündükçe daha fazlası oluyordu... Benjamin, karısının memelerini öperek şımartıyordu. Kulağına, ona taptığını fısıldıyor ve onunla ilk defa böylesine heyecanlı sevişiyordu. Bu sırada, zevk çığlıklarını içinde bastıran, çığlık atmaktan utanan Liza; hayalinde yarattığı Loreana'nın nefesinin sıcaklığını hissediyordu boynunda. Daha fazla dayanamadı ve kapalı gözlerini açtı. Açmasıyla da kapaması bir oldu. İnanılır gibi değildi bu. Sertleşmiş büyük memelerine kocası değil o çıplak hayalet dokunuyordu. Bu kadarla da kalmıyor boynunu koklayarak,

– Hadi Liza, sen muhteşemsin Liza, Benjamin'i mutlu et! O sana tapıyor...

diyordu. Benjamin ise hiçbir şekilde karısından başka bir şeyle ilgilenmiyordu.

Gözlerini kapattı, kararlıydı; bir daha açmayacaktı. Sağ kulağında Loreana'nın, sol kulağında ise Benjamin'in sıcak nefesi vardı. Liza, Benjamin'in az önceki fantezisini hatırladı birden ve o an için bunun hiç de kötü bir fikir olmadığını düşündü. Ayrıca bunun Benjamin'i mutlu edeceği gerçeğini de hatırlayınca kendini tamamıyla rahat bıraktı. Üstelik hayalet kadın, ona duymak istediği şeyleri söylüyordu. O an Loreana'yı kendine öyle yakın hissetti ki dudaklarını ona bıraktı. Belki de bu, o işin bahanesiydi. Doğrusunu isterseniz her erkekte eşcinsel eğilimler yoktur ama her kadında bir miktar biseksüellik muhakkak vardır ancak yine de çok azı itiraf edebilir bunu ki ben de onlardan biriydim açıkçası. Bu ilgi, son derece de anlaşılır bir şeydir aslında. Kadın, iki cinsten oluşan insan türünün gelişmiş sürümüdür, o yüzden de daha ilgi çekicidir. Hayvanlar âleminde de böyledir bu. Hiç, erkek için kavga eden bir dişiye rastlayamazsınız ormanda ama bütün erkekler bir dişi için savaş hâlindedir her zaman.

Felsefe yapmanın zamanı değil şimdi yataktayız çünkü, öyle değil mi? Siz de kurallarınızı bir kenara bırakıp öyle dinleyin anlattıklarımı hatta oradaymışçasına hayal edin. Bir yatak odasını izlemek, çoğu zaman o yatakta olmaktan daha heyecan vericidir. Çünkü uzaktan baktığınızda kimsenin kusuru yoktur. Öpüştüğünüz bir erkeğin ağzı kokabilir ama öpüşmeyi hayal ettiğiniz bir erkeğin ağzı asla kokmaz ya da hayalinizdeki gibi kokar, muhteşem. Pornonun bir sektör olmasının sebebi de budur aslında. Bunu söylememe rağmen birçok kadın bu kısmı hızlı geçecek, bunu biliyorum. Erkekler ise defalarca okuyacak burayı ve biz enter tuşuna bastığımızda erkek, mutlu; kadın ise mutsuz olarak çıkacak karşımıza. Ben de ömrümün büyük bir kısmını bacaklarımı sıkarak geçirenlerdenim kızlar. Bu bir hataydı ve ben, bunu kimsenin yapmasını istemiyorum artık. O yüzden bu kadar açıklama yaptım. İnsan anatomisini övenlerin, kendilerini fark etmeden sadece anatomiyi, fizyolojiyi, biyolojiyi şımartmasına benziyor bu durum. Akşama kadar belgesel izleyip günün sonunda da,

– İnsan ne muazzam bir şey!

diyenler acaba neden bir türlü övdükleri şeyin kendilerinde olduğunun farkına varmazlar? Oysa insan, sabah akşam beynini, bedenini şımartmalı ve her an; sahip oldukları için teşekkür etmeli Tanrı'ya. Bakın "Felsefe yok!" dediğim hâlde yine felsefe yaptım, çok pardon. Hadi tekrar yatağa geçelim; seks yapmak, felsefe yapmaktan daha zevkli ve daha faydalı çünkü. Kızmayın kızmayın, yapacaksanız bu konuda felsefe yapın; haklı olduğumu göreceksiniz ya da sizi yormayayım, ben söyleyeyim: Herkes felsefe yapabilir ama herkes seks yapamaz! Mesela "bence" dediğiniz her cümlenizle felsefe yapmış olursunuz ama seks öyle "ha" deyince olmuyor işte, zordur. O hâlde "Herkes seks yapamaz ama herkes kusursuz seks yaptığını zannedebilir." dediğimde bile işte bu "zannetme" kısmı işin felsefesidir. Gördüğünüz gibi hiç bu işlerden anlamayanlar dahi felsefe yapabilirler? Yok yok, kesin kararlıyım; bugün sizi o yatağa sokacağım, merak etmeyin!

Çıplak hayalet Loreana, Liza'nın davetkâr dudaklarını sertçe öpüyordu. Liza da karşılık veriyordu. Benjamin'i içinde, o kadını da vücudunda hissetmesi o güne dek yaşadığı en büyük heyecanıydı onun. Loreana, genç kurbanına iyice yanaşmış ve

Benjamin tarafından iki yana açılmış sol bacağının dizine ıslaklığını sürtüyor, kendini iyice bastırıyor ve böylece de bir nevi mastürbasyon yapıyordu Liza'nın diz kapağında. Üçünün de nefes alışları değişmişti. Loreana, sol eliyle Liza'nın dudaklarını araladı; alt dudağını iki parmağıyla büzüştürerek aşağı doğru çekti ve emerek öpmeye devam etti. Liza, Loreana'nın parmağında ipin olmadığını fark etti. Halüsinasyonun dağılmasından korktu çünkü bunu hayal de olsa sonuna kadar yaşamak istiyordu o gece. O, kendi dünyasına dalmışken Loreana'nın yuvarlak poposunda da Benjamin'in eli vardı ve sertçe sıkıyordu kadının o muhteşem kalçalarını. Genç adamın sertliğinin altından, Liza'nın poposuna uzattığı işaret parmağıyla oraya baskı yapan Loreana, birazdan o parmağını Liza'nın arkasına soktu. Böylece işaret parmağındaki tırnağın neden kısa olduğu ve fitil ipin parmaktan neden çıktığı da anlaşılmış oldu.

Liza'yı zirve zevklere ulaştırmak için her türlü detay düşünülmüştü. Loreana'nın parmağıyla gevşettiği yere de Benjamin'in Liza'da ıslattığı sertliği doluyordu zaman zaman. Kısacası her yerini seksle doldurdukları genç kadının başka şeyler düşünmesini engellemiş oldular. Daha az önceye kadar utanan kadın, yataktaki başroldü şimdi ve nefret ettiği Loreana'nın yemek odasında görüp âşık olduğu kusursuz dokunuşlarını emiyordu. Artık yatakta sınırsızdı Liza, ne de olsa birazdan tek başına bir yere uzanıp tavana baktığında dağılacaktı hayalinde yarattığına inandığı o kadın ve de o geceye dair yaşanan her şey. Bu düşüncelerle kendini tamamıyla bırakan Liza, aklının alamayacağı ve belki de bir daha tadamayacağı kadar yüksek zevkler alıyordu. Benjamin'in, içine girip çıkmasını kolaylaştırmak için poposunu iyice ileri bastırıyor hem kocasını tamamıyla içine alıyor hem de Loreana'nın ince, uzun ve zarif olan işaret parmağını; dönüşümlü olarak Benjamin'in boş bıraktığı derinliklerinde hissediyordu. Bütün bunlar olurken Liza'nın hissettiği ince sızı ise tarifsizdi. Benjamin iyice hızlandı... Karısının ıslaklığına yırtar gibi giriyordu artık. Kendini kaybetme noktasına gelen Liza hangi ara Loreana'nın altına yatmıştı bilemedi. Şimdi deli gibi öpüşüyordu iki kadın. Benjamin'se bu esnada iyice yavaşladı ve sertliğini Liza'nın üstüne kapaklanan Loreana'nın ince çizgisine bastırarak ona girdi bu sefer. Liza, hayalet kadının altında; Benjamin de Loreana'nın içindeydi şimdi. Düşünebiliyor musunuz iki yasak âşık Liza'nın üstünde sevişiyordu ve,

— Bak Liza, Benjamin beni beceriyor...

diyordu Loreana. Şaşırtıcı gelecek ama Liza bundan asla rahatsız olmuyor aksine bu durum onu daha da baştan çıkarıyordu. Her kadının içindeki gerçek dişi gibi onunki de dışarı çıkmıştı. Seksin böylesine güzel bir şey olduğunu bilmiyordu ama öğrenmişti işte. Gizli duyguları aşikârdı artık ki onun gizlisinde bile yoktu bunlar. Tamam, bu bir hayaldi ama aldığı zevk, yaşadığı heyecan gerçekti ve Liza kendini sekse terk etti.

Benjamin tekrar Liza'nın içindeydi. Bayıltacakmış gibi sertti. Liza aldığı üstün zevklere alışık olmadığı için ne tepki vereceğini artık bilmiyordu ve hıçkıra hıçkıra ağlıyordu. Her zaman ses çıkarmaktan ürken kadın, bu sefer çığlıklar atarak kocasının içine dolmasıyla birlikte boşaldı ve olduğu yere yığıldı. Benjamin'in spermlerini içinde hisseden Liza elini kendi çizgisinin üstünden aşağıya doğru kaydırıp içinden sızarak dışarı akan spermlere dokunuyordu. Nefes nefese olan Benjamin'se dudaklarına teşekkür ettiği karısına,

—Aşkım... Öldüm... Mükemmeldi...

dedi ve bitkin ellerini titrek karısının vücudunda aheste aheste dolaştırırken,

— Ben bir bardak su alacağım kendime, bir şey istiyor musun mutfaktan?

diyerek dikkatini dağıttığı Liza'dan cevap alamadı çünkü hâlâ boşalıyordu bahtsız kadın. Benjamin, yataktan kalkıp kapıdan dışarı çıktı. Liza'nın gözleri kapalıydı ve çizgisinin üzerindeki kayganlıkla oynuyordu. Kendine dokunması hatta dokunamaması tarifsiz bir heyecandı. Dizleri titriyordu, dişleri birbirine çarpıyordu ve inanamayacaksınız ama hâlâ boşalıyordu. Kendini durduramıyor, içindeki ağlama hissine ise hiçbir şekilde engel olamıyordu. Yaşadığı ve hâlâ devam eden zevkin yüceliğine ağlıyordu. Gördüğü halüsinasyona ağlıyordu. Daha önce neden bu kadar zevk alamadığına ağlıyordu. Bir daha kocasını asla üzmeyeceğine de ağlıyordu... Birkaç dakika sonra az da olsa kendine geldi ve gözlerini açtı. Loreana'yı aradı gözleriyle ama yoktu hayalet kadın görünürlerde.

– Tanrı'm, lütfen yardım et!

diyerek tekrar ağlamaya başladı. Neye gözyaşı döktüğünü bilmiyordu. Belki de Loreana'nın kaybolduğuna ağlıyordu bu sefer yine gözler kapalı. Tam o esnada Benjamin'in sesini duydu:

– Aşkım... Aşkım... İyi misin meleğim?

Gözlerini açtığında elinde bir bardak suyla başında dikilen Benjamin'i gördü karşısında.

– Her şey yolunda mı sevgilim?

diye sordu tekrar adam. Liza, sarıldı Benjamin'e ve,

– Evet aşkım... Lütfen beni bırakma!

dedi. Benjamin, olağanüstü bir sükûnetle saçlarını okşadığı karısına,

– Şşşştttt... Geçti aşkım sakin ol!

dedi ve o şekilde uyudular.

dokuzuncu nefes

dokuzuncu nefes

Sabah, Mona'nın gülümsemesine uyanan baba Knotterson karmakarışıktı. Bir yanı,

– Harika bir ailem var. Ben neden böyleyim?

diye üzülüyordu, öteki yanı ise,

– Ne inanılmaz bir geceydi, bunu kesinlikle bir daha denemeliyim!

diye heyecan taşırıyordu. Bu gelgitleri yaşarken küçük kızının yüzüne bakmaya da utanıyordu Benjamin ancak,

– Kötü bir şey yapmadım ki? Biraz eğlendik işte, hepsi bu!

diyerek vicdan masajı yapıyordu kendi kendine.

Uzun zamandır beraberce dışarı çıkmıyorlardı.

– Aşkım, hadi kahvaltıya annenlere gidelim; epeydir görmüyoruz onları!..

dedi Benjamin. Kadın o kadar mutluydu ki hiç gitmek istemiyordu ama Benjamin ısrar edince hazırlanıp onlara yakın oturan kayınvalidesine gitti mutlu aile. Pek yapmadığı bir şey yaptı ve,

– Gece nasıldı ama?

diye cevabı belli olan bir soru sordu karısına yürürken. Liza, aşırı zevk almıştı dün geceden. Adına "halüsinasyon" dedikleri şeyin, onun dünyasındaki karşılığının "hayal gücü" olduğunu biliyordu. Kocasından başka gördüğü her şeyin bir siluetten ibaret oluşu, onun kıskançlığını da sona erdirmişti. Bir gölgeydi her şey ve o bir gölgeyi kıskanacak kadar aptal değildi ya! Dün gecenin, onun için harika geçtiğini ve aynısını tekrar istediğini söyledi. Benjamin,

– Çok daha iyilerini yapacağız aşkım. Sen iyi ol yeter...

derken gözleri parlıyordu, kim bilir neler planlıyordu?

Kayınpederi ve kayınvalidesi bu muhteşem tabloyu görüp kızlarının çok iyi olduğunu anlayınca nasıl mutlu oldular, bilemezsiniz! Ne Bay ne de Bayan Green'in dünyasında böyle saçma sapan şeyler vardı; onlar gözlerini birbirlerinde açtılar ve kafalarını hiç bulandırmadılar. Benjamin, yalnız düşüncelere daldığında, öyle bir insan olmayı istediğini söylüyordu kendine ama bu düşünce birkaç saniye sürüyordu. Neden mi? Çünkü onlar gibi olmak için yaşadığı her şeyi reddetmesi ve onları hiç yaşamamış olması gerekiyordu. Oysa yaşadığı her şey muhteşemdi ve Benjamin, 12 yaşına geri dönse yine o dul komşularına "paratoner" olmaya giderdi. Bunu daha sonra anlatacağım. Belki siz de,

— Sana bir şey diyeceğim!..

dedikten sonra,

— Neyse sonra anlatırım!

diyenlerden nefret ediyorsunuzdur benim gibi ama çok zevkli gelmeye başladı bu iş son zamanlarda bana. Daha zevklisi ise şimdi tekrar fikir değiştirip anlatmak oluyor. Bu kadar şımarıklık yeter, ben sizi hemen Benjamin'in 12 yaşına götüreceğim şimdi.

27 yaşındaki Anita Daisy, Benjamin'lerin üst kat komşusuydu. Büyük fırtınada kocasını kaybettiği için yağmurdan ve gök gürlemesinden korkar olmuştu güzel kadın. Kız kardeşi Janet'le birlikte yaşıyordu. Gel gör ki Janet, arkadaşlarıyla birlikte üç günlük bir tatile gitmişi. Akşamüstü bastıran ani yağmur, bir fırtınanın da habercisiydi. Bayan Daisy, gece yarısına kadar korkarak yatağında titredikten sonra artan şimşek seslerine dayanamadı; alt kata indi ve Benjaminlerin ziline bastı. Kapıyı Benjamin'in annesi açtı, Bayan Daisy:

– Lütfen Bayan Knotterson, çok korkuyorum lütfen...

İyiliksever kadın, bu korkusunu bildiği Daisy'yi içeri davet etti. Genç kadın, Bayan Knotterson'ın yaptığı kahveyi içerken biraz da olsa sakinleşti. O sırada uyuyan Benjamin uyanıp yanlarına geldi. Kadın, gecenin bir yarısı herkesi rahatsız ettiği için çok utanıyordu. Kahvesini bitirdikten sonra müsaade istedi dul kadın ama Bayan Knotterson, onun korkusu için bir şeyler yapmak istiyordu. Müsaade etmedi hatta o gece onlarda kalabileceğini söyledi.

Anita Daisy, eşi öldükten sonra hiçbir yerde kalmamıştı, kalmamaya da yemin etmişti. Bir kahve daha içtiler. Birazdan yağmur durdu ama üç gün aralıksız yağacağını duyurmuştu meteorologlar. Bakın şu işe ki Janet da tam üç gün sonra gelecekti. Dul kadın, utana sıkıla koltuğun üstünde uyuklayan 12 yaşındaki Benjamin'e bakarak,

– Şeyyy... Bayan Knotterson... Çok özür dilerim. Bunu istemem belki doğru değil ama Benjamin acaba benimle kalabilir mi bu gece?

dedi. Az önce Anita için bir şeyler yapamamasının çaresizliğini yaşayan Bayan Knotterson, bunu memnuniyetle kabul etti.

Benjamin, yarı uykulu olsa da o yaş grubundaki bütün erkek çocuklar gibi bir koruma içgüdüsüyle yürümeye başladı Bayan Daisy'nin yanında.

Doğrusunu isterseniz Benjamin de korkuyordu bulutun püskürmesinden, göğün kükremesinden; annesine yalan söylediği ya da bir suç işlediği için Tanrı'nın sinirlendiğini düşünürdü böyle durumlarda. Çocukça yalanlar, çocukça suçlar tabii ama sanki hep o yalan söylediğinde çıkıyordu fırtına. Oysa alakası yoktu. Çocuklar, basit suçlar işler sonra da onlar için ufak tefek yalanlar uydururlar; vazoyu ben kırmadım, pastaya dokunmadım, kız kardeşimin saçını ben çekmedim gibi... Benjamin'inkiler de böyleydi ama o, yağmuru buna bağladığı için sadece fırtına öncesi söylediklerini hatırlıyordu.

Nihayet fırtına fobili kadının dairesine girdiler. Yağmurdan korkan birini korumak zorunda olduğu için kendi korkularını erteledi Benjamin. Tuhaf bir cesaret geldi o an ona,

– Korkmayın Bayan Daisy, ben yanınızdayım.

dedi. Anita rahatlamıştı. Benjamin'e yatacak bir yer hazırladı odalardan birine. Sonra yatağına gitti ve güven içinde uyudu genç kadın. O gece yıldırım, şimşek, yağmur ya da fırtına umurunda olmadı Bayan Daisy'nin. Gerçekten de böyle oluyordu. Yanınızdaki küçük bir çocuk da olsa yalnızlık azalıyor, korku dağılıyordu. Ertesi sabah aşağı inip teşekkür etti geceyi huzur içinde geçiren kadın, Benjamin'in annesine.

Akşam olduğunda değişen çok bir şey olmadı yağmur devam ediyordu. Bayan Knotterson erken davrandı bu sefer ve Benjamin'e,

– Bayan Daisy'ye çık oğlum, korkar şimdi o. Hem ödevlerini de orada yaparsın!

dedi. Benjamin, biraz oflayıp puflasa da yaptı annesinin dediğini. Anita çok sevindi küçük delikanlıyı karşısında görünce çünkü o gece daha şiddetli yağacaktı yağmur. Uyudular. Gerçekten de şiddetlendi yağmur. O kadar ki Anita bir müddet dirense de korkuları ağır bastı ve Benjamin'in yanına gitti. Usulca yorganı açıp hiç uyandırmadan sarıldı ona. Birazdan da o şekilde uyuyakaldı Anita. Benjamin derin uyuyordu, uyanmadı. Gece yarısı uyandığında fark etti güzel kadını. Anita'nın yüzü, delikanlıya dönüktü; aslında yüzü değil de "memeleri" desem daha doğru olur sanırım. Benjamin uyku hâliyle biraz aşağı kaydığından yüzü tam da onun göğsünün hizasındaydı. Anita yan yattığı için memelerinden yukarıda olanı, ucuna kadar açılmıştı ve çok farklı görünüyordu. Her çocuk gibi Benjamin de bir kadının memelerine dokunmanın ayıp olduğunu ve bunu sadece büyüklerin yaptığını biliyordu. Gerçi siz de kabul edersiniz ki bir miktar büyümüştü Benjamin dünden beri. Titreyen parmaklarını uzattı zümrüt gözlü kadının pembe uçlu memesine ama dokunamadı. Ya uyanıp kızarsa, ya ertesi gün gidip annesine şikâyet ederse... O esnada gök,

—Aman ha! Sakın dokunma!

diye bağırdı âdeta. Al işte, yine bir suç işlemişti Benjamin ve Tanrı'yı sinirlendirmişti. Bu da mı tesadüftü şimdi? Onun bu düşüncelerinden habersiz uyuyan Anita ise gök gürültüsünün etkisiyle irkilerek Benjamin'e iyice sarıldı; böylece de memeleri, delikanlının yüzüne daha da yaklaşmış oldu. Çocuk, korkusundan nefes alamıyordu ama almasa da olurdu. Üstelik bu onun suçu değildi. Tanrı da kızacaksa ona kızmalıydı.

Dul kadının pembeleri hafif terliydi ve muazzam kokuyordu. Uykuya daldı kadın tekrar ve gevşedi bir miktar. Böylece nefes aldı ve koklama mesafesi kadar geri gitti Benjamin, beş santim kadar. Merak ediyordu, biraz daha geri çekildi ve görme mesafesinden Bayan Daisy'nin memelerini izledi sabaha kadar. Kalbi çıkacak gibiydi... Bu olay onun külodunun içinde pek bilmediği bir tepkimeye yol açtı. Bu kıpırdanma önceden de olmuştu ama bu sefer buna Daisy'nin sebep olması heyecan vericiydi ve bu çok başka bir şeydi. Daha önce kız kardeşini emziren annesini görmüş ve onu da çok merak etmişti ama böyle olmamıştı. Zaten Bayan Knotterson da oğlunu fark edince bakmamasını, bunun çok günah olduğunu söylemişti. Benjamin, her ne kadar korkup kafasını çevirse de merakının iyice büyümesine engel olamamıştı. Gizlice annesini izliyor, bazen de görüyordu ama şu günah meselesinden sebep, kendine bile yalan söylüyor ve yanlışlıkla gördüğüne ikna oluyordu Benjamin. Peki, bakması dahi günahsa koklaması neydi acaba? Korktu ama kafasını da çeviremedi. Neredeyse sabaha kadar Bayan Daisy'nin çiğ düşmüş terli memelerini izledi. Nedenini bilmiyordu fakat eskiden ucundan süt içtiği bu şeylerin, şimdi üstünden o küçük ter damlalarını emmek istiyordu. Bu düşüncelerle zar zor uyudu.

Cuma sabahıydı. Genç kadın, saat 7.00'de uyandırdı Junior Benjamin'i. Ona kahvaltı hazırlamıştı. Benjamin, kendini babası gibi büyük hissetti ilk defa o sabah. Çocuklar, yavaş büyür ama çok hızlı değişirler; büyüklerse tam tersi. Delikanlı, kendini büyük hissediyordu artık ve bu bir daha da hiç değişmeyecekti. Onun yaşıtları böyle bir şey görmemişken o koklamıştı bile. Okula gittiğinde en yakın arkadaşına anlattı bu olanı. O, hiç görmemiş ama ortak arkadaşları Kevin, sutyen gördüğünü söylemiş bir kere ve çok utanmış. Utanılmalıymış zaten çünkü bu çok ayıp ve de acayip günahmış. Korktular konuşmaktan bile, sustular...

Benjamin, okuldan eve geldiğinde o akşam Bayan Daisy'ye gitmeyeceğini söyledi annesine. Annesi:

—Ama korkuyor kadın, git! Hem ne var bunda? Sonuçta burada da uyuyorsun, orada da...

Benjamin:

—Anne uyuyamıyorum doğru düzgün; kendi yastığımı, kendi yatağımı istiyorum ben.

Bayan Knotterson:

—Yarın okul yok! Git ve Bayan Daisy'le kal. Janet bugün yarın gelir zaten sen de bir daha kalmazsın. Ayrıca harika bir fikrim var, yastığını da götür…

Benjamin,

—Üff, tamam anne ya!..

dedi ve uyuma saatine doğru yastığını da alıp Anita'nın evine çıktı.

Film izliyordu rüzgâr kokulu kadın. Benjamin'i görünce başa aldı filmi ki zaten yeni başlamıştı. Bayan Daisy, delikanlıya mısır cipsi ve kola getirdi. Benjamin'in en sevdiği şeydi bunlar. Filmi izliyordu ama gözünü de sutyen takmayan kadının pembelerinden alamıyordu. Bakmamalıydı fakat bakıyordu gizlice. Peki, pazartesi günü arkadaşına bunu nasıl anlatacaktı?

—Anlatmam, olur biter!

dedi. Tam da bunu derken gürledi gök. Cips yemeye devam etti Benjamin korkuyla.

—Tanrı beni affetsin!

diye yalvardı içinden. Anita huzurluydu, geldiği için teşekkür etti çocuğa…

Benjamin artık öyle ayıp şeyler düşünmemeye karar verdi ve filme odaklandı. Gel gör ki uzun sürmedi bu düşünce. Filmdeki ateşli öpüşme sahnesi onun düşüncelerini tekrar değiştirdi. Anita, çocuğun ahlakı bozulmasın diye kanalı değiştirmek üzere yerinden kalktı. Kumandayı bulamadı çünkü az önce cips almak üzere mutfağa gittiğinde orada unutmuştu. Tekrar mutfağa gitti. Benjamin odada yalnız kaldı ve filmdeki öpüşme sahnesini izledi, 20 saniye kadar. Dün geceki tepkimenin bir benzerini daha hissetti külodunun içinde. Kendi kendine,

— Demek ki ikisi de aynı şey.

diye düşündü. Kadın mutfaktan döndüğünde o sahne geçmişti, gerek kalmadı değiştirmesine. Kolası biten Benjamin'in bardağına kola dökerken eğildi Anita. İki gündür kendini fark etmeye başlayan küçük delikanlı, bu sefer hem memelerine hem de dudaklarına baktı Bayan Daisy'nin. Film boyunca aklı hep onun ayıp yerlerinde olduğu için çok utandı ama bu elinde değildi artık, gözü kayıyordu ve kendini tutamıyordu.

Bütün bunlar olurken yağmur da şiddetini artırmaya devam ediyordu. Bayan Daisy ise her şimşekte biraz daha yaklaşıyordu kurtarıcısı olan küçük Benjamin'e. Birazdan film bitti ama yağmur bitmediği gibi hafta sonu fırtınanın bekleniyor olması korkutuyordu kadını.

– Benjamin! Bu gece yanımda yatar mısın, çok korkuyorum; lütfen!..

dedi Anita. Benjamin,

– Şeyyy... Olur, tamam...

dedi ve zaten formaliteden yanında getirdiği yastığını odada bırakıp Bayan Daisy'yle birlikte onun kar beyaz yatağına geçti. Anita rahatlamış görünüyordu, arkasını döndü ve uyudu fakat Benjamin uyuyamıyordu. Kırmızının dünyanın en güzel rengi olduğunu o gece, "gece lambası"ndan öğrendi. Bayan Daisy'nin üstü tamamen kapalıydı. Hiçbir yerini görmüyordu ama tepkimeler devam ediyordu 12 yaşındaki bünyede. Kalbi hızlı atıyordu ve terliyordu Benjamin. Birazdan rüzgâr çığlık atar gibi ıslık çaldığında ani bir hareketle döndü güzel dul. Benjamin, bir şey anlaşılmasın diye gözlerini sıkıca kapadı uyuyormuş gibi. Bayan Daisy, yanında Benjamin'in olduğunu fark edip derin bir nefes aldıktan sonra sımsıkı sarıldı çocuğa ve tekrar uyudu. Bu sefer nefesi değiyordu Benjamin'e. Ne yapacağını şaşırdı çocuk ama bu durumdan aldığı zevki çikolatalı ekmekten bile almamıştı. Kafasını hafifçe kaldırdığında dudakları hafif aralı olan kadının nefesini ağzında hissetti. Onun nefes verişine göre ayarladı kendi nefes alışını. Artık oksijen değil, genç kadının ikramı olan karbondioksiti soluyordu Benjamin. Bir yandan da Anita'nın memesini merak ediyordu ama kadının uyanma ihtimalini düşünerek bakamıyordu hiç orasına. Ayrıca nefesi o kadar güzel kokuyordu ki bu açıyı kaybederse o nefesi tekrar yakalayamayacağını düşünüyordu. Rüzgâr bir kez daha çığlık attı, kadın biraz daha yaklaştı Benjamin'e. Açı değişmedi ama kadının yukarı doğru sıyrılmış geceliğinden açılan bacaklarını, dizinde olan elinin üstünde hissetti çocuk. Külodunun içindeki küçük sertliğini ona doğru bastırmak istedi nedensiz ama en ayıp yerin de alt tarafta olduğunu biliyordu. Yani kıpırdarsa oraya değeceği belliydi. Aralarında sadece bir pijama ve iki külodun olduğunun da farkındaydı. Tanrı'm neler oluyordu? Ölebilirdi! Nefes alışları değişti... Kadına dokunmak istiyordu. Elinin içini kadının poposuna uzattı. Şimdi avucunda onun inanılmaz yuvarlaklığı vardı. Şimşek çaktığında az sonra gelecek gürültüyle kadının uyanacağından çekiniyor ve elini geri çekiyordu. Kadın her seferinde biraz daha sarılıyordu Benjamin'e. O da beş on saniye kadar bekleyip tekrar elini onun vücuduna uzatıyordu. Her şimşek çaktığında mutlu oluyordu küçük beden çünkü peşinden gelen gök gürlemesi onu biraz daha yaklaştırıyordu kadına. Bu zamanlamayı o kadar iyi yapıyordu ki Einstein gelse ona ışık hızını, "o gece" kadar iyi öğretemezdi.

Defalarca gürleyen gökyüzü sayesinde, kadının aralanan bacağının arasına kendi bacağını uzatmıştı ve sertliğini külodunun dikişine bastırmaya başlamıştı. Anita'nın pembe mucizeleri yüzünün hizasına gelinceye kadar aşağı kayması üç şimşek sürdü. Memesini dışarı çıkarması ve elini külodunun içine sokması da hemen hemen o kadar. Şimdi daha dikkatli olmalıydı çünkü memesinin üstünde âdeta yakut gibi parlayan terler için çıldırıyordu. Boşta kalan eliyle tuttuğu memenin ucunu öptü. Şimşek çakar çakmaz durdu ve gök gürültüsünden irkilen kadının konum değiştirmesini bekledi. Bayan Daisy, arkasını ya da yanını dönmedi bu sefer, sadece biraz daha sıkı sarıldı Benjamin'e ve tekrar daldı derin uykusuna. Ona, daha çok şimşek lazımdı şimdi ve o gece daha yüzlerce kere çakacaktı şimşek. Çocuk, kaldığı yerden devam etti memelerinin sert ucundan başlayıp boynuna kadar öptüğü kadının tenini hissetmeye. Bir şeyler daha yapmak istiyordu ama bunun ne olduğunu bilmiyordu. Son şimşek çakmasında Anita bacağının birini hafifçe yana açtı. Benjamin, orada çok daha ilginç bir şeylerin olduğunu biliyordu ve merakı, onu oraya zorluyordu. Elini uzattı. Nereye uzattığını bilmeden aşağılara doğru kaydırdı elini. Parmakları, oralarda gezinirken Anita'nın bacağının iç kısımlarının daha sıcak olduğunu hissedince ısıyı takip etti eliyle. Bu ısı, onu Anita'nın külodunun kenarına kadar götürdü ama belli ki çamaşırının içi daha sıcaktı. Bayan Daisy'nin külodunun kenarını aralarken eline gelen kısa tüyler, merakını iyice büyütmüştü ki şimşek tekrar çaktı. Benjamin, kıpırdamadan kalakaldı ve eline değen o sevimli tüylerin ne olduğunu düşünmeye başladı. Bu merakla gök gürlemesi geçer geçmez tek hamlede dul kadının bol külodunu araladı ve elini bütünüyle tüylerin üzerine uzattı; hissettiği nem, onu iyice şaşırttı. Bu çok farklıydı, peki neydi bu? Yoksa çişini mi yapmıştı Bayan Daisy? Merak ettiği bu kaygan ve sıcak ıslaklığın üstünde parmaklarını gezdirmeye başladı. Bundan aldığı haz, nedensiz olduğu kadar tarifsizdi de. O an bir daha da hiçbir zaman vazgeçemeyeceği ıslaklığa dokunduğunu nereden bilebilirdi Benjamin? Şaşkındı, çok fazla şaşkın! Çünkü o bunları düşünürken ilginç bir şey oluyordu. Güzel kadın bacaklarını ileri geri hareket ettiriyor ve biraz daha aralıyordu onları. Bununla da yetinmiyor o hafif tüylü mucizesini çocuğun parmaklarına doğru ittiriyordu. Benjamin, Bayan Daisy'nin nefes alışlarının değiştiğini fark etti; kendisininki de değişmişti. Kesik ve hızlı nefesler... Derken şimşek çaktı, birkaç saniye sonra da gök gürledi ama kadın korkmak yerine başka bir şey yaptı bu sefer. Küçük Benjamin'in ürkek elini tuttu ve kibarca bastırdı dişiliğine. Sonra iyice hızlı bastırdı ve onun küçük parmaklarını içine aldı. Benjamin dokunmayı daha çok sevmişti ama Anita'nın bunu yaparken çıkardığı olağanüstü sesler onun hoşuna gitti. Şimdi hem küçük sertliğini kadının bacağına bastırıyor hem de onun baştan çıkaran o memelerini öpüyordu. Ayrıca ona yardım ediyor ve parmaklarını hızlıca Anita'nın içine sokuyordu. Nefes alışları iyice hızlanan kadının solukları daha da kesikleşmeye ve bedeni de titremeye başladı. Bir koşucunun maraton sonrasındaki nefes alış verişi gibiydi Bayan Daisy'ninki. Benjamin'in nefes alışları da kesikti ama Anita'nın uyanıp uyanmadığını fark edebilmek ve de inlemelerini iyice duyabilmek için çok daha sessizdi. Bu arada, Bayan Daisy'nin titremesiyle sesi aynı anda azaldı. Çocuğun sırılsıklam olan elini okşayarak göbeğine doğru çekti fakat Benjamin sürtünmeye, memesini emmeye ve de Anita'nın elini sıkmaya devam etti. Ne yaptığının farkında değildi Benjamin ama bu yaptığı her neyse fazla zevkliydi. Son şimşeğin çakmasıyla birlikte açıldı kadının gözleri. Benjamin bu sefer kaçıramadı kendini. Anita, göbeğinde okşadığı Benjamin'in elini sıktı. Dul kadının işaret parmağında yüzük niyetine sarılı, parlak siyah bir ipin altında bulunan düğümler, küçük Benjamin'in elini acıtıyordu ve o bu acıdan tarifi olmayan zevkler alıyordu. Anita, elini iyice sıkıp acıttığı Benjamin'e fısıltıyla gülerek,

– Ne yapıyorsun sen çocuk?

diye sordu. Ne yaptığını bilmeyen Benjamin, bilmediği bir şeyi daha külodunun içindeki o ilk patlamayla öğrendi. Bayan Daisy tebessüm ederek kibarca arkasını döndü Benjamin'e. Taze delikanlının kafası karmakarışıktı ve artık Anita'ya dokunmak istemiyor hatta az önce nefesini kesen kadına sırtını dönmek istiyordu. Külodunun içine yayılan sıcak sıvının ne olduğu ve nasıl olduğu hakkında ise hiçbir fikri yoktu. O patlamadan birkaç saniye önce elinde hissettiği o ipin acıyla karışık verdiği zevkin buna sebep olabileceğini düşündü ama her neyse galiba Bayan Daisy'nin bunu bilmemesi gerekiyordu. Bu nedenle tuvalete gidemedi. Sessizce uyudu, uyudular...

Ertesi sabah hiçbir şey yokmuş gibi uyanıp kahvaltı yaptılar. Benjamin'in gözü sürekli Bayan Daisy'nin parmağındaki ipteydi. Bu arada, Janet da sıkılmış ve erken dönmüştü tatilden. Gelirken de Benjamin'e, o yokken ablasıyla kaldığı için bir kutu dolusu teşekkür çikolatası getirmişti. Benjamin'in sevindiği pek söylenemez ama artık gitmesi gerekiyordu, evine indi. Bir daha da hiç kalamadı o evde. Bunu her zaman çok istedi ama bu hiçbir zaman olmadı. Bayan Daisy ile her karşılaşmasında yutkunuyor, parmağındaki ipin düğümlerine bakınca da nefes alışlarını kontrol edemiyordu. Bu, rüya mıydı gerçek miydi; asla bilemedi. Bayan Daisy uyuyor muydu yoksa uyanık mıydı, ondan da hiçbir zaman emin olamadı Benjamin çünkü bu konu bir daha da hiç açılamadı.

Kısa bir zaman sonra mahalleden taşındı Bayan Daisy. Bir daha da hiç kimse ona ulaşamadı. Olup biteni; hiç kimse, hiç kimseye anlatmadı ve bu sır, Anita'nın yüzüğünün düğümleriyle küçük

Benjamin'in elinin üstünden, beyninin derinliklerine karıştı. Benjamin'in o gece bilemeyeceği en önemli şey ise ömrünün sonuna kadar hep bu yaşadığı geceyi arayacağı ve asla bulamayacağı gerçeğiydi. Yağmurlu, kasvetli ve şimşekli havalara; pembeyle birlikte âşık olacağını da bilemezdi elbette.

Aradan yıllar geçti ve Benjamin konunun o iple alakalı olmadığını anladı. Yine de bu ilk hazzı unutmamak için bütün kadınlarının parmağına o siyah ipi hatırlatan türde iplerden birer tane bağlayarak kendi hayallerinde yaşattı Anita'yı. Bu, onda bir afrodizyak etkisi yaratıyordu. Tahrik olmak için ilaçlara falan ihtiyaç duymuyordu. Birkaç dakika parmağındaki o ipe bakınca sekse hazır hâle geliyordu. Bakın şu işe ki Benjamin, sıradan bir ipe yüklediği anlamla kadınlarının ve kendinin cinsel hayatını şekillendiriyordu ama Daisy'nin belki de bundan haberi bile yoktu.

Benjamin'in cinsel hayatı böyle başlamıştı işte. Böyle birinden normal olmasını beklemek anormal olurdu elbette. Zaman zaman onun da bunu düşünmesi sadece anlık oluyordu zaten. Kayınpederi Lucas, Bayan Green'den başka kadın tanımamıştı. Başka birileriyle olma fikri, midesini bulandırıyordu her ikisinin de. Bunun tam tersi de Benjamin'in midesinde kramplar oluşturuyordu çünkü o asla tek bir kadın düşleyemiyordu.

O sabah kahvaltıya onlara gittikleri için çok sevinen Bay ve Bayan Green, kızlarının yüzünün güldüğünü görünce daha da mutlu oldu. Bunca olaya rağmen Benjamin'in Liza'yı bırakmaması, gündemlerine kasvet bulaşan karıkocanın sırtından Everest'i indiriyordu. Minnettardılar damatlarına...

onuncu nefes

onuncu nefes

Neticede her şey tam da Benjamin'in istediği gibi gidiyordu. "Baba" dediği adam; onu, tek çocuğu olan Liza'dan ayırmıyordu.

– Evladım, işlerin nasıl?

diye sordu. Benjamin, işlerinin iyi gittiğini söylemesine rağmen kızlarını bu derece mutlu eden damatlarına bir katkı sağlamak istedi cömert Lucas.

– Yavrum öğleden sonra hesabına bak!

dedi. Geçen sefer bunu söylediğinde bir servet yatmıştı hesabına. Düşünceli ve gururlu damatları,

– Yok babacığım, teşekkür ederim.

dese de kararlıydı Bay Green ve susmak düşerdi bundan sonra Benjamin'e.

Keyifli bir kahvaltının ardından dışarı çıktı ve vizyona yeni girmiş bir aşk filmi için sinemaya gitti aşkın karanlık sanatçısı. Filmi izlerken aklında sadece dün gece vardı. Gerçekten de fazla sanatsal bir çalışmaydı. Onun hayal gücü, bazen kendisini de şaşırtıyordu. Karısının bunu tekrar yaşama isteği, Benjamin'in skalasında anlamsızdı çünkü o asla aynısını yapamazdı. Güneşin bile günü, hep doğudan başlatması sinirlerini bozuyordu onun. Neden bazen batıdan, bazen kuzeyden ya da bazen güneyden doğmuyordu ki güneş?

Özetle Benjamin'in zihnindeki seksin sınırı yoktu. O yüzden de aklına hiçbir zaman,

—Acaba yapmadığım bir şey kaldı mı?

gibi saçma sapan bir soru gelmiyordu. Sonsuzdan ne alırsanız alın, geriye yine sonsuz kalıyordu ve o, bunu biliyordu. Beyninin bu kadar iyi çalışmasının sebebi de buydu. Onun dışındaki insanlar ne yazık ki küçük düşünüyorlardı. Sadist ve mazoşist tavırları, fantezi sananlar vardı mesela. Kırbaçla cezalandırmak, birilerinin boynuna tasma takmak, köleleştirmek, boğazına çökmek komik geliyordu ona. Korkunun ucuna seks bağlayanları beceriksiz buluyordu Benjamin. Bunu, büyük mafyanın bir garibana çökmesi gibi görüyordu o. Bir erişkinin bir çocuğu dövmesi, sonra da bunu yaptığı için gücüyle gurur duyması gibi ezikçe buluyordu bu tarz şeyleri. Bir de hep trajik bir sonu vardı bu tip fantezilerin. Bugün kırbaçlayıp tecavüz eder gibi becerdiğin bir kadını, yarın da öldürmek isteyebilirdin söz gelimi. Bu yüzden, o tip prodüksiyonlara "ahmağın hazzı" adını veriyordu genç adam.

Tecavüz fantezisi, cidden tiksindiriyordu Benjamin'i. Dominant davranarak, maço tavırlar sergileyerek güç gösterisi yapmak hem saçma hem de çocukçaydı. Dünyadaki bütün erkeklerin lezbiyen başlığıyla sergilenen filmleri izleyip sonra da yatağa girince hayvanca güç gösterisi yapması çocukçaydı tabii ki. Sahi, hiç düşündünüz mü; neden erkekler lezbiyenleri izlerler? Onların nezaketine ve sevişirkenki kibar gülümsemesine hayrandırlar da ondan elbette. E, şimdi söyleyin bakalım; bu zarafete hayran bir erkeğin, yatağa girdiğinde hayvanlaşıp bütün partiyi rezil etmesindeki maksat, gücünü test etmek değildir de nedir Tanrı aşkına? Bakın çok kuvvetli beyler, acayip güçlü erkekler! Çok meraklıysanız kırıp dökmeye; gidin aikido, judo, taekwondo falan yapın, bize de hiç yanaşmayın lanet! Yatakta sizden sanat bekleyen bir tuvali, öyle fırçayla parçalayıp yırtmayın yalandan! O an bir şey demiyoruz diye kendinizi de bir halt sanmayın! Komik oluyorsunuz! Gerçek kuvvet, gerçek kudret nedir biliyor musunuz? O tuvale, bir gökkuşağı gibi düşmek ve geride bir paçavra değil, bir tablo bırakmak; anlıyor musunuz?

Benjamin, bu güç gösterilerine "ahmağın hazzı" derken haklıydı yani. Başkaları gibi,

—Ah, aletin ne kadar da büyük aşkım!

dedirtmek derdinde değildi. Kocaman bir penisi yoktu ama öyle bir hayal gücü vardı ki herkes onun aletini devasa sanıyordu çünkü bir kadının içine sadece kendi istediği zaman giriyordu. Bunu da o kadının ona en çok ihtiyacı olduğu zamana denk getiriyordu. Kadınını onlarca kere boşaltmakla kalmıyor bir de onu, yaşadığı seksin nirvanalığına inandırıyordu.

Benjamin'e göre aşağılama, can yakma, biastofili, mazoşizm, sadizm gibi şeylerden zevk alanlar normal değildi. O, parmak uçlarıyla dokunmayı, nefesini hissettirmeyi, avuç içini yaklaştırmayı, dokunur gibi yapıp dokunmamayı, işaret parmağındaki o özel ipin düğümleriyle kibarca dokunarak şımartmayı seviyordu... Kadınlarını o şekilde tahrik etmeyi Yüce Yaratıcı'nın sanatına saygı duymak olarak ifade ediyordu. Onu bir kadın bedenini incelerken görseydiniz gerçekten de onun Tanrı'ya duyduğu saygıyı görebilirdiniz.

Bir kadını sadece aynaya baktırarak orgazm edebilecek kadar kibar biriydi Benjamin. Şaka değil, Jennifer'a yaptırdı bunu.

– Sen ne kadar güzel olduğunun farkında mısın acaba?

dediği Jennifer, aptal bir yüz ifadesiyle,

– Evet.

dediğinde çok sinirlenmişti Benjamin:

– Evet mi? Sen geri zekâlı mısın, ne demek "evet"?

Aynanın karşısına geçirip,

– Şimdi yüzüne bak bakalım ne görüyorsun? Evet-miş! Evet ne yaa? Yüzüne bak Jennifer! Bu olamaz!..

diyerek kadını kendi yüzüne âşık etmişti. Şimdi bunu bir saat boyunca anlatacak değilim ama şunu bilin ki bir aynanın karşısında, bir saat boyunca bir kadını bütün vücuduna hayran bırakan adamdı Benjamin. Kimse ona karşı koyamazdı. Benjamin:

– Yahu sen Fibonacci Spirali'ni duymadın mı hiç?

Jennifer:

– Hayır duymadım.

Benjamin:

– Fi Sayısı, Altın Oran; 1,618. Tanrı'nın matematiği bu. Sen farkında değilsin ama senin her yerinde var bu oran. "Evet", diyemezsin. İnsanlar buna secde ediyor, sen "evet" diyorsun. Delirtme beni!

Şu bacak mesafesine bak, şu omuzlara, şu burundaki asalete bak!..

Birçok erkek, maço tavırlar takınıp kadınlarını kırbaçlayarak, aşağılayarak hatta tecavüz ederek heyecanlandırmayı marifet sayarken Benjamin; kadınlarını güldürüyor ve onları şımartarak tahrik ediyordu. Bunu o kadar iyi yapıyordu ki hipnoz etkisi oluşturuyordu karşı tarafta.

—Aşkım; sen öyle kadınsın, öyle dişisin ki saçının her telinde başka bir kadın var âdeta. Şaka yapmıyorum; Tanrı, sende Altın Oranı uygulamış ama bununla yetinmemiş, saçının her teline de ayrı bir kadın yerleştirmiş.

Mest oluyordu Jennifer ve eriyordu onun her cümlesinde. Elbette ki her zaman bu kadar kibar olmuyordu Benjamin. O da bazen sert davranıyordu kadınlarına ki buna daha önce de şahit oldunuz. Çok yönlü bir adamdı ve o, daha çok icat yapmayı seviyordu. Mesela "Ayna prodüksiyonu" diye bir isim buluyor sonra da altını dolduruyordu işte Jennifer'a yaptığı gibi.

Benjamin'in bana göre en şaşırtıcı çalışması "dokunmak yasak prodüksiyonu"ydu. Sevgilisiyle seks için bir araya gelip "Dokunmak yasak!" diyordu. Çırılçıplak oldukları hâlde vücutlara dokunmanın yasak olması durumuydu bu. Bir yatağa yan yana uzanıp kıvrana kıvrana fısıldaşarak boşaldıktan sonra çekip gidiyorlardı.

Dedim ya, kibar ve eğlenceli biriydi o. Zaten bu yüzden içinde tecavüz ve işkence geçen kurguları anlamsız buluyordu. Ayrıca ona göre o tarz prodüksiyonların bir sonu vardı ve bunu yapan erkekler zamanla yetinemeyip eşcinsel eğilimler gösterebiliyorlardı. Benjamin, eşcinsellere karşı değildi fakat bu onun kırmızı çizgisiydi. Bir erkeği o hâlde görmek onu tahrik etmiyor, aksine itici geliyordu. Kadınların biseksüel tavırlarını ise bir o kadar yeşil buluyordu. E, tabii ki işine geldiği için böyleydi bu; yoksa ahlak kavramının altını doldurmak için değil. O, hakikaten de kadınların ahlakını kendi istediği gibi şekillendiriyordu; onların içindeki lezbiyeni ortaya çıkarmadan da rahat edemiyordu piç.

Her ne kadar, alelâde bir ipe çeşitli anlamlar yüklemiş olsa da Benjamin, bunu masum görüyor fakat o aletli fantezileri; Tanrı'nın dehasına hakaret sayıyordu. O, bu iş için gereken aparatları zaten yaratmıştı. Gerek duysaydı sekse müptela yarattığı insanı; kırbaç, kamçı, kelepçe, tasma ya da benzer şeylerle de donatabilirdi. Benjamin'e göre becereceği kadının ellerini bağlamak amatörlüktü çünkü onun,

– Kıpırdama.

diyerek etkisiz hâle getiremediği kadın yoktu. İtaati o da seviyordu ama bu kavramın altını başka türlü dolduruyordu. Onun kadınları, kölesi değil kulu oluyordu zira o kendisini gerçekten seksin tanrısı kabul ediyordu. Tanrıların, alete edevata ihtiyacı olamazdı. Kendini öyle yüceltmişti ki ona, sevişirken "efendim" demeseler de saygı duyuyorlardı. Üstelik bunu, canları yandığından yahut Benjamin istediğinden değil; içlerinden geldiği için yapıyorlardı.

Size çok daha çarpıcı bir şey anlatmama müsaade edin. Benjamin, kadın cinselliğini; kadınlardan daha iyi biliyordu lanet. Her ne kadar birçok kadının tecavüz fantezisi varsa da aslında bu, dertlerini anlatamadıkları için böyleydi. Sekste, bir noktadan sonra kadınlar; erkeklerini iliklerinde hissetmek isterler. Daha doğrusu onların maksimum performanslarını görmek isterler. Canlarının yanmasını istemelerinin sebebi de aslında budur. Demek ki bu tecavüz fantezisi meselesi; kadının kendini ifade edememesi ve erkeğin de bunu ısrarla anlamamasının bir neticesidir. Bu, seks esnasında,

– Öldür beni!

diyen kadının erkek tarafından silah çekilerek vurulması gibi bir enayiliktir aslında. Ya da,

– Ye beni!

diyen kadını, fiilen yemeye kalkan beceriksizin halt etmesidir. Öyleyse,

– Hadi bana tecavüz et!

diyen kadın da kendisine işkence yapılmasını değil, sertçe becerilmesini kastediyordur aslında ama erkekler ne yazık ki beceriksizliklerinden ötürü bu hadiseyi yanlış anladı ve "cinselliğin saygınlığı" diye bir şey bırakmadılar. E, tabii ki birbirinize yatakta bir beyefendi veya hanımefendi gibi davranın demiyorum! Gerekiyorsa çok da fazla abartmadan ağzınızı da bozun bir parça ve unutmayın seks argosuz olmaz çünkü olayın bizzat kendisi argodur. Buna rağmen her zaman argo da olmaz! Benjamin'e soracak olursanız o da böyle düşünüyor fakat bir tık ötesine geçerek yatağa tek bir kural koyuyordu: Ne yaparsanız yapın, nasıl yaparsanız yapın ama kadınlarınızı mutlaka tanıyın ve onları alabildiğine şımartın.

Hakikaten de böyle olmalıydı. Her ne kadar da bu, kadından yana bir tavır gibi gözükse de tabiat bu tavrı destekleyen örneklerle doludur. Fili görmüyor musunuz mesela? Dişisini etkilemek için ne savaşlar veriyor, dişisini nasıl şımartıyor; fark etmiyor musunuz? İster bilin, ister bilmeyin; ister inanın, ister inanmayın bu savaşın, bu kavganın sebebi, sadece ve sadece nezakettir. Üstelik bunu yapmayan tek bir hayvan türü dahi gösteremezsiniz. Aralarındaki amansız savaşın amacı, içlerinden en iyisini bulup çıkarmak, dişilerine de onu takdim etmektir. Hayvanlar âleminde bu bir şereflendirme biçimidir. Öyle, kimse haddini aşıp da ısrar etmez insanlardaki gibi. Zorla gidip dişisini becermeye de kalkmaz hiçbiri. "Olmuyorsa olmuyor!" der ve işine bakar her biri.

Her bir şeyi hayvanlardan öğrenen Âdemin çocukları ne yazık ki cinselliği kendi egolarına bıraktılar. Kuşa bakıp uçak yapanlar, çitaya bakıp aerodinamik öğrenenler, güneşe bakıp ışık saçanlar; hele ormanlara bir bakın bakalım, orada hiç "tecavüz" diye bir şeye rastlayabiliyor musunuz Tanrı aşkına?

Diğer yandan, erkeğin yüksek performans göstermesinin tek yolu, bilindiği ya da sanıldığı üzere sertçe girip çıkmak değildir elbette. Olayı bu seviyeye indirgeyenler, birazcık da beyinlerini işin içine katmayı akıl etsinler lütfen. İşte Benjamin bunu yapıyor, her dokunduğunu da kendine âşık ediyordu.

Film devam ederken o, yeni karısıyla ilgili şeyler düşündü bir müddet ama bundan pek de bir keyif alamadı. Birazdan çok da beğenmediği film bittiğinde Benjamin dışarı çıkarken telefonuna bir mesaj geldi, bankadan. Hesabına baktı ve gördüğüne inanamadı. Yine bir servet yatırmıştı babası.

Para sorunu olmayan Knotterson'ın tek derdi, bitmek tükenmek bilmeyen fantezilerine sürekli yenilerini eklemekti. Dün gece, evi sessizce ve iz bırakmadan terk eden Loreana'nın yanına gitti. Ona teşekkür etti. Kadın da çok mutluydu.

– Ömrüm boyunca hiç bu kadar muazzam zevkler yaşamamıştım, asıl ben teşekkür ederim.

dedi Loreana. Benjamin,

– Aşkım, çok daha iyilerini yapmak istiyorum sana. İlginç bir şey söyleyeyim mi? Karım da çok beğenmiş geceyi çünkü hepsini halüsinasyon sanıyor...

dedi. Kısa ve hüzünlü bir sessizlikten sonra Loreana:

– Ya üzülme Benjamin. Kötü bir şey yapmıyoruz sonuçta. Hem bak, o da zevk almış. Yine yaparız.

Benjamin, söylemek isteyip de söyleyemediği bir şey varmışçasına:

– Ya yaparız da...

Loreana anlamaya çalışır bir havada:

– "Da" derken?

Benjamin sıkıntılı:

– Aşkım, ben bir şey söylemek istiyorum ama kızmandan korkuyorum. Sadece bir fikir bu!

Bu taktik, her zaman iş görmüştür. Böyle bir başlangıç, oluşturacağı yüksek merakla birlikte karşı tarafı, sizin söyleyeceklerinizden çok daha uçtaki şeylere hazır hâle getirir. Bunu biliyordu lanet. Loreana birkaç kere zorlasa da o,

– Hayır kızarsın! Çok kızarsın.

diyerek iyice büyüttü beklentiyi. Merakı zirvelere değen Loreana söz verdi:

– Tamam, kızmayacağım; söyle bakalım!

Benjamin tedirgin:

– Aşkım iki kız gelseniz; aynısını bu sefer dört kişi yapsak, olmaz mı?

Loreana şaşkın:

– Bunu istiyor olamazsın değil mi aşkım?

Benjamin pişman:

– Ya tamam, vazgeçtim. Kötü bir fikirdi, kabul!

Loreana, hiç riske atmak istemeyen bir edada:

– Aşkım, ne kötüsü? Bu efsane bir şey! Yapmalıyız, ilk fırsatta bunu yapmalıyız ama beni düşündüren tek şey; öteki kadın kim olacak?..

Benjamin söylemek istediğini söyleyip susarak her zaman işe yarayan taktiğini burada da uyguladı ve bu işi Loreana'ya bırakarak dinlemeye başladı. Loreana, biraz düşündükten sonra şöyle devam etti:

– Hımm... Aşkım sen de bak, ben de bakayım. Güvenilir birisini bulursak hemen yapalım bunu!

Bu cümleyi söylerkenki yüz ifadesi, aslında Loreana'nın aklına birinin geldiğini gösteriyordu. Benjamin, onun tepkisine ve bunu, onun da istiyor olmasına inanamıyordu; esrar ararken kokain bulan adamın şaşkınlığını yaşıyordu. Seks, bir uyuşturucu gibi sarmıştı bedenini ve sıradan olan hiçbir şey yetmiyordu ona artık.

O akşam, ikinci karısı Isabella'nın yanına gitti. Sadece öpüştü onunla. Öpüşürken Liza'nın onları izlediğini hayal edince heyecanlanıyordu ama ne yazık ki bu hayallerini onunla paylaşamadığı için hiçbir şekilde zevk alamıyordu. Dün gece, onun üst sınırıydı ve artık o sınırın altına düşmemeliydi ki sevişirken konuşmayan karısıyla yapabileceği çok fazla şey yoktu.

Ertesi sabah, hayalet kız Loreana'yla konuşabilmek için sabırsızlıkla ayrıldı evden. Derhâl aradı ve birini bulup bulmadığını sordu ona. Haberler iyiydi. Böyle birisi vardı, sır tutma konusunda da ondan daha iyisi yoktu. Onu hemen istiyordu fantezilerin efendisi. Hayalet kadın, dünyada ilk beş güzel kadın varsa onlardan biri kabul edilebilirdi fakat artık Benjamin'in ilgisini o da çekmiyordu. Bu arada, sürekli Benjamin'in birlikte olduğu kadınları övdüğümün farkındayım ama cidden bu da onun kırmızı çizgilerinden biriydi. Değil çirkin kadın, güzel olanları bile kabul etmiyordu; en güzelleri olmalıydı ve öyle de oluyordu zaten.

Önceki sabah, kızıyla birlikte vakit geçirmek hoşuna gitmişti Benjamin'in. Yine o heyecanla akşam erken saatlerde Mona'yı görmek için Liza'ya gitti ama aklı hep o işteydi. Isabella'nın biraz daha kafa dengi olmasını düşledi ama bu imkânsızdı. Onunla bu tip şeyler yapılamazdı ki Benjamin zaten bu konularda bir yere kadar zorlardı kadınlarını. Olmuyorsa da sıkılıp vazgeçerdi. Neden mi? E, hayat kısaydı ve yüz binlerce alternatif vardı da ondan.

Telefonunu bir an olsun elinden bırakmıyordu. Sürekli hayalet kızla yazışıyordu. Loreana, bahsettiği kadının fotoğraflarını gönderiyordu. Çok güzeldi ya da "Benjamin'in koleksiyonuna uygundu." desem daha doğru olacak. Planı şöyle yaptılar, Benjamin bu kadınla önce tek başına sevişip onu bu konuya hazır edecek sonra da Loreana'yla birlikte eve götürecekti.

Bir bahaneyle yerinden kalktı ve keşif için yatak odasına gitti. Oda büyüktü ama yatak küçüktü, 1.60 enindeydi. Dört kişi bu alana sığamazdı. Bunu Liza'ya nasıl söyleyeceğini bilmiyordu. Evi değiştirmek dahi geldi aklına. Bankadaki parayla çok rahat yeni bir ev alabilirdi ama buna da yeltenmedi çünkü uzun işti. Sadece,

– Yatak odasını değiştirelim.

dese Liza şüphelenebilirdi. Benjamin, basit ama çok daha zekice bir şey yaptı,

—Aşkım, sen çok yoruldun. Hayatımızda bir farklılık olsun. Mobilyalarımızı değiştirelim. Hep aynı dolap, hep aynı koltuk, aynı yatak... Doktor, dikkatinin dağılmasından bahsediyordu. Bence hiç vakit kaybetmeden, yarın gidip yenilerini alalım.

dedi karısına. Aslında Liza da epeydir bunu düşünüyordu. Belki de o mobilyalardan sebep, halüsinasyonlar görüyordu hep. Öyle ya! Büyük travma esnasında evdeki mobilyalar bunlardı ve belki de beyin, o yaşadıklarıyla bu eşyalar arasında bir bağlantı kurmuş olabilirdi.

—Aşkım, bu mükemmel bir fikir!

dedi Liza.

O gece sabaha kadar uyuyamadı Benjamin. Ertesi gün iki önemli işi vardı. Birisi o kadındı, öteki de yeni yatak odası. Kadın o kadar değil ama mobilyaları değiştirme fikri onu fazla heyecanlandırıyordu. Neticede, o kadın olmasa bir başkası olacaktı ama bu prodüksiyon muhakkak başarılacaktı.

Ayağına taş değmiyordu Benjamin'in, her şey istediği gibi gidiyordu. Loreana'nın bahsettiği kızla tanışacağı için de ayrı bir heyecanlıydı reklamcıların şeytanı. Genç kızın dediğine göre Alissa konuyu bilmiyordu. "Peki, neden o kız?" diye sorarsanız söyleyeyim: Loreana'nın etrafında "sır küpü" diye adlandırabileceği tek kadın oydu ve Benjamin, Loreana'ya fazla güveniyordu...

Alissa, kibar ama çekingen bir kızdı ve bu Benjamin'i daha da heyecanlandırıyordu çünkü ona göre her kadının içinde keşfedilmeyi bekleyen pervasız bir dişilik vardı ve onu da Benjamin dışarı çıkaracaktı. Tanışacağı bir kadının utangaç bir bakire olması; çekinmesi, ürkmesi sorun olmadığı gibi heyecanını da büyütüyordu onun. Ne de olsa az sonra onun da içindeki gizli kalmış kadını dışarı çıkaracak olan oydu. Kız, Benjamin'le sevişmek için gelmiyordu şüphesiz. Oyuncu olmak istiyordu sadece ve her zamanki gibi kısa da olsa bir film projesi olan Benjamin, Alissa'yı tanımak istemişti. Gerçi genç kız, dizi filmlerde oynamak istiyordu ama sonuçta oyuncu olacaktı ve bu bir yerden başlamalıydı işte.

Bir restoranda buluştular. Aslında bir kafede de buluşabilirlerdi ama bu iş, bir bardak kahveyle savuşturulabilecek kadar ucuz değildi. Alissa'nın bunu kabul etmesi için yemek bile azdı. Yemek boyunca hiçbir şey konuşmadılar. Sonra sigara içmek için dışarıya çıktılar. Benjamin sigarasını yaktığı kadının gözlerine bakarak,

– Popon çok güzel biliyorsun değil mi?..

dedi. Kadın, o an neye uğradığını şaşırdı. Doğru duymuş olamazdı.

– Efendim?

dedi. Benjamin,

– Güzeeel. Bana "efendim" demen hoşuma gitti.

Gülümsedi kız, kızararak. Anlık bir sessizlik oluştu, Benjamin:

– Evet, Alissa; kalçaların diyorum, kusursuz...

Alissa, az önce duyduğunu da doğru anlamış meğer. Peki, bu ne cüretti böyle? Yeni tanıştığı bir adam nasıl böyle bir şey söyleyebilirdi? Cevap veremedi, bakışları değişti ve sustu kadın fakat Benjamin susmuyordu. Onu "risk prodüksiyonu" kapsamına almıştı ve iyice yükleniyordu:

– Neden sustun küçük sürtük?

Alissa bunun bir rüya olduğunu düşünmeye başladı ama rüya olmadığını herkes biliyordu. "Küçük sürtük" ifadesi, acemi oyuncunun beynini yakarken,

– Şimdi tam da şurada elimi külodunun içine sokup ıslaklığına dokunmak istiyorum.

diye devam etti. Kadın,

– Ne saçmalıyorsun sen?

diyecekti ki cümlesinin ilk hecesini Benjamin şöyle kesti:

– Bunu sen de istiyorsun, itiraf et! Bunu hem de fazla istiyorsun, çok fazla!

Kadın, poposunun güzel olduğunu söylediği için kızacağı adamla birkaç saniye içinde geldiği seviyeye ve konuşulanlara inanamıyordu ki Benjamin, şaşkın kadının kulağına yaklaşıp çok daha üst perdeden bir şey söyledi:

– Çok mu şaşırdın tatlım? Şimdi, külodunu yırtarak seni şurada hem de herkesin önünde hayvan gibi becermek istiyorum!..

Alissa, kendini kaybetti. Epeydir içmeyi unuttuğu kahvesini Benjamin'in suratına fırlattı ve,

– Sen ne biçim konuşuyorsun benimle? Aşağılık herif! Haddini bil, terbiyesiz!

diye bağırmaya başladı. Sinirden titriyordu genç kadın. Benjamin ise son derece rahat bir tavırla cebinden çıkardığı peçeteyle yüzündeki kahveyi sildi, umarsızca gülümsüyordu. Burnundan soluyan Alissa'nın hırsı geçmeyecek gibi gözüküyordu ta ki Benjamin iki elini havaya kaldırıp sakince alkışlamaya başlayıncaya kadar. Kadın ne olduğunu anlayamamıştı. Benjamin, gözlerini Alissa'ya çevirdi. Kafasını sağa sola hareket ettirip dudaklarını gurur duyuyormuş gibi aşağı bükerek:

– İşte bu.

dedi ve devam etti:

– Sen yüzyılın en iyi oyuncususun Alissa. Tepkilerine bayıldım. Muhteşemsin! Kesinlikle olağanüstüsün, fazla iyisin.

Ne yani, bu cümleler oyun muydu şimdi? Benjamin, bunları söyleyerek Alissa'nın rol kabiliyetini mi test etmişti? Kadın, bir anda durdu ve,

– Ah, çok af edersiniz Bay Knotterson, ben şey... Ay, ay buna inanamıyorum Bay Knotterson! Şey, ben çok utandım şimdi! Lütfen bağışlayın beni, lütfen! Düşünmeliydim bunu. Sonuçta oyuncu seçiyorsunuz... Ah, inanın, çok utandım.

dedi ve başını önüne eğdi. Benjamin:

– Muhteşemsin Alissa. Utanman bile kusursuz... Sen aradığım oyuncusun!..

Kulağına eğildi ve,

– Peki, doğruyu söyle, ıslandın mı?

Alissa:

– Bilmem!..

Benjamin gülümseyerek:

– Bilirsin, bilirsin!..

Kadın, bacaklarını hafifçe sıkarak ayaklarının duruşunu değiştirdi:

– Şey... Galiba... Evet!..

– İşte bu! Kendini rolüne kaptıran, yaptığı rolü yaşayan gerçek bir oyuncusun sen!..

diye kadını şımartan piç, hesabı ödemek için içeri girince kadın da çantasını almak üzere masaya yöneldi. Benjamin ona,

— Rolünü yaşıyorsun!

demişti ama kadın o an bunun bir rol olduğunu bilmiyordu ve buna rağmen ıslanmıştı. Abartıyor olabilir miydi acaba, yoksa ıslanmamış mıydı gerçekten? Her ne kadar bir kadın, salgıladığı lubrikasyonun farkında olsa da emin olmak, belki de abarttığına inanmak için bakmak istedi Alissa külodunun içine. Etrafta birileri olduğu için yapamadı bunu. Kendini de kandıramıyordu; daha kötüsü, bunları sakince düşünüyor olmasıydı. Aklından,

— O sözler karşısında nasıl böyle olabilirim ki? Gerçekten de orospu muyum yoksa?

diye geçirdi. Bu arada, Benjamin hesabı ödemiş, kadın da çantasını almıştı. Arabaya yöneldiler. Benjamin Şeytanı,

— Gerçek bir aktris olmak istiyorsan önce gerçek bir kadın olmalısın; tıpkı jön olmak isteyen birinin önce gerçek bir erkek olması gerektiği gibi. Bence sen gerçek bir kadınsın.

diye ayaküstü bir ayar daha verdi hayalperest kadına. Alissa, az önce gizlemekle itiraf etmek arasında kaldığı ıslanmasını sevdi bu sefer. Vicdan azabı, yerini gurura bıraktı. Benjamin'in dedikleri doğruysa onun aktris olması, ıslanmasıyla bağlantılıydı ki o da zaten doğru söylüyordur mutlaka. Bundan ne çıkarı olabilirdi ki?

Yeri gelmişken Benjamin'le ilgili araya girmem gerekiyor. Onu benden daha iyi tanıyan başka kimse yoktur. Buna rağmen ben onu hiç tanımıyorum ama Benjamin hakkında bildiğim bir şey var ki bu da beni onun hakkında bilge yapıyor. "Benjamin asla doğruyu söylemez fakat o, yalan da söylemez!" Bu kadar çok yalan söylediği hâlde bunu söylemem tuhaf değil mi? Ama inanın, böyleydi. Nasıl mı? Şöyle: O, söylediği yalana önce kendi inanır ve onu kendi doğrusu yapardı. Sonra onu size anlattığında öyle bir mantık örgüsü kurardı ki itiraz edemezdiniz. Hayır, sadece siz değil; dünyanın en iyi avukatları, fikir ve bilim insanları dahi gelse ikna olmaktan başka çareleri kalmazdı. Mesela az önce Alissa'ya,

– Gerçek bir aktris olmak için önce gerçek bir kadın olman gerekir.

dedi ya! Bitti. Bunu Hitchcock'tan Spielberg'e hatta Tarantino'ya kadar herkese ispatlayabilirdi ve siz bu cümleyi ondan ikinci bir kez duyamazdınız. Bunu artık hem de Benjamin'den hiç bahsetmeden onlar söylerdi. Daha çarpıcı olanı, Benjamin bunu; sanki ilk kez duyuyormuş gibi şaşırır,

– Aa, öyle mi? Çok ilginç gerçekten!

der ve bu son söylediğine de on saniye geçmeden kendi de inanırdı lanet.

İşte böyle bir fenomendi Benjamin. Onunla göz göze geldiğiniz anla bildiğiniz her şeyin yanlış olduğuna inanmanız arasındaki mesafe sadece birkaç dakika olurdu.

Bir uzay bilimciyle tartıştığına denk gelmiştim, bir toplantıda. Adam, Benjamin'e Mars'tan, Mars'taki hayattan söz ediyordu. Benjamin ise ona,

– Bakın bayım, yanlış yerlerde hayat arıyorsunuz. Hiç aklınıza gelmeyen yerlere bakın. Mars'ı bırakın da gidin güneşe bakın. Basit bir zekâ sorusunu çözerken dahi aklınıza gelen ilk cevabı işaretlemiyorsunuz, "Kesin şaşırtmaca var bunda!" diyerek tekrar düşünüyorsunuz ama aklınıza ilk geleni yapıp yüz yıldır Mars'ta hayat aramaya devam ediyorsunuz. Güneşe bakın, güneşe... "Çok sıcak, orada hayat olmaz!" diye düşünmeyin! Nereden biliyorsunuz, belki de yaklaştıkça soğuyordur güneş. Öyle uzaktan bakarak olmaz bu işler bayım...

dedi ve bilim insanını çıldırtmakla kalmadı bir de milletin kafasını karıştırdı. Belki inanamayacaksınız ama Benjamin, uzay bilimciden daha fazla dikkat çekti; söyledikleri, onunkinden daha fazla ciddiye alındı o gece.

Hırs mı yapıyordu, ne yapıyordu bilmiyorum ama bunu muhakkak başarıyor ve bir şekilde herkesi ikna ediyordu istediği şeye. Alissa da onun ağına düşenlerdendi işte ve teslim olmaktan başka bir seçeneği yoktu.

Arabaya bindiler. Her iki tarafı ağaçlarla örülü, karanlık ve tenha bir yolda ilerlediler. Bu detayın konumuzla bir ilgisi yok! Restoran şehrin dışındaydı. Yani Benjamin bilerek o yoldan gitmiyordu, başka yol olmadığı için oradan geçiyorlardı. Sinemadan konuştular biraz. Karakter oyuncularının gerçek oyuncu olmadığına, bir oyuncunun büyük olabilmesi için her rolü hakkıyla kotarması gerektiğine inandığını söyledi Benjamin ve elini kadının dizine uzattı. Alissa, refleks olarak bacağını çekti ama kısa süreli bir tedirginliğin ardından bunun da bir rol olma ihtimalini düşünerek sakinleşti. Benjamin,

– Harikasın. İnanamıyorum. Son tepkin de ilk tepkin gibi kusursuz.

deyince gülümseyerek kendini bıraktı kadın. Benjamin, parmaklarını Alissa'nın gömleğinden içeriye uzattı ve sutyeninden taşan memelerine dokundu. Bunu yaparken bir yandan da,

– Mükemmelsin Alissa... İşte aradığım kadın.

diyordu. Arabayı yolun kenarına çekti ve oyunculuk heveslisi kadını öpmeye başladı. Kadın, daha iyi rol yapabilmek için haddini aşar bir zevkle öpüştü adamla. Benjamin Alissa'nın kulağına,

—Sen benim küçük oyuncumsun. Hadi itiraf et, çok heyecanlandın.

diye fısıldadı.

—Off... Evet... Ben senin küçük oyuncunum.

dedi Alissa.

—Ne dersem yaparsın çünkü sen benim sürtüğümsün.

diye devam etti Benjamin. Alissa tekrar etti onun söylediklerini:

—Ne dersen yaparım çünkü ben senin sürtüğünüm.

Öpüşerek ve soyunarak arka koltuğa geçip seviştiler. Az önce bakire olan kız artık bakire değildi ve bunu rol icabı yapmıştı. Filmlerden tek farkı eline bulaşan kandı, gıda boyası değil. İlginç olansa Alissa'nın asla pişmanlık duymamasıydı. Bir saat öncesine kadar hiç tanımadığı bir adamın kadınlarından biri olmuştu şimdi. İçi rahattı çünkü bunu, geleceği için yapmıştı. Ne de olsa bir gün birinin olacaktı; Benjamin'le olması, en azından bir işe yarayacaktı. Bu arada, "Stockholm Sendromu" nevinden bir şey yaşıyordu Alissa, dar otomobilin içinde de olsa mükemmel seviştiği Benjamin'e âşık oldu.

Bütün bu olanları nasıl yaptığını anlamak imkânsızdı. Ya düşünün! Evine gitmek üzere otobüs bekleyen bir kadına adres sormak için yaklaşıp,

– Yorgun görünüyorsun prenses! Nee? Sana masaj yapmamı mı istiyorsun? Yok daha neler?.. E peki tamam, sen kazandın! Hadi atla...

diyerek onu arabasına alıp o gece onu becerdikten sonra ertesi sabah işine gidebiliyordu Benjamin. Bakın cümleler bunlardı inanın ama bunu o değil de bir başkası yapsa soluğu savcılıkta alırdı, buna da inanın. Üstelik Benjamin, en toy zamanlarında yapıyordu bunları ve artık çoktan aşmıştı buraları.

on birinci nefes

on birinci nefes

Benjamin'in hamleleri her zaman beklenmedik türdendi, bu konudaki şaşırtıcı başarısı da zaten bundandı. Kimsenin cesaret edemediği teklifler yapıyordu karşısındakine. Onlar, daha ne olup bittiğini dahi anlayamadan "tamam" diyorlardı. Akılları başlarına geldiğinde ise yaşadıkları efsane sevişmenin hazzıyla yaptıklarının yanlış bir şey olmadığına kendilerini ikna ediyorlardı.

Benjamin artık normal sevişemiyordu. Öyle başkaydı ki onun kadınları ondan başkasıyla yapamıyordu. Tek çareniz vardı, ondan kaçmak! Eğer kaçarsanız gerçekten kurtuldunuz demektir. Neden biliyor musunuz? Onunla birlikte olduğunuzda artık hiçbir zaman kendiniz olamazdınız ve bir nemfomanyak olup çıkardınız. Bu sorun değildi de asıl sorun bir daha hiç kimse sizi onun kadar kusursuz beceremeyeceği için seks hayatınız sona erebilirdi.

Benjamin'e "bir erkek" demek haksızlık olurdu bence. O; bir kadınlık okuluydu, bir dişilik atölyesiydi. Erotizmle pornografi arasındaki farkı o öğretiyordu kadınlarına. Tahrik edici bir dişi olmakla orospu gibi davranmanın da farkını kavrıyordu onun dokundukları. Bir kadının sevişirken utanmasının, aslında utanılacak bir şey olmadığını; aksine, yatakta utanmanın, bir kadınlık göstergesi olduğunu söylüyordu hep. Cinsellikte ve hatta her yerde kibar olmayı, yavaş ve sabırlı davranmayı, sekse zaman ayırmayı öğretiyordu Benjamin. Bakire kızların bekâretlerinin değil, heyecanlarının peşindeydi. Onları ilk titreten olmak, ilk soyunduran, ilk koklayan, ilk elleyen, ilk öpen olmak; içine girmekten çok daha fazla tahrik ediyordu onu.

Benjamin sürekli sekse hazırdı ve yaptıkları şeytanın dahi aklına gelmezdi. Sol koltuğunun altındaki tüyleri almıyordu mesela. Koku giderici de sürmüyordu sol koltuk altına hatta o bölgenin pis kokmasını istiyordu. Bunu normal bir insan duysa,

— E, tamam da bu çok aptalca ve çok iğrenç! Ne işe yarayacak ki bu?

diye tepki verirdi doğal olarak ama o, işte buradan bile kimsenin aklının almayacağı bir fantezi çıkarıyordu. Koynuna aldığı sevgilisine,

— Biliyor musun aşkım? Ben bir erkek değilim, çok erkeğim hatta aynı anda yüzlerce erkek olabilirim.

diyordu. İşte şov bundan sonra başlıyordu. Benjamin, önce temiz olan sağ kolunu kaldırıyor ve koltuk altını öptürüyordu kadınına. Sonra da onun saçlarını kibarca okşuyor,

— Sen çok mu tatlısın? Yerim ağzını burnunu. Seni çok seviyorum. Sen benim tanrıçamsın...

diyerek tam bir romantik oluyordu. Bir müddet böyle devam ettikten sonra sol kolunu kaldırıyor ve o ter kokan tüylerini öptürüyordu. Az önce öpüp sevdiği, şımartıp oynaştığı kadının içine; bu sefer saçlarını çekip kalçalarını tokatlayarak giriyordu. Sonra da kadını özgür bırakıyordu. O, hangi erkeği beğendiyse Benjamin'in o tarafına yaklaşıyordu. Sol kola yaklaştığında kaba saba bir adam, sağ kola yaklaştığında ise son derece kibar bir bey ve tam bir centilmen oluyordu. Elbette bu kadarla sınırlı değildi Benjamin. O, sevişme esnasında ciddi ciddi bir menü sunuyordu kadınlarına. Bir yolunu bulup sevgilisinden izlemek istediği ya da merak ettiği birilerinin olup olmadığını öğreniyordu mesela. Kaldı ki inkâr etse de herkesin mutlaka merak ettiği birileri vardır, öyle değil mi? Zaten "porno" diye bir sektör varsa bunun varlık sebebi, insanların "standart cinsellik isteği" değil "kapı deliği merakıdır" diyebilirim.

Söz gelimi Elena. Benjamin, önce onun hangi kapının deliğini merak ettiğini öğreniyordu. Sonraki ilk sevişmelerinde, Elena'yı soyundurup onunla birlikte battaniyenin altına giriyordu. Eliyle dürbün yapıp ya da tek elini ortasında bir boşluk bırakarak yumruk şeklinde sıkıp oradan bakınca güya arka tarafta bir şeyler görüyormuş gibi davranıyordu. Dört duvar arasında olmalarına rağmen hayretle sevgilisi Elena'ya,

– İnanamıyorum Elena, bu olamaz. Bu gerçekten olamaz!.. James değil mi o? Aman Tanrı'm James bu, yanındaki de Rebecca... Buna inanamıyorum Elena... Çok güzel sevişiyorlar... Görmek ister misin aşkım?

Bunun bir saçmalık olduğunu bilse de merak ediyordu Elena bütün Elenalar gibi. Geldi ve Benjamin'in dürbününden içeri bakıp onun dediklerini gördü. Elena'nın heyecanı görülmeye değerdi. Benjamin,

– James'le sevişmelisin aşkım; hadi söyle, bunu istiyorsun tatlım?.. Hadi bana "James, becer beni James!" de kadınım... Hadi Rebecca'sın sen, hadi Rebecca...

diyordu. Ciddi ciddi Benjamin'in yumruğunun içindeki o boşluğa baktıklarında James ve Rebecca'nın yatak odasına açılan kapı deliğinden içeri bakıyormuş hissine kapılıyorlardı. Bu sırada; Benjamin, çoktan sırılsıklam olan Elena'nın içindeyken doğaçlama olarak beyin yakan senaryosunu anlatmaya devam ediyordu. İlginç olan, onları izlediklerine Elena'yı inandırması yetmiyormuş gibi kendisinin de buna inanmasıydı. Emin olun, siz de inanırdınız. Gel gelelim, bu iş asla burada bitmiyordu. Benjamin, Elena'ya gözlerini kapattırıp koklaması için burnunun ucuna bir bez parçası uzatıyordu:

– Aşkım, söyle nasıl kokuyor sence bu?

Elena, bunun ne olduğunu bilmeden kokluyor ve anlamaya çalışıyordu. Kendisininki altında olmadığı için bunun bir külot olduğunu tabii ki anlıyordu ve Benjamin'i iyice heyecanlandırmak için,

– Ah aşkım, çok güzel kokuyor bu!

diyordu. Benjamin ise o kokuya âşık olduğunu söylüyor ve sadece koklatmakla bırakmıyor, öptürüyor hatta yalattırıyordu o külodu. Elena'ya, kadın kokusunun kusursuzluğunu anlatıyordu. O da iyice coşuyor ve daha fazla zevk alıyordu onu koklamaktan. Gerçekten de Elena, kendi kokusunun bu kadar iyi olduğunu bilmiyordu ama bilmediği daha önemli bir konu vardı; bu koku Rebecca'nındı. Benjamin çılgını, Jamesların evine gittiklerinde çamaşır sepetinden Rebecca'nın kirli külodunu almıştı. Zaten oraya da sırf "külot hırsızı" adını verdiği bu kurguyu gerçekleştirmek için gitmişti.

– Yaa, demek güzel kokuyor; öyle mi? Sen çok mu beğendin Rebecca'nın kokusunu aşkım? Söyle hadi, tadı nasıl Rebecca'nın?

dediğinde kadın tabii ki buna inanmıyordu ama Benjamin öyle bir hâle getiriyordu ki Elena, o külodun Rebecca'ya ait olmasını çok istiyordu hatta o an tek istediği bu oluyordu. Sonra gözlerini açtığında burnunun ucunda Rebecca'nın kokusunu, dilinin üstünde onun tadını fark edince zevkten deli oluyordu.

Ertesi sabah, Elena'yı evine bırakırken ona son söylediği cümle ise bir dahaki sevişmelerinin sadece repliği değil aynı zamanda da fragmanı ve heyecanı oluyordu. Benjamin, pantolonunun kemer boşluğundan çamaşırını gösteriyor ve onun zihnine bir James bırakıyordu:

– Aşkım dün gece bu külodu yana sıyırıp bana oral yaparken aldığın kokuyu beğendin mi?

Ya siz ne diyorsunuz? O, hiç rahat durmuyordu. Hiçbir şey yapamazsa birileriyle sevişirken aynı anda iki karısıyla telefonda konuşuyordu. Kurduğu cümleler de hemen hemen şöyle oluyordu:

– Nasılsın aşkım?

– İyiyim aşkım, sen?

– Ben de ne yapayım, sevişiyorum işte?!

İki karısı da kahkaha atıyordu Benjamin'in şaka yaptığını sanarak. O ise o an seviştiği kadını biraz daha inletiyor ve şöyle diyordu:

– Duymuyor musun şu anda bir kadın var altımda ve seni aldatıyorum, neden kıskanmıyorsun sevgilim? Hıı?

Bunun üzerine Benjamin'in iki eşi de sanki sözbirliği etmişçesine şunu söylüyordu:

– Aşkım, neyse kapat şimdi o televizyonu ve bir daha da böyle saçma şakalar yapma e mi? Eğer beni tahrik etmek istiyorsan başka yollar bul.

Ah, bir de bunu yaparken o an birlikte olduğu kadının telefonunu kullanması, bu senaryonun en inanılmaz kısmıydı. Âdeta bir akıl tutulması yaşayan Liza ve Isabella, Benjamin'in şaka yaptığına o kadar inanıyorlardı ki o bilmedikleri telefon numarasını aramayı dahi düşünmüyorlardı.

Benjamin çözmüştü kadınların şifresini. Karısına yakalananlar, normal ilişki yaşadıkları için ellerine yüzlerine bulaştırıyorlardı her şeyi. O, öyle değildi. Yaptıkları o kadar akıl almazdı ki gerçeği söylediği hâlde kimse inanmıyordu. Öte yandan, öyle dâhiyane fikirler buluyordu ki kimse onun yerine bir başkasını koyamıyordu artık ve,

– Bir insan başka ne yapabilir?

diye düşünerek hep bir sonrasını merak ediyordu. Kısacası onunla sevişen kadınlar, diğerler erkekleri artık çok sıradan buluyordu.

Bakın, lafın ucunu kaçırdım yine. Büyük fantezisi için ağına düşürdüğü Alissa'dan bahsediyorduk.

Evet, Alissa. Benjamin onunla birkaç kez daha birlikte olduktan sonra sıra onu, bir biseksüele dönüştürmeye gelmişti. Bunun için şeytanca taktikleri vardı. Aslında taktiği falan yoktu. Onun yöntemleri anlıktı ve doğaçlama gelişiyordu. Dedik ya, o kolay kolay hiçbir kadınına eski prodüksiyon yapmıyordu. Bence bunların en yaratıcı olanı Dana'ya hazırladığıydı. Çok estetik, fazlaca zarif ve aşırı kadıncaydı bu.

Dana, 20 yaşındaydı. Artık "güzeldi" falan demiyorum. Benjamin'in koleksiyonuna girebildiğine göre gerek yok başka tasvire! Merak uyandıran bu çalışmasının adı "Gökler"di. Amaç, kadının içindeki diğer kadına ulaşmaktı. Nicedir hiç belli etmeden peşinde olduğu Dana'yı bir şekilde arabasına almıştı ki artık nasılını soracağınızı zannetmiyorum. Benjamin'den bahsediyorsak bu en hafif soru olacaktır fakat yine de kısa bir bilgi vermem gerekirse ki gerekir, reklamcılık okuyan Dana; Hartford'ta gerçekleşecek olan önemli bir toplantıda Benjamin'in asistanlığını yapacaktı.

Yol uzundu ve Boston'dan henüz çıkmışlardı. Bir benzin istasyonunda durup cips, çikolata, kahve ve içecek soğuk bir şeyler alıp tekrar yola koyuldular. Kahvelerini yudumluyorlardı, neşelerine diyecek yoktu. Benjamin, bir anda Dana'ya beklenmedik bir sor sordu:

– Dana, sen hiç gökyüzünün göğüslerine dokundun mu tatlım?

Dana şaşkındı. Bunu gerçekten beklemiyordu. Cevap verdi ürkerek:

– Ha, ha, hayır... Neden ki?

Benjamin gülümsedi:

– "Neden dokunmadın?" demedim! "Dokundun mu?" dedim!

Dana, omuzlarını yukarı çekip kollarını önüne bağlayarak memelerini sakladı istem dışı. Tedirgindi. Onun tahminine göre bu soru kendi göğüslerini ilgilendiriyor olmalıydı ama Benjamin'in hiç de onları merak eder bir hâli yoktu. Dana, buna rağmen kaygılıydı.

– Hadi Dana, merak etmiyor musun bunu?

Aslında ediyordu ama bunu da hemen söylemesi şık olmayacaktı. Kadınların sıkça başvurduğu kelimeyi attı Benjamin'in önüne.

– Şeyyy... Bilmem...

Benjamin'de erkeklerin klasik tripleri yoktu. Yani "İyi..." deyip konuyu kapatmıyordu.

Gülümseyerek,

– Demek ki merak ediyorsun bebeğim çünkü "Kadınca"da "Bilmem." demek, "Sen bilirsin." anlamına gelir ki o da "Bildiğini yap!" demektir.

dedi Benjamin. Dana da gülünce,

– Peki, o hâlde hemen deniyorsun bunu!

Bu cümle Dana'yı rahatlattı. Öyle ya! "Deniyorsun." dediğine göre Benjamin değil, Dana yapacaktı ne yapacaksa! Benjamin:

– Peki, şimdi meme nasıl tutulur? Göster bana!

Dana'nın az önceki rahatlığı tekrar bozuldu ama artık istemediğini de söyleyemedi çünkü merak ediyor ve istiyordu. Tekrar,

– Bilmem.

dedi. Benjamin gülümseyerek verdi ayarı:

– Ya rahat olsana Dana! Memeler tutulmak için yaratılmıştır ve bundan sende iki tane var! Hadi göster... Yani nasıl tutulduğunu göster...

Dana, torpido tarafına doğru avuçlarını açıp parmaklarını hafifçe bükerek,

– Böyledir herhâlde.

dedi. Benjamin:

– Tamam, işte bu kadar.

Korkusu tamamen giden Dana rahattı şimdi ama bu yetmezdi, Benjamin onu daha da rahatlattı:

– Bana güven Dana ve sadece dediğimi yap!

Otomobil kullanıyordu, ne yapabilirdi ki Benjamin? Dana, kafasını salladı "tamam" anlamında.

– Kapat gözlerini Dana!

dedikten sonra gaza bastı Benjamin ve gözünüz kapalıyken ürkütücü sayılacak bir hıza erişince aracın sunroofunu açtı. Kızın, kendisine yakın olan sol elini sakince tutarak sunrooftan dışarı çıkardı ve,

– Hadi dokun ona!

dedi. Dana şaşkındı.

– Hadi, dediğimi yap! Bir memeye dokunur gibi dokun ve sık onları.

Gerçekten de ilginçti; rüzgâr, parmaklarının arasına doluyor, avuç içine baskı yapıyordu ve bu da oldukça sert bir meme hissi uyandırıyordu Dana'nın avucunun içinde.

– Hadi öteki elini de getir.

dedi Benjamin. Meraklı kız sevmişti bu hissi. Bu sefer korkusuzdu ve biraz daha yaklaştı Benjamin'e. İki elini birden uzattı gökyüzünün göğüslerine. Artık her iki eliyle dokunuyordu göklere. Parmaklarının arasına dolan hava onu heyecanlandırmıştı. Az önce tedirgin olan Dana, kahkahalarla gülmeye başladı. Böyle bir eğlence anlayışı olamazdı. Bu nasıl gelmişti Benjamin'in aklına? İnanın, bunu ben de bilmiyorum ama hakikaten aşmış bir dehaydı Benjamin!

Sonra ne mi oldu? Dana'ya, bu işten daha da zevk almayı öğretmek için önce memeye tam olarak nasıl dokunulması gerektiğini tabii ki kendisinin memeleri olmadığı için onunkilerin üstünde gösterdi. Bunu o kadar normal yapıyordu ki kadın ona kızamıyordu. Hikâyenin sonunda da Benjamin'e gerçekten güvenmesine; bunu göklerle sınırlı bırakmamasına ve mutlaka bir kadının üstünde denemesine ikna ediyordu onu. Bu iş için bir kadın tanıdığını söylüyor ve bundan kimseye bahsetmemesi karşılığında onunla tanıştıracağına söz veriyordu. Sonrası, sonrası fısıltı işte.

Böyle bir inanılmazdı Benjamin. İsteyip de yapamadığı hiçbir şey olamazdı. Şimdi sıra, büyük gün için Alissa'nın kadınlardan hoşlanmasını sağlamaya gelmişti. Ona, birkaç soru sorup kafasını karıştıracaktı, hepsi bu! Onun oyuncu olması henüz için bir şey yapmamıştı ama kusursuz ellerini, bir kozmetik firmasının reklamında kullanmıştı. Ödemesini yapmak üzere ofise çağırdığında ona bir kahve söyleyip sözü asıl konuya getirdi:

— Alissa. Sen hiç, bir kadını dudaklarından öptün mü?

Alissa her ne kadar az önce fena sayılmayan bir ödeme almış olsa da bu soruya şiddetli bir tepki verdi:

— Saçmalama Benjamin ben lezbiyen değilim.

Benjamin:

— Çok rica ederim, elbette ki lezbiyensin ama henüz farkında değilsin.

diye karşılık verdi. Bu sefer, daha sert ve kararlı bir çıkış yaptı Alissa:

– Bak Benjamin, seni gerçekten arzuluyorum, hoş bir adamsın; hakikaten farklısın ama bunu sakın bir daha söyleme bana! Ben asla lezbiyen falan değilim hiçbir zaman da olmayacağım!

Benjamin'in geri vitesi yoktu lanet. Bilinçaltına şöyle saplandı genç kadının:

– Şimdi beni sadece düşünerek dinle ve hiç cevap verme! Bak, ben senin kadar temiz değilim hatta kirli bir adamım Alissa. Çok kadın oldu hayatımda, tahmin edemeyeceğin kadar çok. Bir şey hariç, yapmadığım hiçbir şey kalmadı neredeyse ama ben ömrüm boyunca senin az önce verdiğin bu cevabı hep duydum ve bunu söylemelerine rağmen henüz lezbiyen olmayan bir kadına hiç rastlamadım. Hepsi en sonunda bunu itiraf eder, sen de edeceksin!

Alissa kafasını salladı reddederek... Benjamin:

– Sadece dinle demiştim, önyargısız dinle!.. Şimdi Alissa, sen haklısın ama bir farkla; bilmiyorsun. Bir kadınla henüz öpüşmediğin için farkında değilsin neyi reddettiğinin. Lütfen düşün! Bu senin bilmeden, refleks olarak verdiğin bir cevap... Düşünürsen ama gerçekten düşünürsen bu inanılmaz bir heyecan! Hem sana bir şey söyleyeyim mi? En çirkin kadın bile en yakışıklı erkekten çok daha fazla heyecan verici gelecektir sana.

Alissa, az önce cümlede geçen "Bir şey hariç her şeyi yaptım..." kısmına takılmıştı ve "Acaba neyi yapmamış olabilir böyle biri?" diye düşünmesine engel olamıyordu. Aslında Benjamin'e âşık olmuştu ve onu tamamen ele geçirmek istiyordu ama yine de,

– Sana "Hayır." diyorum.

diye sert çıktı Benjamin'e.

– Bence şu anda sadece az önce "hayır" dediğin için ve tepkinin bu derece hızlı değiştiğini kabul edemediğin için reddediyorsun bunu. Gözünde canlandırınca da hiç fena bir fikir olmadığını anlıyorsun. Kadınların çok daha kibar ve temiz olduklarını inkâr edemezsin Alissa, öyle değil mi?

dedi pervasız. Beklediği cevap geliyordu:

– Hayır ya hayır... Off bilmiyorum... Olabilir... Kafam çok karışık, ne yaptın sen bana böyle?

Bundan sonrası Benjamin için zaten çorap söküğüydü ve o, son ilmeğine kadar tek tek söküyordu bütün örgüyü.

Bu konuda, bu kadar lafa gerek duymadığı zamanlar da oluyordu bazen:

– Sen lezbiyensin çünkü dokunuşların çok ipeksi ve abartılı kibar...

Buna itiraz etseler de cümlenin içinde geçen "kibarlık" detayı, etrafta bu kadar kaba erkeğin olması gerçeğiyle onları yüzleştirdiği için bahse konu mevzuda değişik bir heyecan ve merak oluşturuyordu.

Uzatmayayım, sonuçta Alissa'yı da istediği kıvama getirmişti Benjamin. Geriye tek bir sorun kalmıştı ya da iki, belki de üç ama bu Benjamin için dert değildi. İsterse yüzlerce sorun olsun, bunların hepsi aşılabilirdi. Benjamin'e sırılsıklam âşık olan Alissa'ya önce evli olduğunu söyleyecekti ve bunu ona kabul ettirecekti. Sonra karısının önünde, kendisiyle âdeta bir hayalet gibi sevişmesini talep edecekti. Sonra da bunu bir başka kadınla yapmasını isteyecekti ve en son olarak da bunu en yakın arkadaşı Loreana'yla birlikte yapmayı teklif edecekti. Bütün bunlara "evet" dedirttikten sonra en tehlikeli detaya gelecekti. Alissa'yla beraber iki kadını aynı yatağa sokup hepsini birden becerecekti lanet ve bunların üçü de Benjamin'e âşıktı. Bunu bir kez daha düşünmenizi rica ediyorum. İnsanın bir başkasını daha zor ikna edeceği konular da olabilir şüphesiz ama inanın bu da en az onlar kadar zordu. Gel gör ki bunu da başarmıştı Benjamin.

Çok önemli bir konu hakkında kendisiyle konuşmak istediğini söylediği Alissa'yı gözlerden uzak bir barda viski içmeye davet etti. Birinci kadehten sonra Alissa için çalmalarını istediği "Hall of Fame" şarkısı başlayınca şöyle konuştu Benjamin:

—Alissa, ben sana âşık oldum Alissa. Seninle evlenmek istiyorum. Hani "Biri hariç, her şeyi yaptım!" demiştim ya işte buydu: Seninle evlenmek. Şu ana kadar yapamadığım tek şey bu!

Alissa'nın aklı uçtu; en çok istediği şeydi bu, Benjamin'le evlenmek... Alttan akan şarkının sözleri o kadar anlamlıydı ki o an Benjamin ne derse onu yapabilirdi şarkıdan güç alan Alissa. Ancak Benjamin, öyle bir şey söyledi ki bu Alissa için fazla ağırdı:

—Ama küçük bir sorunumuz var, ben evliyim.

Alissa, henüz bunu idrak edememişken söylediği ikinci cümle, çok daha reddedilmesi gereken hatta masanın terk edilmesini gerektiren edepsizlikteydi:

—Bizim evlenebilmemiz için benimle karımın önünde sevişmen gerekiyor Alissa.

Bu ne demek oluyordu? Benjamin'in kurduğu bu saçma sapan cümlenin içinde cevap bekleyen yüzlerce soru vardı. Kadın, hangisinden başlayacağını bilmiyordu ama bir şekilde de söze girmesi gerekiyordu.

—Benjamin!..

diyebildi sadece ama müsaade etmedi şeytan:

—Sözümü kesme! Ben ne dediğimin farkındayım. Her şeyi ayarladım. Karım hasta ama bunu ispatlayamıyorum. Sürekli halüsinasyon gördüğünü söylüyor. Onun önünde, benimle bir hayalet gibi sevişirsen o iyice çıldırır ve ben de bunu belgelerim böylece de seninle evlenebilirim. Yapmamız gereken sadece bu sürecin hızlanması için bir yardımcı bulmak! Yani bir kişi daha olacak bizim yanımızda! Dört kişi bir yatakta olacağız karım da çok daha çabuk delirecek. Bana güven ve itiraz etme! Seni çok seviyorum Alissa, evlenmemiz şart. Çok zenginim ve bu parayı dünyayı gezerek harcamak istiyorum. Yanımda da o kadın değil, sen ol istiyorum. Karım sınırda, rapor almamızın tek yolu onu delirtmek ama bunu başaramazsak da müthiş bir gece yaşamış olacağız.

Benjamin'in teklif ettiği şey masum bir kadının hayatıyla oynamaktı. Bir kadının yuvasını dağıtmaktı fakat o bunu o kadar rahat söylüyordu ki Alissa,

— Bu galiba çok normal de benim aklım basmıyor...

diyerek kendini suçluyordu ve daha o, bunun şokundan kurtulmamışken,

— Rahat ol Alissa. Bunun için senin güvende olmanı da düşündüm ve Loreana'yı seçtim. Yani Loreana da bir hayalet gibi sevişecek o gece bizimle. Sen yeter ki rahat ol.

Alissa ne düşüneceğini şaşırmıştı. Çılgın adamın her söylediği bir öncekinden daha saçma ve daha anlaşılmazdı. Alissa şimdi de Loreana'ya takılmıştı.

Bunun için sevinmeli miydi yoksa? Ayrıca Loreana bunu kabul etmezdi ki? Alissa bunları düşünürken yine bir beyin okuyucu gibi girdi devreye Benjamin. Aslında beyin okuduğu falan yoktu. Bunlar basit tahminlerdi. Konu öyle sıra dışıydı ki tepkiler sıradandı. Herkes aynılarını düşünürdü. Benjamin şöyle devam etti:

– Sen o kısmını hiç düşünme Alissa! Loreana'yla konuştum. O da önce senin gibi "hayır" dedi ama ben bizim mutluluğumuzun söz konusu olduğunu söyleyince "Bunu başka hiç kimseyle yapmam ama konu Alissa'ysa tabii ki yaparım. Yeter ki siz mutlu olun. Onu bir başka kadına bırakamam." dedi. Ben de senin adına ona söz verdim. "Başka kadın olmaz. Bu iş için kimseye güvenemem!" dedim.

Alissa, Loreana'nın bunu kabul ettiğine inanamıyordu ama eğer böyle bir şey olacaksa bu elbette Loreana'yla olmalıydı. Benjamin, ona son cümlesini şöyle kurdu:

– Aşkım, bu evlenme işinden sen hiç bahsetme Loreana'ya. O bilmesin! Bu bizim gizli dünyamız, zamanı gelince olur haberi. Şimdi bana söz ver, Loreana bunları asla duymayacak!

Söz verdi Alissa. Neye söz verdiğini, bunu neden yaptığını bilmiyordu ama söz verdi. Benjamin; cebinden, adına "mastdeep" dediği o meşhur ipi çıkardı ve özellikle de üçüncü düğümden bahsedip bütün detaylarını anlatarak Alissa'nın parmağına doladı her zamanki gibi. Bu ipin aynısından Loreana'da da vardı. Bunun, o geceyle alakalı bir hatırlatma ipi olduğunu ve Loreana için de bunun hoş bir anı olacağını söyledi Benjamin Alissa'ya. Sırf bir kıskançlık durumu oluşmasın diye, ipi vermekten geri durmadı hatta o aynı ipe ayaküstü başka anlamlar yükledi ve bir de yeni sevgilisini bu anlamlara ikna etti geri vitesi olmayan onursuz piç.

Şimdi sıkı durun! Bunun aynısını Loreana'ya da yapmıştı. Eğer Liza delirirse Loreana'yla da evlenecekti. Bu evlenme işini Alissa asla bilmeyecekti. Kısacası her iki kadın da ötekini Benjamin'in bu büyük fantezisinde figüran, kendini de başrol sanıyordu. Onlarla evleneceği falan yoktu tabii amacı her iki kadının da o gece tüm benlikleriyle sevişmelerini sağlamaktı. Ha, ola ki Liza delirirse ya da mecbur kalırsa en fazla Isabella gibi nikâhsız evlenecekti onlarla. Ne de olsa nikâhlanacağını değil, evleneceğini söylemişti kızlara ve beş aylığına da bütün nikah salonları doluydu.

Benjamin artık her şeyi ayarlamıştı fakat öncesinde, içinde "Liiizaa..." seslenişinin geçtiği bir prova videosu çekmeleri gerekiyordu. Bu sefer bir otel odasında değil, Benjamin'in sırf bu işler için tuttuğu bir evde yapacaklardı bunu. Hayalet kadın Loreana ve acemi kız Alissa'yla sevişirken,

— Liiizaaa, güzel Liizaa... Bak, kocan bizi beceriyor...

diyeceklerdi. Sonra Benjamin, bu videoyu da karısına yine herhangi bir videoymuş gibi izletecekti.

Liza, yine halüsinasyon gördüğünü düşünecek ve gerçeğini yaptıklarında ise bunu yine kendinin kurduğuna inanacaktı. Az öncekiler düşünülürse böyle bir video için Alissa'yı ikna etmek hiç zor olmayacaktı.

Ertesi gün, Benjamin'in yeni evinde bir araya geldi iki kadın. İkisinin de bir sırrı vardı Benjamin'le ancak kendilerini zeki zannettikleri için onun diğeriyle sevişmesine müsaade ediyor görüneceklerdi. Ne de olsa kısa bir zaman sonra Benjamin, Alissa'nındı. Ne de olsa az sonra Benjamin, Loreana'nındı.

Benjamin, çeşitli bahanelerle dönüşümlü olarak birini mutfağa, banyoya yahut diğer odaya gönderiyor, ötekinin ruhunu okşuyordu:

– Aşkım sakın çaktırma, ben seninim! Gerekeni yap, gerisini bana bırak! Az kaldı, çok az...

Liza'ya aldığının aynısından bir yatak da bu eve almıştı. Amacı, burada çok daha büyük prodüksiyonlar yapmaktı. Kızlar bunu anlamasın ve bir de gereksiz kıskançlık çıkarmasınlar diye onlara bunun bir oyun olduğunu söyledi.

– Kızlar, bu bir oyun. Liza'nın yanında yaptığımızda yadırgamayın diye evdeki yatağın aynısından aldım.

diyerek dikkati başka bir yere çekmeye çalıştı. Aslında bu söylediğinin hiçbir mantığı yoktu ama öyle bir ses tonu ve öyle bir vurguyla söylüyordu ki neredeyse kızlar,

— Hımmm, oyunsa tamam o zaman.

diyorlardı. Büyük bir keyifle çektiler videoyu. Alissa, bu işlerde tecrübeli olan Loreana ile sevişmeye bayılmıştı. Benjamin'in kehanetindeki kadar zevk almıştı ki aldığı zevk videoya da yansımıştı. Benjamin, tam istediği gibi olan bu klibi de ekledi diğerlerinin yanına.

Birkaç gün sonra eve gitti sıra dışı hovarda ve yeni yatağına geçti karısıyla.

— Hadi biraz film izleyelim aşkım.

dedi Benjamin. Esasında Liza bunu hiç istemiyordu ama kocasına "hayır" da diyemezdi. Bir yandan da yine halüsinasyon görüp görmeyeceğini merak ettiği için film izleme teklifinin, iyi bir fikir olduğunu düşündü. Liza, bu düşüncelerdeyken açtı Benjamin videoları. O gece oldukça fazla film izlediler. Her şey yolundaydı ve Liza sanrı görmüyordu ilk defa. Kendi kendine sevinirken içinden,

— Şimdi aklıma getirdim ya, hemen çıkar karşıma.

derken oldu dediği. Üstelik bu sefer ki çok daha acı vericiydi; sadece Loreana değil, başka bir kadın daha vardı Benjamin'in koynunda. Daha beteri ise kendi yatağına benzer bir yataktaydılar. Liza inanamıyordu! Her şeyi en ince detayına kadar kurmayı nasıl başarıyordu. Öyle gerçekçiydi ki iki kızın parmağında da o özel yüzüğü görüyordu. Oysa ne güzel, az önceye kadar hiçbirini görmemiş ve hastalıktan kurtulduğunu düşünmüştü. Yine de geçen seferkilere göre daha az halüsinasyon gördüğü için mutlu oldu. Toparlanmak için mola istedi kocasından. Bir süre sırt üstü yatıp kendine geldikten sonra da sevişti Benjamin'le. Doğrusunu isterseniz çok zevk almadı çünkü gördüğü sanrıların etkisini üzerinden atamıyordu. Her şeye rağmen Benjamin'i mutlu etmek bile yetmişti ona. Birkaç gün sonra yaşayacağı büyük halüsinasyondan bîhaber daldı uykuya.

Benjamin yaklaşık 10 gün boyunca birer gün atlamalı olarak Liza'ya gelip gitti ve her geldiğinde de güzel karısıyla enfes derecede güzel sevişti. Artık hiç halüsinasyon görmüyordu kocasının şımarttığı sadık kadın.

Benjamin'in büyük prodüksiyonunun gerçekleşeceği gün gelip çatmıştı. O sabah artık tamamen iyileşmiş olan Liza'yla kahvaltı yaparken onu şu sözlerle şımarttı Benjamin:

—Aşkım, ben seni çok seviyorum. Tamamen düzeldiğinin de farkındayım. Sen bana söylemiyorsun ama ben biliyorum. Bazen benimle sevişirken bile başkalarını görüyordun fakat hepsi geçti. Harikasın! Âşığım sana…

Liza, kızardı. Benjamin'in bunu bildiğini bilmiyordu.

– Yok aşkım, tamamen geçti gerçekten de hiçbir şey görmüyorum artık.

dedi. Benjamin karısına bu konudaki bilgilerini aktardı bir miktar:

– Doktorun dediği gibi aklına bir kere dahi getirsen aynı şeyleri yine görürsün. Hiç aklına getirme sevgilim yoksa her şeyi bozarsın yine bir tanem. Bak, geçen bir makalede okudum; bir deney yapmışlar. Midesinde sorunu olan birini ameliyat edip tamamen iyileştirdikleri hâlde ona, "Her saat başı sadece birkaç saniye miden ağrıyacak!" deyip eve göndermişler. Ne olmuş dersin? Gerçekten de adamın midesi her saat başı birkaç saniyeliğine ağrımış ve geçmiş. Yani olay psikolojik sevgilim. Eskiden sen de öyleydin aşkım, kurulmuş saat gibiydin; her saat başı bunu düşünüyordun, hele ki benim eve geleceğim vakitlerde iyice çok düşünüyordun bunu. E, doğal olarak da kafan karışıyor, saçma sapan şeyler görüyordun ama Tanrı'ya şükür geçti artık; hepsi geçti.

Yaptıkları keyifli kahvaltının ardından karısını şehvetle dudaklarından öpüp,

– Aşkım, işim olmasa gitmezdim. Şu an sevişmek istiyorum seninle ama çıkmam gerek! Akşam çok geç kalmam, merak etme! Bekle beni meleğim. Hem akşam fena yağmur var, tam benim havalarım...

dedi ve saat 08.30'da evden ayrılıp işinc gitti fakat garip bir şey oldu o sabah. Liza kahvaltı masasını topladı. Kızını emzirdikten sonra eline bir kitap alıp koltuğa uzandı. Birkaç sayfa okumuştu ki evdeki gonklu saat öttü. Bu eski bir saatti hani şu kurmalı olanlardan. Her 60 dakikada bir vuruyordu gongu hiç sektirmeden. Aslında bunu hep yapıyordu ama o gün, Benjamin'in anlattıklarından ötürü olsa gerek; saatin ötmesi, Loreana'yı hatırlatıyordu Liza'ya ama onun bunu yapmaması gerekiyordu. Elini yüzünü yıkadı ve tekrar kitabına döndü...

Benjamin de dışarıdaki işlerini hallettikten sonra sinemaya gidip kafa dağıtacaktı ama önceden kızları arayıp organizasyonu yaptı. Akşam 09.00 gibi alacaktı onları. Bu konuda en hassas davrandığı husus, onların kendi başlarına bir araya gelmemeleriydi ki bunu da bir şekilde başarıyordu. Aslında Benjamin ilk defa, arkadaş olan iki kızla birlikte oluyordu ve bu durumdan hiç de memnun değildi. Korkuları vardı ama Alissa'nın sır tutacağına olan inancı, Loreana'nın da kendinde saklı olan referansı sebebiyle bu sefer bu riski almıştı. Tek derdi onların yalnız başına bir araya gelmemesiydi çünkü ikisi de Benjamin'e âşıktı ve bunlar kadındı.

Benjamin, işlerini bitirdi ve dışarı çıktı. Saat öğlen 12.00'yi vuruyordu. Onun cephesinden her şey normaldi ama Liza çıldıracak duruma gelmişti. Kafasını iki yastığın arasına almış,

– Hayırrr…

diye bağırıyordu genç kadın çünkü Benjamin adlı bir şerefsiz evden çıkarken saatli bir bomba bırakmıştı evin orta yerine. Her saat başı, kulakları sağır edercesine patlayan bir bombaydı bu ve Liza'nın gözlerinin önüne bir Loreana getiriyordu. Artık dayanamıyordu Bayan Knotterson. Hızlıca hazırlandı ve Mona'yı da yanına alarak annesinin evine gitti. Orada gonklu saat yoktu. Annesi, öğlen vakti pek onlara gelmeyen kızını karşısında görünce biraz tedirgin olsa da pek bir sıkıntı olmadığını fark edince mutlu oldu ve torununu sevdi. Saat bire yaklaşıyordu. Evet, ortada bir gonk yoktu ama Liza'nın gözü bir sebepten ötürü saate kayıyordu sürekli. Annesine,

– Anne sen Mona'ya bak, ben biraz hava alıp geleyim…

dedi ve dışarı çıktı. Yağmur atıştırıyordu. Liza hızlı adımlarla yürüyordu. Yağmur yağdığı için değil, aklı dağılsın diye hızlıydı adımları fakat lanet olsun ki aklı sürekli saatteydi hem de öyle böyle değil sürekli. Üstelik sadece saat başı da düşünmüyordu bunu.

– Yarım saat kaldı… Yirmi dakika kaldı… Beş dakika kaldı… Elli dakika kaldı…

diyor ve neredeyse her dakika düşünüyordu. O fahişeyi hatırlamamaya çalıştıkça onun aklına iyice saplanıyor olması trajikti. "Benjamin, şu saat başı meselesini keşke hiç anlatmasaydı!" diye düşündü sonra da bunu, onun iyiliği için yaptığını hatırlayıp kendine kızdı Liza. Oysa tabii ki bunlar o onursuz pezevengin, akşamki kalabalık prodüksiyonunun bir parçasıydı. Bu arada, hani Benjamin'in her kurgusunun bir adı vardı ya, akşamkinin adı "delice"ydi.

Liza, bir hayli ıslanmış olsa da toparlamıştı kendini biraz. Akşam yediye doğru annesine uğradı ve Benjamin'le bir işinin olduğunu söyleyerek Mona'yı onlarda bırakıp kocasına yemek hazırlamak üzere evine gitti. Büyük bir vicdan azabı içerisindeydi. Loreana'yı düşündüğü için kendini Benjamin'e ihanet etmiş hissediyordu. Oysa kocası onu iyileştirmek için elinden geleni yapıyordu ama o ısrarla halüsinasyon görmeye devam ediyordu. Saat de yine ötmeye hazırlanıyordu. Hiç şüphesiz, sizin düşündüğünüzü o da düşündü. Elbette saati durdurabilirdi ama Benjamin'in işkillenmesinden korktuğu için hiç dokunmadı saate.

Liza, yemek için mutfağa girerken Benjamin de birbirlerinden çok uzakta oturan iki kızı almak üzere yola çıktı. Önce Loreana'yı sonra da Alissa'yı alıp yemeğe götürdü. Gece uzun olacaktı ve bu kızlar evde yemek yiyemeyecekti. Kendi de bir şey yemedi, açlığını eve erteledi. Derken saat dokuza doğru evin kapısına geldiler. Kızlar hızla inip apartmana girdi, Benjamin yine yağmurun altında bir müddet ıslandı. Geçen sefer Loreana'nın giydiği gibiydi kıyafetleri. Mini etek, askılı badi ve keten ayakkabı. Altlarında sadece külot kalacak şekilde soyundular ve kıyafetlerini Benjamin'in fotoğraf makinesinin çantasına koydular.

Her şey hazırdı şimdi. Arkasında iki çıplak kız olan Benjamin, saatine baktı ve evden gelen ve 21.00'ı vuran gonk sesinden 20 saniye sonra zile bastı. Liza, neden Loreana'yı düşünmesine engel olamadığının karmaşasıyla birlikte açtı kapıyı. Akşama kadar her saat başı onu düşünürse olacağı buydu. Kusursuz hayal gücü, geçen gece videosunu izlediği öteki kızı da Loreana ile birlikte getirmişti eve bu sefer. Hayal gücünün böylesine muazzam oluşu ürkütücüydü çünkü kızlar tıpkı filmde gördüğü gibi çıplaktı. Liza, delirdiğini düşünse de yapabileceği bir şey yoktu ve artık bununla yaşamaya alışması gerekiyordu. Genç kadın, yağmurdan sırılsıklam olan Benjamin'le birlikte içeri girip koltuğa geçerek öpüşmeye başlayan iki kadını görmezden geldi ve usulca yemek hazırladı kocasına. Rahattı. Ne de olsa kocası onları görmüyordu.

—Liiiza gel, hadi gel Liizaa...

diye fısıldaşıyorlardı. Liza onlara arkasını dönerek oturdu. Şu çaresizliğe bir bakar mısınız? Evde iki kadın var ve siz onları görmezden geliyorsunuz. Gördüğünüzü söylerseniz kocanızı kaybedeceksiniz, söylemezseniz aklınızı... Siz bunlarla mücadele ederken iki hayaletin öpüşerek yatak odasına gittiğini göreceksiniz. Gerçekten zor bir durumdu bu.

Benjamin, yemeğini yiyordu ve onun sorması gerekeni Liza sordu:

– Aşkım her şey yolunda değil mi?

Benjamin:

– Evet, sevgilim her şey çok iyi... O kötü günler geride kaldı. Hem bak sen de artık öyle saçma sapan şeyler görmüyorsun. Tamamen iyileştin.

Liza'nın söylemek isteyip de söyleyemediği bir şey var gibiydi. Benjamin biraz da ürkerek sordu:

– Aşkım. Bir şey mi söylemek istiyorsun sen?

Liza:

– Şeyyy... Aşkım, şeyyy... Her şey şahane gidiyor da ben artık bu evden taşınalım istiyorum. Bir de aşkım, ben sadece sana ait olmak istiyorum. Bir daha film falan izlemeyelim, olur mu?

Bir an için prodüksiyonunun rezil olacağını düşünen Benjamin rahatladı:

– Tabii, olur aşkım hatta bunu hemen yapalım. Taşınalım bu evden bence de... Yarın bu işi gündemimize alalım.

Bu cevapla kendine gelen Liza bir bahaneyle yatak odasına gitti. O iki kadın onun yatağındaydı ve fazla estetik sevişiyorlardı.

—Yeter artık. Defolun buradan!..

diye bağırmak istedi Liza ama tabii ki bunu yapmadı. Kocası onun düzeldiğine iyice inanmışken bunu yapamazdı. Ayrıca itiraf edemese de içten içe onları izlemek istiyordu. Hem yarın öbür gün taşınacaklardı ve bir daha da öyle filmler izlemeyeceklerdi. Dolayısıyla bu sondu. Buna rağmen elindeki su bardağını onlara doğru fırlatarak sessiz ama sinirli bir şekilde söyledi bunu. Aslında kızdığı onlar değildi, kendi hayal gücüne fırlatmıştı o bardağı. Benjamin, kırılmayan bardağın sesini duyup,

—Aşkım, iyi misin?

diye seslenerek içeri gitti. Liza, iyi olduğunu söylerken kocası onun dudaklarına yapıştı ve karanlık olan odanın kırmızı gece lambasını açtı.

—Off aşkım, seni çok özledim.

diyerek artık iki metre genişliğinde olan yeni yataklarına yatırdı karısını. Yatağın köşesinde sevişen kızlar, onlardan habersizmiş gibi öpüşmeye devam ediyorlardı. Benjamin, yavaş hareketlerle karısının boynunu koklayarak başladığı öpmelerini aşağılara doğru kaydırarak sürdürüyordu. Hiç acelesi yoktu. Öpüşleriyle başını döndürdüğü karısının dişiliğine parmaklarıyla hafifçe dokunup belinden aşağıya doğru inen o ince sızıyı başlattı. Liza kendini kaybetmek üzereyken diliyle onun ıslaklığına kenetlenen Benjamin bütün kontrolü eline almayı başardı.

Loreana ile Alissa da yavaşça ama gülümseyerek âdeta birer yılan gibi süzülüp genç kadına yaklaştı ve onun memelerini öpmeye başladı. Bu başta ürkütücü gelse de kocasının tamamen ona odaklanmış olması ve bu olup bitenden haberinin olmaması tuhaf bir şekilde zevk veriyordu gerçeklerden bîhaber kadına...

Hanımlar beyler, size bu hikâyeyi tüm detaylarıyla anlatmaya kalksam bu kitap bitmez ve ben de bunu anlatırken gözümün önünde açılan resimlere dayanamam. O nedenle o piçin yaptıklarını ana hatlarıyla anlatacağım çünkü kadınlık gururum bana izin vermiyor lanet.

Özetle yatakta dört kişiydiler. Biri sağında, biri solunda olmak üzere Alissa ve Loreana; Liza'nın memelerini, Benjamin'in onlarınkileri öptüğü gibi öpüyorlardı. Kadının aldığı tarifsiz zevk sürerken,

—Acaba ben sapık mıyım? Bunları neden kuruyorum ki kafamda?.. Benjamin bilse bu sefer kesin ayrılır benden!

diye utanarak düşündü ama her iki kadının da öpüşleri o kadar zevk veriyordu ki kafalarını kendi memelerine büyük bir haz ve kibarlıkla bastırdı Liza. Kocasının âdeta bir boğaya dönüştüğü o anı bozmaya hiç niyeti yoktu. Ne de olsa birazdan kaybolacaktı bütün bu görüntüler.

Her şeyin bu kadar gerçek olması şaşırtıcıydı. O ipten yüzüklere kadar görüyordu yine tüm detayları ama hiç umursamıyordu bunları...

Üç kadının dudakları birbirine karışmıştı. Özellikle Alissa, evleneceği adamın kendisini izlediğini bildiği için çok daha güzel öpüşüyordu ve gözü sürekli Benjamin'deydi. O ise haddini aşan sertliğini Liza'nın ıslak dişiliğine kenetlemişti ve bu inanılmaz anın tadını çıkarıyordu.

Sert ve güçlü erkeği Liza'nın içindeydi şimdi. Genç kadın zevkten kendini kaybetmiş, bütün dişiliğiyle yataktaydı. Bu esnada Benjamin, doymak bilmeyen Liza'nın içinden çıkmış ve Loreana'nın derinliklerine ulaşmıştı. Öylesine dalmıştı ki Liza, bunu fark edemedi bile. Dakikalarca gidip geldi Loreana'nın kusursuzluğunda. Elinin biri, içinde olduğu Loreana'nın bedeninde dolaşırken diğer eli ise az sonra yeniden keşfedeceği Alissa'nın kadınlığındaydı. Kocasının sertliği; Loreana'dan çıkıp Alissa'ya, Alissa'dan çıkıp Loreana'ya ulaşıyordu ama Liza buna hiç aldırış etmiyor, aldığı zevki sonuna kadar yaşıyordu.

Benjamin, o gece yaklaşık iki saat boyunca üç kadının tek erkeği oldu. Daha, çok daha uzatabilirdi ancak bunu yapmadı. Liza'nın uyanması ya da bir şekilde aklının başına gelmesi ihtimali onu durdurdu. Son olarak karısının üzerine tekrar çıktığında diğerleri kenara çekilip videodaki gibi,

– Liiizaa... Liizaaa... Harikasın Liza...

diye fısıldadılar kırmızı ışık tenlerinde gezinirken. Liza, dişiliğinin hakkını verişinin izlenmesinin hazzını yaşıyordu çığlıklar atarak. Kocası artık sona gelmişti ve karısı zevkin doruklarındaydı. Sarsılarak boşalıp yatağa yığıldılar... Böylesine büyük bir heyecanı ne tarih yazmıştı ne de Bayan Daisy'yle yaşadıklarını saymazsak Benjamin yaşamıştı.

Liza, birkaç dakika sonra kendine gelebildiğinde onun hayallerine asılan kadınlar da artık yoktu ortada. Bu konuda deneyimli olan Loreana, Alissa'yı da yanına alıp kaybolmuştu çoktan...

– Muhteşemdi erkeğim.

dedi Liza. Benjamin de teşekkür etti karısına. Sonra karı koca bir olup koyunlarına uykuyu alarak onunla seviştiler sabaha kadar.

Ertesi gün büyükannede olan kızlarını görmek ve kahvaltı yapmak için Liza'nın çocukluğunun geçtiği konağa gittiler. Kahvaltıdan sonra "dürüst damat" işine gitti, Liza da kızını alıp eve döndü.

İlginç olan, bu kadar kalabalık bir organizasyon yapmalarına rağmen hiçbir şekilde ortada bir iz bırakmamış olmalarıydı. Liza, halüsinasyon görse de istem dışı bir şekilde kendini tutamıyor ve bir ize rastlamak istiyordu. Eğer bu bir sanrı değilse en azından bir küpe, bir ruj lekesi, bir saç teli veya benzer bir şeyler kalmış olmalıydı görünürlerde. Bu hesapla evin her yerini aradığı hâlde asla bir saç teli dahi bulamadı. Bunun iki sebebi vardı; birincisi, kızlar at kılından yapılmış peruk takıyorlardı, ikincisi de eve çırılçıplak ve makyajsız giriyorlardı.

Liza, herhangi bir işaret bulamadığı için halüsinasyon gördüğüne iyice inanıyordu. Belki gündüzleri de benzer sesler duymamış olsa kandırıldığını anlayabilirdi ama kulağında hep aynı kelimeler yankılanıyor, gözünün önüne hep aynı görüntüler geliyordu. Tek fark, Benjamin'le olduğu gecelerde, bu çok daha net oluyordu, o kadar. Garip olan, Liza'nın bu sanrılardan keyif almaya başlamasıydı. Yani sadece hasta olmakla kalmamış, Benjamin'e bulaşan her kadın gibi onun da ayarları bozulmuştu. Fakat o gün bir sorun vardı. Liza, kızını emzirirken benzer zevkler aldığını fark etti lanet. Bu olacak iş değildi ve bardağı taşıran son damlaydı bu artık. Çıldırmak üzereydi sanrılarının esiri ve kendinden nefret ediyordu şimdi.

on ikinci nefes

on ikinci nefes

Benjamin, o günden sonra, Alissa'yı ve Loreana'yı bir müddet aramadı. Onlar mesaj attıklarında ise zahmet edip iki kere yazmıyor aynı cevabı kopyalayıp ikisine birden gönderiyordu.

Aradan epey zaman geçti ve Alissa, bir gün Loreana'nın evine gitti ve gece onda kaldı. Benjamin duysa bundan hiç hoşlanmazdı ama kızlar korkulanı yapmadı. Benjamin'in tembihlediği gibi davrandı ve birbirlerine şu evlenme meselesinden hiç bahsetmediler.

Gece film falan izledikleri için geç uyuduklarından dolayı öğlene doğru uyandılar. Loreana, yiyecek şeyler almak üzere telefonunu evde bırakıp markete gittiğinde Alissa'nın telefonuyla birlikte eş zamanlı olarak Loreana'nın telefonuna da bir mesaj geldi. Bu bir tesadüftü. Alissa'ya beş mesaj daha geldi ve bakın şu işe ki Alissa'nın telefonu her öttüğünde Loreana'nınki de ötüyordu. Bu artık tesadüften çıkmıştı. Alissa, Benjamin'den gelen mesajları okurken bir kez daha öttü telefonu hem de yine Loreana'nınkiyle birlikte.

– Aşkım sen benim evleneceğim kadınsın.

– Sakın onunla karşılaşırsan hiçbir şey söyleme, raporu almama az kaldı; yakında evleneceğiz.

– Liza'dan kurtulduğumda dünyayı gezeceğiz.

– Unutma, ona bundan bahsetmeyeceksin!

– O sadece bir figürandı.

– Bu aralar biraz yoğunluğum var, geçince ben seni arayacağım.

– Sen sırrımızı paylaşma ve beni bekle yeter.

Alissa, bunları okuduktan sonra kadınsı bir içgüdüyle Loreana'nın telefonunu aldı eline. İnanılır gibi değildi bu ama noktası virgülüne aynı mesajları hem Loreana'ya hem de ona atmıştı Benjamin piçi. Onların, o an için aynı evde olabileceği aklına gelmemişti elbette. Alissa kandırıldığını anladı, Loreana eve gelince durumu ona da anlattı. Evet, Loreana da kandırılmıştı ve bu sefer Benjamin baltayı taşa fena çarpmıştı.

Bu olaydan sonra kandırıldıklarını ve acımasızca kullanıldıklarını anlayan bu iki dost, yaşadıklarını hazmedemiyordu. Böyle bir oyunun parçası olduklarına da asla inanamıyorlardı. Onlar yakın arkadaştı ve bir adamın cinsel zevklerine fark etmeden alet olmuşlardı. Şimdi baş başa vererek bir karar aldılar, basit bir karar. Durumu, neredeyse delirmek üzere olan Liza'ya anlatıp en azından onu kurtaracak ve böylece de hiç olmazsa kendi vicdanlarını rahatlatacaklardı.

Bu arada, Benjamin epeydir aksattığı işlerini toparlamaya çalışıyordu ve cidden yoğundu. Liza'ya da bir müddet eve gelemeyeceğini söyledi, tabii Isabella'ya da...

Liza, kocasının gelmeyeceğini öğrenince kızını annesine bırakıp kendini dışarı attı. Biraz alışveriş yaptıktan sonra bir kafede kahve içip gazete okuyarak dikkatini dağıtmaya çalışacaktı. Bu hastalıktan kurtulmak için yollar düşünüyordu. Kızını emzirirken bundan haz alıyor olması onun annelik duygularını yok ediyordu ve sütten temiz kadın bunu asla hazmedemiyordu. Bu, bir hata da olsa başka bir doktora gitmek zorunda olduğunun farkındaydı. Forester'ın ilaçlarının bir işe yaramadığı belliydi. Hem binlerce doktor varken birine saplanıp kalmak neden? Belki de çok daha pratik çözümler vardır! Kararlıydı ve bu sorunu kökünden çözecekti çünkü böyle devam ederse intihar bile edebilirdi.

Liza; yeni bir uzman için gazetelere, tüketici köşelerine ve forum sitelerine bakarken kafeye şimdi girip yan masaya oturan fazla güzel bir kadının, yüzük parmağındaki fitil ip, onun dikkatini çekti. Bu ip, o gece Alissa'nın ve Loreana'nın parmağındaki ipin aynısıydı hatta bu ip yıllardır kocasında da vardı hatta ve hatta bu ipi evlendiklerinde bizzat kendi elleriyle Liza'ya nişan yüzüğü olarak takmıştı Benjamin. Tamam da şimdi yine mi halüsinasyon görüyordu hem de gündüz vakti! Kafasını başka yöne çevirdi ve kahvesini yudumlamaya devam etti Liza fakat birkaç dakika sonra yeniden o tarafa baktı. Gözü, bir yerden ısırdığı hâlde, bir türlü çıkaramadığı ya da hatırladığı hâlde konduramadığı kadının yanında arkadaşı vardı ve derin bir sohbete dalmışlardı. Liza, kafasını sağa çevirdi, sola çevirdi, gözlerini yumdu, kendini çimdikledi, kahve içti, çay içti; tam bir saat boyunca elinde olmadan bu güzel kadının parmağına baktı. O ip hâlâ oradaydı ve bu sanrı ısrarla bitmiyordu. Derken hesabı ödeyip çıkmaya hazırlanırlarken Liza, parmağında ip olan kadına yaklaştı ve,

— Çok af edersiniz! İsmim Liza, sizinle özel bir şey konuşabilir miyim?

dedi. Kadın kabul etti ve arkadaşını gönderdi. Liza, parmağındaki ipin anlamını sordu kıskanılası güzel kadına.

– Ha, o mu? O benim çatlak kocamın buluşu.

dedi gülümseyerek. Liza, tedirgin bir şekilde kadının kulağına yaklaştı ve,

– Özür diliyorum siz gerçek misiniz?.. Şu an burada mısınız?.. Adınız ne?..

diye sordu. Kadın, onun bunu güzelliğine istinaden sorduğunu düşünüp yine gülümsedi ve bu iltifata karşı kibarca teşekkür etti:

– Çok teşekkür ederim. İsmim Isabella.

– Çok özür diliyorum. Ben biraz rahatsızım da... Halüsinasyonlar görüyorum. İnanın artık neyin gerçek neyin hayal olduğunu anlayamıyorum. Telefonumu çaldırırsanız kendimi iyi hissettiğimde sizi arayıp konuştuğumuza dair teyit almak isterim. Mümkün mü acaba?

dedi ve ağlamaya başladı Liza. Isabella o an anladı az önceki sorunun bir iltifat cümlesi olmadığını. Duygulandı. Şefkatle elini tuttu durumuna çok üzüldüğü Liza'nın ve bir bardak su istedi garsondan. Onu kırmamak için telefonunu çıkardı, numarasını yazıp bir kere çaldırdı. Kim bilir, belki de böyle yaparak bir kadının hayatını kurtaracaktı. Suyu içtikten sonra az da olsa rahatlayan Liza'yı, biraz olsun gülümsetmek için ilk sorusuna cevap verdi:

– Şey... Bu bir nevi yüzük... Kocam biraz aykırı. Alyans yerine bunu taktı bana nişanda.

— Dokunabilir miyim?

dedi Liza ve Isabella'nın parmağındaki ipe dokundu:

— Kocanız ne iş yapıyor, mahsuru yoksa?..

Isabella:

— Reklamcı.

Liza:

— Aaa sahi mi? Benim eşim de reklamcı... Ben bu yüzüğün benzerlerini iki kadında daha gördüm hatta kocamda da var bir tane aynısından. Belki inanmayacaksınız ama bende de var. Ah, lanet olsun, yine hayal görüyorum galiba...

Isabella, tuhaf bir şaşkınlık içindeydi. Neler oluyordu? Bu kadın kimdi? Ne yapmaya çalışıyordu? Bu yüzük hiç kimse de olamazdı! Az önce acıdığı kadına sinirlendi bu sefer:

— Siz bu yüzüğü başka bir yerde görmüş olamazsınız hanımefendi. Gerçekten hastasınız! Bir doktora gitseniz iyi edersiniz.

dedi ve utancından kıpkırmızı olan Liza'yı masada yalnız bırakıp kafeyi terk etti.

Yol boyunca,

— Ne insanlar var, inanamıyorum buna! Bu yüzüğü başkasında görmüşmüş! Lafa bak, gerçekten hasta ya!

diye söylenerek uzaklaştı oradan.

Benjamin, çekimler için şehir dışındaydı ve 10 gün gelmeyecekti ama Liza kararını vermişti. Kocası gelir gelmez, anlatacaktı derdini ve gerekirse yatacaktı hastaneye. Bunu yapacaktı çünkü bu gidişle akıl hastası olacağını hissediyordu. Ona bir şey olursa yavrusu ne yapardı, ona kim bakardı? Sizin anlayacağınız, Liza'nın psikolojisi artık iyiden iyiye bozulmuştu. Kızını annesinden almaya gidecek gücü bulamadı kendisinde. Telefon edip yalnız kalmak istediğini söyleyerek eve gitti bahtsız. Önce o saçma sapan saatin sesini kesti. Sonra kendine bir fincan çay yapıp televizyonun karşısına geçti. Bir müddet sonra dizüstü bilgisayarı kucağına alıp porno içerikli sayfalarda sörf yapmaya başladı. Amacı, o filmlerden birini bulup her seferinde Benjamin'in yanında olduğu için hiç yapamadığı bir şeyi yapmaktı. Filmi ileri geri sararak gördüğü halüsinasyonu test edecekti. Az önce hiç tanımadığı bir kadına rezil olmuştu ve artık bu durumdan kurtulmak için elinden gelen gelmeyen ne varsa hepsini yapacaktı.

Birkaç saat içinde onlarca filme baktı hızlı hızlı ama bütün aramalarına rağmen bir şey bulamadı. Doktor Forester'ın dediği gibiydi. "Hırs yapsan göremezsin ama sen kaçtıkça onlar senin üstüne üstüne gelir." Bu sefer kaçmadığı hatta aradığı için göremiyordu işte. Daha kötüsü, izlediği her filmde şehvet duyuyor olmasıydı. Bir yandan izliyor, bir yandan da kendi ıslaklığına dokunuyordu ve buna engel olamıyordu. Defalarca boşaldı. Yoksa bir nemfomanyak mı olmuştu? Liza, kendiyle hesaplaşmaktan yorulmuştu artık. Hem kendini okşuyor hem de ağlıyordu.

Saat gece 11.00'i gösterirken zil çaldı. Kadın neye uğradığını şaşırdı. Gelen kim olabilirdi ki bu saatte? Kocası şehir dışındaydı. Annesiyle babası olmalıydı. Mona huysuzluk yaptıysa... Hemen toparlandı. Bilgisayarı topladı,

– Geliyorum!

diye bağırırken çamaşırlarını giyip pijamasını geçirdi üstüne ve kapıya yöneldi. Kapı deliğinden baktığında annesiyle babasını göremedi. Yabancı iki kadındı zile basan ama yüzlerini seçemedi. Kim olabilirdi ki bunlar bu saatte. Açtı kapıyı. Eli ayağı boşaldı birden çünkü Alissa ve Loreana'ydı karşısında gördüğü. Lanet sanrı geri gelmişti. Kapıyı kapatmaya çalıştı ama olmadı, kızlar daha atik çıktı. Liza hızlıca mutfağa gitti ve ekmek bıçağını alıp üzerlerine yürüdü:

– Defolun evimden aşağılık sürtükler.

Loreana,

– Liza...

deyince aklına o filmler ve o kadının çıplak halleri geldi yine.

– Bana "Liza" deme orospu. Siktir git evimden!..

dedi ve üstüne yürüdü Loreana'nın. İki kadın zor baş ediyorlardı ama ettiler. Elinden bıçağı aldılar. Nefeslerini hissediyordu Liza. Yalvarmaya başladı ağlayarak:

– Yalvarırım gidin n'olur. Bırakın artık beni lütfen...

Loreana, sarıldı sanrı kadına:

– Şşşşş... Sakin ol Liza, geçti. Korkma artık, geçti; her şey geçti... Yalnız değilsin meleğim!

Liza, koltuğun üstüne çöktü ve ellerini çenesinin altında birleştirip kollarını göğsüne çekerek hüngür hüngür ağlamaya başladı. Alissa yanına oturdu ve ellerini tutup,

– Lütfen sakin ol Liza... Geçti artık, sana yardım etmeye geldik.

dedi. Liza, bir yandan bileğindeki kokuyu içine çekmeye çalışıyor, diğer yandan da ağlarken döktüğü gözyaşını ağzına alıp tat alma duyusunu hareketlendiriyordu. Öte yandan da ne zaman onu soyundurup seks yapacaklarını düşünüyordu ama onların öyle bir çabası yoktu.

Liza'nın gördüğü halüsinasyonlar, hep bu kadınların çıplak halleriyle ilgiliydi. Geri çekildi ve ikisinin yüzüne birden baktı. Tekrar öfkelendi Liza:

– Siz gerçek değilsiniz. Beni kandırıyorsunuz, defolun evimden.

Kadınlar, her zamankinin aksine gülmüyorlardı bu sefer, üzgündüler. "Liza... Liza..." diyerek alay da etmiyorlardı. Ayrıca bir o tarafa, bir bu tarafa gidip gelmiyorlardı da!

Bir an için doğru söyleme ihtimallerini düşündü Liza. Aynı anda gece aldığı o üst boyut zevk de geldi aklına. Eğer doğru söylüyorlarsa o zevki bir daha yaşayamayacaktı, bunun bitmesini istemediğini fark etti ama bu düşünce uzun sürmedi; hemen kendine geldi. O artık normal bir insan olmak istiyordu. Loreana:

– Liza, biliyorum. Bize güvenmiyorsun ama inan biz hayal değiliz. Biz gerçeğiz Liza. Benjamin seni kandırdı.

Kadın, arasını yeni düzelttiği kocası için böyle şeyler söylemelerine tahammül edemiyordu. Bunu Benjamin duysa işler çok daha kötü olabilirdi. Bir müddet inanmayla inanmama arasında kaldı. Ya yine kandırılıyorsa?

Loreana, yerinden kalktı ve artık son derece sinirli bir şekilde bağırmaya başladı:

– Yeter artık! Aptallık etme! Benjamin seni kandırdı. Halüsinasyon falan görmüyorsun. Anla bunu!..

Liza şaşkındı. Ağlamayı kesti. Loreana,

—Hiç kıpırdama, beni izle şimdi!

dedi ve sehpanın üzerindeki vazoyu alıp yere fırlattı. Sonra kırıkları eline almak için eğildiğinde Liza yerinden kalktı ve vazonun parçalarını toplarken kan beynine sıçradı:

—Seni aşağılık, o babamın hediyesiydi. Nasıl kırarsın sen onu?

Loreana hiç aldırış etmedi,

—Hadi şimdi biz sahteyiz, bu da mı sahte? Yalancıktan mı kırıldı şimdi bu?

dedi ve sonra sesini iyice yükseltti:

—Babanın vazosunun canı cehenneme! Hâlâ "vazo" diyor ya! Bunlar gerçek Liza, anlıyor musun? Tamamen gerçek!

Liza, gözyaşları içinde vazo kırıklarını toplarken elini kesti. Gördüğü kan gerçekti. Gözlerini kapatıp açarak bir müddet daha baktı vazoya. Evet, kırılmıştı. Hayal sandığı bu iki kadın, yatak odasına girdiğinde, bardağı onlara fırlattığında duvara çarpan bardak kırılmadığında bunu bile halüsinasyona bağlamıştı. "Gerçek olsa kırılırdı." diye içinden geçiren kadının her iki düşüncesi de saçmaydı. Şimdi Alissa ile Loreana'nın doğru söyleme ihtimalini düşünüyordu. Alissa,

— Liza, Benjamin seni kandırdı. Hepimizi kandırdı. Artık bırak bu saçmalıkları da bizi dinle. Yalnız değilsin bundan böyle. Sana her şeyi anlatacağız.

dedi. Eğer bu iki kadının söyledikleri doğruysa ortada çok daha vahim bir durum vardı. Bunu kabul edemezdi. Onlara inanmama konusundaki inadını sürdürdü. Evden kovdu, gitmediler; polisi aramakla tehdit etti, aldırış etmediler. Bunun üzerine, telefonunu aldı ve 911'i aradı. Telefon çalarken Loreana, kurnaz bir hamle yaparak,

— Madem biz birer görüntüyüz polis bize ne yapabilir ki? Eğer onları çağırırsan Benjamin hasta olduğuna inanır ve seni terke eder. Onu sonsuza kadar kaybedersin!

deyince usulca kapattı telefonu ve ağlamaya başladı Liza:

— Lütfen gidin artık. Ne istiyorsunuz benden? Ben size ne yaptım? Gidin, lütfen gidin!..

Alissa:

— Sadece dinlemeni istiyoruz Liza. Sadece dinle...

Liza, huysuzluk ediyordu. Söylenilen her şeyi duyuyordu ama dinlemiyordu. Gözü, kırık vazoya gitti tekrar. Bir daha düşündü ve bir daha ve bir daha... Onların söylediklerine inanmak istemiyordu ama kadınların ısrarına dayanamayıp bir süre sonra pes etti. Loreana ve Alissa'nın sabrı görülmeye değerdi.

Tekrar tekrar anlattılar. Liza artık inanmak üzereydi fakat bunu içine sindiremiyordu. Öyle ya! Eğer o güne kadar gördükleri birer sanrı değilse bu sefer karşısındaki kadınlar, kocasının metresleri oluyordu ve bu kadın nice zamandır Benjamin'in sürtükleriyle sevişiyordu. Hatta az önce onlar gelmezden evvel yine onları düşünerek kendi vücuduna dokunmuştu. Bu durumda kendini asla affedemezdi. Bunları düşündüğünü tahmin eden Loreana,

— Liza, lütfen şimdilik kadınlık gururunu bir yana bırak! Bize de sonra küser, düşmanlığını sonra yaparsın. Hemen kendine gel ve kurtul bu saçma sapan girdaptan sonra da ne istiyorsan onu yap! Bak, bizi de kandırdı. Asıl düşmanın biz değiliz, o!

Liza, iki kadının da serçe parmağındaki iplere baktı; o videoların nasıl çekildiğini hâlâ anlamamıştı ama anlayacaktı. Şayet Loreana doğru söylüyorsa son cümlesindeki haklılığı fazla yüksekti ve sırf bu cümle için cinayet bile işlenebilirdi! Benjamin'i onun kadar seven hiç kimse olamazdı ama o; Liza'yı doktorlara, hastanelere düşürmüştü, öyle mi?

Bu ne aldatılmaya benziyordu ne kandırılmaya. İnsanlar, bu onursuzluğa inanmayacaktı; yargıçlar, bu davada âciz düşecekti ve de Tanrı, böyle bir günaha yeni bir cehennem yaratmak zorunda kalacaktı.

Hasta olmayı, hasta kalmayı; bu duyduklarının yalan olmasına tercih edebilecek kadar sarsılmıştı genç kadın. Aklı almıyordu ama artık inanmak zorundaydı. Benjamin, onu öldürmeye kalksaydı bu kadar üzemezdi; yıkılmıştı Liza...

Çok uzun zamandır zaten bir zombi gibi yaşayan kadın, tam bir harabeye dönmüştü şimdi. Bunu hak etmediğini düşünüyordu. Bunu hiç kimsenin hak ettiği düşünülemezdi. Gözünden düşen son damla yaşı da sildikten sonra durdu Liza'nın ağlaması. Acıyla etrafına bakındı. Günlerce kocasını beklediği o koltuktaki âcizliğini; telefonundaki fotoğrafları yakaladığı gün, ondan özür dilemesini; doktorun yanındaki mahcupluğunu; annesinin ve babasının yanında düştüğü durumu; kızına sarılıp ağlamalarını; odanın her yerine düşmüş gözyaşlarını; bu iki kadını halüsinasyon sanmalarını; gözlerini kapatıp onlardan kurtulmaya çalışmalarını; kocası mutlu olsun diye yalan söylemelerini; annesinin ve babasının o aşağılık adama verdiği değeri ve daha birçok şeyi hatta Benjamin için sporu bırakmasından; o gün, o kafede gördüğü kadın tarafından aşağılanmasına kadar her şeyi, birkaç dakika içinde yeniden yaşadı genç anne. O an, orada bulunan ve ona bütün gerçekleri anlatan iki kadının yüzüne, ifadesiz ya da Drygalski Buzulu kadar soğuk bakarak yerinden kalktı Liza. Onlara, hiçbir şey söylemeden önlerinden Galveston Kasırgası gibi eserek dış kapıya yöneldi. Kızların, onun ne yapacağı ya da ne düşündüğü hakkında hiçbir fikri yoktu. Kapıyı kırar gibi çarptı ve çekip gitti Liza.

Alissa ve Loreana evde tek başına kalmış, ne yapacağını şaşırmıştı. Liza'nın her şeyi öğrenmesinin ardından verdiği bu tepki, son derece anlaşılır türdendi. Geri dönüp dönmeyeceğini kestiremiyorlardı ama onun yatışmasını beklemekten başka da çareleri yoktu. Beklediler…

Liza, içinde kopan fırtınalarla saatlerce esti Huntington Caddesi'nde gece vakti.

Geri döndüğünde saat gece yarısını geçmişti. Yüzünde, daha önce hiç görülmemiş bir ifade vardı. Ürkütücüydü ateş saçan bakışları; bir amazon kadınını andırıyordu Liza, elinde yayı eksikti sadece, bir de sırtında okları. Alissa ve Loreana korkuyordu. Tedirgin bir biçimde bekliyordu iki kadın olacakları ancak Liza, onları şaşırttı ve bekleneni yapmadı. Sessizdi, bu belki de çok daha tehlikeliydi. Delirdiğini düşündüler… Liza, kızlara bakarak gülümsedi ve cevap istemeyen basit bir soru sordu:

– Yaa… Demek öyle!

Sonra Loreana'ya göre daha masum olduğuna inandığı Alissa'ya döndü.

– Hadi tatlım, sen kalk ve bize birer tane kahve yap da kendimize gelelim…

dedi. Bu hâli, az önce ona bağırıp çağıran ve direktifler veren kadınları iyice tedirgin etti. Bunu Liza da fark etmiş olacak ki sürekli ağlayarak oturduğu koltuğa, gülümseyerek yerleşti şimdi.

Ah, ben size söylemeyi unuttum. Liza, dünyanın en kibar kadınıydı ama tehlikeli olduğunda bunun dozunu asla ayarlayamayanlardandı. O, hiç ummadığınız bir anda görüp görebileceğiniz en tehlikeli insana dönüşebiliyordu ve sanırım bu, tam da o anlardan biriydi işte.

Liza, Loreana'ya hikâyenin detaylarını anlattırırken Alissa da kahveleri getirdi. Genç tehlikenin, kafasındaki bütün taşlar bir bir yerine oturdu şimdi ve şunları söyledi:

– Demek ki sürtükleriyle yaptıklarını filme çekmiş, demek ki annemle babamı da kandırmış, demek ki küçük yavrumu da aldatmış, demek ki beni akıl hastanesine düşürmeye de kalkmış, demek ki bana hatırlatma ipi dediği, aslında sürtük bağlama ipiymiş!..

Alissa ve Loreana, çok utandı; gözlerini kaçırdılar Liza'dan... Liza,

– Hayır hayır... Siz rahat olun kızlar. Ben olaya el koydum. Bu artık sizin değil, benim sorunum ve sizinle hiç alakası yok bu konunun! Şimdi size, bana yardım etme fırsatı veriyorum.

deyince ikisi birden,

– Yeter ki affet bizi, her şeyi yaparız!

der bir pişmanlıkla baktılar genç amazonun yüzüne.

Liza, nicedir içmediği, "kızı zarar görmesin" diye uzun zamandır ağzına sürmediği sigarayı aldı masanın üstünden ve ayağa kalktı yeniden. Benjamin'in duvarda asılı duran fotoğrafına yaklaşırken yaktı sigarasını ve uzun uzun yüzüne baktı aşağılık adamın. Dün sabah, kızını emzirirken yaşadığı olayı hatırladı o an ve yüksek olmayan bir sesle kızlara şunu söyledi:

– Size bir şey söyleyeyim mi? İnsanların yukarılara çıkmasının bir sınırı mutlaka vardır ama aşağılara inmesinin bir sınırı katiyen yoktur. Kalp nakli bekleyen bir insana kalbini verirsin mesela, olur biter; daha üstü yoktur bunun ama dipler çok derin, tarifsiz derin.

Sonra içinden,

– Adam resmen benim üzerime lunapark kurmuş da ben bunu hiç anlamamışım... Peki Bay Knotterson, bunu sen istedin lanet!

diye mırıldanıp annesini aradı gecenin üçünde. Korkuyla yatağından fırlayan kadın, kızının sesindeki sakinliği fark edince rahatladı ama Liza, onu daha da rahatlattı:

– Korkma anne. Kötü bir şey yok! Hatta her şey mükemmel!.. Arkadaşlarım sürpriz yapmış, bana gelmiş; onu haber verecektim. Çok ısrar ettiler, biraz kafa dinlemek için on günlüğüne tatile gidiyorum onlarla; beni merak etme! Mona sende kalsın; ben geri döndüğümde gelir, alırım onu.

Annesi, kötü bir şeyin olmadığını anlayınca mutlu olsa da bir endişesini dile getirdi:

– Kızım, Benjamin ararsa ne diyeyim ona?

Liza, tavana bakarak,

– Sizde olduğumu söylersin! "Yine aynı yavrum. Hayal görüyor. Şimdi de "Arkadaşlarım geldi." falan diyor. Az önce içeri geçti, salak salak tavana bakıyor." dersin!

dedi ve gülümseyerek telefonu kapattı. Annesi, pek üstüne gitmedi kızının. Hem Benjamin de iş için şehir dışında olduğundan bir sorun yaşanmayacaktı. Üstelik biraz tatil yapmasının ona iyi geleceğini de düşündü ve huzur içinde yatağına geri döndü Bayan Green.

Liza, sabah kafede karşılaştığı kadına telefon etti bu sefer ve,

– Merhaba Isabella, ben Liza; bu sabah konuşmuştuk, şu hasta kadın Liza...

Isabella, saate vurgu yapan gergin bir ses tonuyla,

– Buyurun, ne istiyorsunuz?

dedi. Liza, sinir bozucu bir üslupla onu evine çağırdı:

– Reklamcınız evde yok sanırım, benimki de yok! Neyse konumuz bu değil şimdi! Adresimi gönderiyorum, hemen gelseniz iyi edersiniz. Benjamin'in bütün ipli zillileri bizde toplandık; bi siz eksiksiniz, hadi gelin...

Kadın, zaten Liza'dan ayrıldığı andan itibaren toparlayamıyordu kendini. Ürktü çünkü sabah gördüğü ezik ve hasta kadının yerinde bambaşka biri vardı şimdi. Buna rağmen,

– Sen kim oluyorsun da hem de bu saatte beni aramaya cüret ediyorsun edepsiz?

diye bağırdı ve telefonu Liza'nın yüzüne kapadı. Amazon kadın, kızlara bakarak,

– Merak etmeyin bir saate kalmaz, burada olur!

dedi ve adresini gönderdi Isabella'ya. Sonra yerinden kalktı ve hamile kalınca parmakları şiştiği için uzun zamandır takmadığı ip yüzüğü, hatıra kutusundan çıkarıp parmağına taktı. Önce kendi parmağındakini sonra da kızların yüzüklü ellerini çekip Isabella'ya gönderdi mesajla. Altına da,

– Devamı için eve bekliyoruz; şımarıklık yapma, hemen gel!

diye yazdı.

Benjamin, hiçbir detayı kaçırmıyor, her seferinde de işin içinden çıkabiliyordu ama bunu hesaplayamamıştı işte. Bir parça ipin onu ele vereceğini akıl edememişti. Fazla aykırı şeylerin, insanı ele vermesi çok daha kolay oluyordu, bilemedi. Bu, soyduğu evleri ateşe veren hırsızın öyküsü gibiydi. Polis, onu yakalayınca bir hırsızı değil; yanan bütün evlerin soyguncusunu yakalamış oluyordu. Benjamin'inki de buna benziyordu işte, kimse ipten bir nişan yüzüğü yapmazdı yahut sevgililerini bir iple kendine bağlamazdı. Şimdi nerede ipli birine rastlarlarsa o Benjamin'in kadınıydı artık.

Sabaha karşı beş gibi geldi Isabella. İçeri girdiğinde çok da kasvetli bir ortam yoktu evde ama Isabella gergindi. Kızlara, olup biten her şeyi tekrar anlattırdı Liza ancak o, duyduklarına inanmamak için direniyordu. Liza, gördüğü düğün fotoğraflarındaki detayları hem de en ince ayrıntısına kadar anlatıp bir de Benjamin'le kızının fotoğraflarını gösterince ikna oldu Isabella. O da Liza gibi ağlamaya kalktı önce fakat amazon kadın engel oldu buna. Ağlama zamanı değildi şimdi.

Isabella, kafede gördüğünde acıdığı kadının; gerçek hâlini ve güçlü tavırlarını ilk defa fark ediyordu, elinde olmadan kıskandı onu. O, genç kıza düşmanca bakıyordu ama Liza, az önce aşmıştı bu duyguları. Herhangi bir kıskançlık hissi yoktu onun yüzünde. Çok dikkatli bakıldığında, tek bir his çarpıyordu göze; acıma hissi. Odadaki üç kadına da sadece acıyordu Liza. Yalnızca o üç kadına değil, Mona da dâhil olmak üzere dünyadaki bütün kadınlara acıyordu amazon. Onun bu tavrı diğerlerini de etkiledi.

Benjamin'in ilk kadını Liza'ydı. Eğer biri, birilerini kıskanacaksa bu Liza olmalıydı fakat o, asla klasik bir kadın gibi davranmıyordu diğerlerine.

Aksine sarıldı hepsine ve düşman olmak yerine dost oldu dört kadın birbirlerine. Farkındaydılar, bu noktadan sonra Liza'yla düşman olmak, yapılabilecek en büyük hata olurdu.

Güneş, yeni bir günle dünyaya hava atıp caka satarken onlar hâlâ konuşuyordu. Herkes, bildiği her şeyi detaylarıyla birlikte anlattı. En çok şaşıran Isabella'ydı. Her duyduğu, bir öncekini aratıyordu. Hele de Benjamin'in uydurduğu şu anne masalı var yaa!.. Isabella, onursuzun annesi sandığı kadının ikide bir,

– Siz iyi olun, bana yeter... Siz iyi olun, bana yeter...

dediğini hatırlayınca geçenlerde Loreana'nın üzerinde gördüğü pembe külodu ararken bulduğu ve reklam metni sandığı bir kâğıt parçasını ortaya çıkardı Liza. Anne rolüne bürünen kadının, söyleyeceği her söz hem de senaryo tekniğine uygun bir biçimde tüm detaylarıyla birlikte yazılmıştı o kâğıda. Şaşkındı, şaşkındılar. Diğerleri zaman zaman gevşeyip duygusal davransa da amazon kadın bunu asla yapmıyordu. Oradaki bütün kadınları ele geçirmişti ve kumanda tamamen ondaydı şimdi.

Liza, öncelikle Benjamin'in sözde annesini bulmaları gerektiğini söyledi Isabella'ya. Bunu neden yapacaklarını sordular hep bir ağızdan. Isabella'ya göre Benjamin bitmişti ve bir daha da onunla görüşmeyerek çekip gidecekti. Diğer kızlar da aynı fikirdeydi, küstüm oynamıyorum fikri; bu da zaten klasik kadın tavrıydı işte. Belki de kadının bunca yıldır ezilmesinin hatta kandırılarak yok edilmesinin sebebiydi bu:

– Küstüm, oynamıyorum.

Bu bir âcizlik belirtisiydi ve Liza; bunu, aklının ucundan dahi geçirmemişti. Küsmüyordu ve oynamaya daha yeni başlıyordu.

– Size, "Benimle olun." demiyorum ama eğer beni yarı yolda bırakacaksanız şimdiden dağılalım; ben, kendi işimi kendim de yaparım. Şayet yanımdaysanız da şunu bilin ki bunun geri dönüşü yok! Şimdi son kez soruyorum: Benimle misiniz, değil misiniz? Onurunuzu kurtaracak mısınız yoksa onun gibi onursuz biri olarak yaşamaya razı mı geleceksiniz?

Liza, ağır konuşmuş ve onların zaaflarına dokunmuştu. O kadar kararlıydı ki genç amazon, konuyla hiç ilginiz olmasa bile onun yanında yer almak isterdiniz. Kabul edip vazgeçmemeye karar verdiler ve kaldıkları yere geri döndüler.

Isabella, yaşlı kadına giderken Benjamin tarafından gözlerinin bağlandığını ve orayı asla bulamayacağını söyledi. Liza:

— Bulursun Isabella! Biraz düşün, hemen pes etme! Gözlerini kapa ve öyle düşün, hadi!

Isabella, söylenileni yaptı. Liza, ona "hatırlasın" diye birtakım sorular sordu:

— Gitmeniz tahminen kaç dakika sürdü? Yağmur, kar ya da benzer bir şey var mıydı? Bina, kaç katlıydı; ev, kaç odalıydı? Camdan dışarı baktın mı? Eve dönmeniz ne kadar sürdü? Hatırladığın bir koku, duyduğun bir ses var mı?

Az önce hiçbir şey hatırlamadığını söyleyen Isabella, Liza'nın sorularıyla hatırlamaya başladı her şeyi. Gitmeleri de gelmeleri gibi 10-15 dakika sürmüştü. Bir tren yolunun yamacındaydı, 14 katlı bir binaydı. Yaşlı kadına su getirmek için mutfağa gittiğinde gözünün iliştiği balkon demirleri, koyu yeşil bir bezle sarılıydı. Liza'ya göre o evi bulmak için bu kadar bilgi fazlasıyla yeterliydi.

Uzun zamanları, kaybedecek bir dakikaları dahi yoktu. Benjamin gelmeden, bir an önce ne yapacaklarsa yapmalıydılar...

Ertesi gün, dört koldan aradıkları evi çok uzun sürmeden buldular. Gidip her şeyi o kadına da anlattılar. Isabella'nın, bu evde gördüğünü söylediği hizmetçi kız hakkında da sorular sordular yaşlı kadına. En önemli soru ise parmağında iplikten bir yüzüğün olup olmadığıydı. Kadın, çok düşünmeden,

– Evet, hatırladım. Hatta "Bu ne?" diye sormuştum, cevap vermedi!

dedi. Ona da ulaşmaları gerekiyordu. Yaşlı kadın, biraz düşündükten sonra ajandasında olduğunu hatırladığı kızın numarasını verdi Liza'ya. Onunla da derhâl bağlantı kurdu ipli kadınlar. O da kandırılanlardandı, o da intikam almak isteyenlerdendi ve artık o da onların yanındaydı...

Böylece Liza, kafasındaki planı fiilen başlatmış oldu. Bundan sonrası için ne yapacağı hakkında kimsenin, hiçbir fikri yoktu ve sanırım onun prodüksiyonu, Benjamin'inkilerden çok daha acımasız olacaktı.

on üçüncü nefes

on üçüncü nefes

Benjamin, ömrü boyunca gözüne kestirdiği her kadını becerdi. Seks için yaşadığını hiçbir zaman inkâr etmedi. Her ne kadar da birçoğu bunu kabul etmese de bütün canlılar ancak ve ancak "seks" için yaşar bu hayatı. Şimdi bazıları antitez üretmek için kendini zorlasa dahi bunu asla başaramaz ve bir müddet sonra da,

– Doğru aslında…

demek zorunda kalır. Deneyin isterseniz, dünyadan sadece cinselliği kaldırın bakalım, neler oluyor? Ya da hiç denemeyin hatta bunu düşünmeyin hatta ve hatta gelin bu konuda cümle dahi kurmayın da konumuza geri dönelim.

Benjamin'in yaptıkları gerçekten de üzerine tez yazılacak kadar uçta şeylerdi. Her erkek, ömrünün bir döneminde; onun yaşadıklarının hiç olmazsa bir kısmını mutlaka yaşamak isterdi.

Kadın gözüyle bakıldığında ise merak edilesi bir yaşantısı vardı Benjamin Knotterson'ın. İnanıyorum ki her kadın, itiraf etse de etmese de onunla tanışmayı, en azından sohbet etmeyi isterdi. Böylesine kıvrak bir zekâ, öylesine inanılmaz bir hayal gücü; neredeyse tamamı sapyoseksüel olan kadın cinsini tahrik edecekti elbette.

Hayal gücü, bir insanın gerçek servetidir. Para, şan, şöhret ya da buna benzer diğer güçlerin hiçbiri, hayal gücü olmadan bir işe yaramaz. Gel gelelim, insanlar; daha hayal gücünün tanımını yaparken kuracakları cümlenin içinde "fantezi" kelimesinin geçmesinden bile rahatsız olurlar. Fantezi, cinsellikle alakalı kurulan hayallere verilen isimdir ve bu ayıptır çoğuna göre. Bu sebeple de "gerçekçilik" yahut "realizm" önemsenmiş ve bu marifet sayılmıştır. Öyle ki "realizmin zıddı"nı bulamamış ve onu "idealizm" diye öğretmiş filozoflar bizlere. Bir dilbilimci değilim ama "sürrealist" bir yaklaşımla sizleri, ömrünüzün sonuna kadar fantezi kurarak ya da zaten bunu yaptığınızı kabul ederek yaşamaya davet ediyorum şimdi.

Bir an için hayal gücünüzün tamamen elinizden alındığını düşünür müsünüz? Yaşamanızın anlamsız bir hâle geldiğini göreceksiniz. Öyleyse hayal kurmaktan korkmanın nasıl bir yok oluş getireceğini varın şimdi siz düşünün!

– Bana gelen mutsuz insanların ortak özelliği buydu işte, hayal kurmayı bilmiyordu hiç kimse.

desem sanırım konunun ciddiyetini biraz daha anlamış olursunuz. Yeri gelmişken sizlere kendimden de biraz bahsetmek istiyorum. Benjamin'i tanıdıktan sonra insanların bütünüyle yanlış yaşadığını fark ettim ve kendimi, gücüm yettiği oranda insanlığa adadım. "Big Dream" adıyla kurduğum danışmanlık şirketinde, insanlara hayal kurmayı öğretiyorum. Evet, ben bir hayal mühendisiyim. Bu işin belli bir okulu yok, olamaz da... İnsanlara hayal kurmayı öğretecek bir okulun, bulutların üstünde olması da yetmez çünkü! O nedenle hayal kurabildiğiniz her an okuldasınız demektir ya da hayal kurduğunuz her yer, bir okul anlamına gelmektedir. Böylesine sınırsız bir fakülte, dünyaya sığmayacağı için de evet, bir okulu yok bu işin! Ben bir hayal mühendisi olarak sadece zihninizin içinde taşıdığınız okulunuzun sınırsızlığını aktarabilirim sizlere ki zaten ben de bunu yapıyorum bana gelenlere.

Şaşırtıcı dehasıyla bana hayal ikliminin uçsuzluğunu ve bucaksızlığını gösteren Benjamin Knotterson'a minnettarım elbette. Gerçekten de kimsenin aklına gelmeyecek kadar uçlarda yaşayan bu adamın IQ'su ya da daha yalın bir anlatımla genel zekâ düzeyi, tabii ki sıradan insanlarınki gibi değildi. Onun duygusal, spiritüel, yaratıcı ve sorun çözme zekâsının da dünya ortalamasının çok üzerinde olduğunu rahatlıkla söyleyebilirim. Gel gör ki akla zarar bir beyin taşıyan Knotterson, "fantezi zekâsı"nı yeteri kadar akıllıca kullanamadığı için çok temel bir hata yaptı; düşündüğü her şeyi yaşamaya çalıştı. Oysa bazı şeyler hayalde kalmalıydı çünkü onlar sadece hayalde kalınca anlamlıydı. İşte Benjamin, bunu yapamadığı ve gerçekçi davranıp hayal ettiği her şeyi yaşamaya kalktığı için bu duruma düştü.

Benjamin, kendi beyninin ya da hayal gücünün gerçeği boğabilecek kadar dipsiz olan derinliğinden haberdar olsaydı bunların hiçbirine ihtiyaç duymayacaktı. Gerçi ilk karşılaştığımızda bunu bana sorsaydı ben de bir cevap veremez ve bu paragrafın ilk cümlesiyle üstteki paragrafın son cümlesini asla dile getiremezdim. Onu tanıdığım için kurabiliyorum şimdi bu cümleleri. Bence Benjamin, kendi başına büyük işler açmış olsa da bu kitabın beden bulmasını sağladığı için çok şey katmıştır insanlığa. Evet, yalancıydı ama öğrettikleri yalan değildi ve kimse de numara yapmıyordu onunla sevişirken. Onunla olanlar, insanlığın ve kendilerinin cinsellik anlamındaki sınırlarının ya da sınırsızlıklarının farkına vardılar...

Bu arada, şu herkesin sözde korktuğu ve asla söylemediğini iddia ederek bile söylediği "yalan" kavramı konusunda da birkaç cümle kurmak istiyorum. Aslında "yalan"ın keşfi, insanlığın tarihi kadar eski. Hayvanları kandırarak başladı insan yalan söylemeye. Sonra kendi türünü de kandırmayı başaran insan, çok sevdi bu işi. Sonra hızını alamadı; eşyayı, sebzeyi, hatta meyveyi bile kandırdı. Peynire, patates kattı; pul bibere, kiremit tozu ekledi; domatesi hormonladı ve böylece de hiç farkında olmadan, her seferinde sadece kendini kandırdı.

Buna rağmen tuhaf gelmiyor bu bana. İnsan; zaten bir yalandan, bir yalan uğruna ve sadece bir yalanı yaşatmak için gelmişti dünyaya. Oysa yalanın da bir şerefi vardı aslında.

—Yalanın şerefi mi olurmuş?

demeyin, olur; yalanın da bir haysiyeti, bir şerefi olur. Geliştiren, büyüten, işe yarayan yalanlar da vardır hayatta. Hatta "Yanlış bir şey yapmanın, doğru bir gerekçesi yoktur." lafı da boştur ki bunu bize Pasteur, o kusursuz hikâyesiyle öğretmiştir.

Louis Pasteur, tüm zamanların en büyük yalancısıydı. O; şerefini, onurunu hatta bütün servetini bağladı bir yalana ve sonra bir kahraman olarak geçti tarih kayıtlarına, ansiklopedi sayfalarına. Şimdi "O olmasaydı kuduz aşısı bulunamayacaktı." desem buna kimse itiraz edemez, aksini de hiç kimse söyleyemez herhâlde!

Akıl almaz mikrobiyolog, milyonlarca insanın hayatını kurtarmış ve yüz binlercesinin ölümüne engel olmuştu. O, ilk olarak 50 ayrı köpek üzerinde yaptığı onlarca ayrı deneme sonucunda kuduz aşısını bulduğunu söylediğinde kimse inanmamıştı Louis Pasteur'e. İddiasını ispat edebilmek için kuduz mikrobu bulaşmış bir hasta bulması gerekiyordu fakat bir türlü bulamıyordu o hastayı. Gel zaman git zaman, bir köpek tarafından 19 yerinden ısırılmış; yüzü, kolu, bacağı, beli paramparça edilmiş, 9 yaşındaki Joseph Meister'ın annesi, son çare olarak onu Pasteur'e götürdü. Büyük bilim insanı, çocuğun kuduz olduğundan emin değildi. E, bunu bilmeden de onu tedavi etmesi hiçbir işine yaramayacaktı. Tamam, bir insanı kurtaracaktı belki ama kuduzu alt ettiğinden emin olamayacaktı. Bunun üzerine Louis Pasteur, bırakın bir bilim insanını; alelâde birinin hatta milyarlarca köpeğin bile kolay kolay yapmayacağı korkunç bir şey yaptı. Doktor olmadığı için bir daha da böyle bir denek bulamayacağını düşünen Pasteur, küçük Meister'ın bedenine kuduz mikrobu enjekte etti. Buna inanabiliyor musunuz? Bir çocuğu kuduz etmeye kalkmadı; bilerek, isteyerek ve kasten onu kuduz etti Pasteur. Evet, belki onu ısıran köpek kuduz değildi ama 9 yaşındaki Joseph artık kesin olarak kuduzdu ve bu, insanlık tarihinin en büyük bilim suçuydu. Ona destek olmak için çalıştığı hastaneyi kullanmasına izin veren doktor da çok zor durumda kalmıştı.

Şayet bu olay duyulursa hem işinden olabilir hem de ömür boyu büyük bir pişmanlık, suçluluk ve utançla yaşamak zorunda kalabilirdi doktor. Pasteur'ün dürüst ve hümanist yardımcısı ki onun adını bilmiyorum(!), bu aykırı kimyageri terk ederek kurtuldu bu işin olası kötü sonuçlarından. Pasteur artık yalnızdı ve ona yardım eden doktorun da sabrı tükenmek üzereydi. Az sonra kuduzu sonsuza kadar yok edeceğinden habersiz olan büyük yalancının attığı zar hâlâ havadaydı. Zaman daralıyordu ve küçük Joseph'in nöbetleri başlamıştı. Louis Pasteur, bütün riskleri üstelenerek kendi icadı olan kuduz aşısını ya da ilgili ilacını, hazırda bekleyen Azrail'in gözlerinin önünde, günlerce uyguladı bu çocuğa. Zar düştü, düşeş gelmişti ve Fransız bilim insanı kuduzu alt etmişti. Ah, görüyor musunuz? Pasteur'ün büyük ve şerefli yalanını söylemeyi unuttum sizlere! Hani, onlarca köpeğin üzerinde deneme yaptığını söylemişti ya, bu yalandı ve Louis Pasteur; tek bir köpek üzerinde dahi hiçbir çalışma yapmamıştı. Böylece de bu adam, dünya bilim tarihine geçmeden önce "yalancılık tarihi"ne adını yazdırmıştı. Şimdi, lütfen söyler misiniz; yüzlerce yıl sonra bizler, ona bakarak "Eğer başaramasaydı acımasız bir katil olacaktı ama öyle olmadı ve o, bilim dünyasının kahramanı olmayı başardı." derken aslında büyük bir yalancıyı hem de gururla alkışlamış olmuyor muyuz? Ah, işin içinde yalan olduğu için bu, birilerinin zorunuza gidebilir ama ben onu şerefle yâd ediyor ve herkesi, onunki kadar işe yarayan yalanlar söylemeye davet ediyorum. Bu hikâyeme, "Olsun, yine de bunu yapmamalıydı; ya ölseydi çocuk!" diyerek kızanlara gelince Tanrı korusun onları, sevdikleri kuduz olunca tekrar okusunlar bu yazdıklarımı.

Evet, Benjamin'in yalanlarının bilimsel sonuçları yokmuş gibi gözükse de aslında bilim, prensiplerini, "Knotterson kafası"na borçludur. Çünkü Pasteur'den Einstein'a, Da Vinci'den Tesla'ya kadar herkesin bildiği, Benjamin'inkilerle aynıydı. Onlar, göstermeden gizli gizli yaşarken Benjamin, göstererek ve de bir şekilde bizlere öğreterek yaşadı. Bu arada, size bir sır vereyim mi? Eğer dünyadaki Newton'lar, Pisagor'lar, Arşimet'ler bu kadar azsa bilime ivme verenler; bunun sebebi, Knotterson'ların azlığıdır elbette. Daha yalın bir ifadeyle şunu da söylemeliyim ki hayal gücü; ilerlemenin, gelişmenin, değişmenin başlangıç noktasıdır. İşte bu gücü, dolayısıyla da beyni; en fazla meşgul eden ve geliştiren kavramsa zihinde el değmedik yer bırakmayan cinsellik ve de bununla bağlantılı aykırı fantezilerdir.

Kısacası, hayal gücü her şeydir. Siz, 35 yıl ceza almış bir hücre mahkûmunun orada yediği yarım ekmekle ve içtiği bir tas çorbayla mı ayakta durduğunu sanıyorsunuz yoksa? Hayır tabii ki! Bir gün özgür kalacağı fikridir onu besleyen ve üç metrekarelik bir odaya koca bir evreni getiren. Demek ki fiilen özgür kalmak değil, sadece 35 yıl sonra özgür kalma düşüncesi bile; bir hücre mahkûmunu yaban atları kadar özgürleştirebiliyor.

Peki, savaşın ortasında üzerine bombalar yağan insanları da hayata bağlayan yine hayal gücü değil midir?

Emin olun, ölüm döşeğindeki kanser hastasının dinamosu da yine hayal gücüdür ve o da iyileşeceğini hayal ederek gülümser hasta yatağında hayata.

Bir bilim insanın beslendiği kaynak da yine hayal gücüdür. Aradığı çözümü bulacağına inanmasa nasıl çalışır, nasıl gecesini gündüzüne katarak hiç yorulmadan bir laboratuarda ömür tüketir?

Bu durumda,

– İnsanlar ömürlerinin neredeyse tamamını hayal ederek geçiriyorlar.

diyebiliriz. Öyleyse hiç kimsenin bir şeyi gerçekten yapmasına ihtiyaç yoktur ki zaten kimsenin bir şeyi gerçekten yaptığı falan da yok! Hayal gücümüzden artakalanlarla yaşıyoruz bu hayatı ve öyle yapıyoruz bütün yaptıklarımızı. Benjamin de öyleydi. O, biraz abarttı ve hayal ettiği her şeyi yaşadı.

Hayal gücünüzü önemsemiyorsunuz hanımlar beyler hatta hayal gücünüz neredeyse yok yaşlılar gençler!.. Bu yüzden yapacağınız sürprizleri bile bekletiyorsunuz. "Heyecanı gider" anlamına gelen "sürprizi kaçar" diye bir palavra uydurmanız da bundan. Hâlbuki beyin, gerçekle hayali birbirinden asla ayırmaz. Noel Baba'nın gelmesiyle, Noel Baba'nın geldiğini düşünmek aynıdır bir çocuk için. Yılbaşında, çıngırak sesi duyan bir çocuğa,

– Noel Baba geldi.

demekle ciddi ciddi Noel Baba'nın gelmesi arasında hiçbir fark yoktur inanın. Zihin, ikisinde de aynı resmi görüntüler, anlayın. Öyleyse "gerçek" diye bir şey yok aslında; gördüklerinizin hepsi resim, aynı resimler... Yani birine bir hediye aldığınızda ilgili anın gelmesini beklemenizin gereği yok! Siz o hediyeyi ona ne zaman verirseniz verin, aynı heyecanı yaşatırsınız. Hatta hediyeyi vermeden sadece o hediyeden bahsederek çok daha yüksek bir heyecan yaşatmanız bile mümkündür. Söz gelimi, bir kolye aldığınız birine, onu vermek için "Sevgililer Günü"nü beklemeniz gerekmez! Ona, hediyenizden bahsettiğinizde belki de sizin aldığınızdan çok daha iyi bir kolye hayal ettirebilirsiniz. Bunun aksi de mümkündür elbet ama zevk sahibi biriyseniz eğer en kötü ihtimalle o kolyeyi verdiğinizde de ikinci bir heyecan daha yaratmış olursunuz ilgili bünyede. Yani, "Hediye aldım." birinci heyecan; "Bak, işte sana aldığım hediye.", ikinci heyecan.

Hayallerinizi asla küçümsemeyin ve onları her şeyden daha çok önemseyin, gerçeklerden bile.

Bana göre hayvanlardan bizi ayıran temel özellik işte bu hayal kurma yetimizdir. Hayvan, avının kokusunu alınca insan ise avının kokusunu hayal edince harekete geçer. Çünkü hayvanların stratejisi yoktur; insan hayatı da sadece stratejiler üstüne kuruludur. Şöyle örnekleyeyim bunu: Katrilyonlarca sivrisinek, milyarlarca insanı hep aynı şekilde ve aynı biçimde ısırdı ama milyarlarca insan, trilyonlarca sivrisineği yüz binlerce değişik stratejiyle alt etti hep. Kimi sinek ilacı sıktı, kimi lambaları açıp o mucize ısırganın dışarı çıkmasını bekledi, kimi yastıkla öldürdü, kimi eliyle, kimi ayağıyla... Bunun sebebi, insandaki hayal gücüdür ki strateji yapmasının nedeni de zaten yine bu aynı şeydir. Bir aslan, bir ceylanı ele geçirmek için strateji yapmaz; onunki tamamıyla içgüdüdür. Hayvanların biri ikisi değil, hepsi aynı biçimde avlanır ve bunun için sürüyle örnek hatırlanır.

Bu anlattıklarımı bilmeden yaşayıp ölen insan sayısı, bunları ölmesine yakın öğrenen insan sayısı kadardır. Evet, insan ne yazık ki bazı şeyleri çok uzun zaman sonra hatta finale yakın fark ediyor. Mesela ben geçen yıl fark ettim aslında saçlarımı dağınık bırakmamın bana daha çok yakıştığını. Ayakkabıyı bir numara büyük almamın da daha akıllıca olduğunu fark ettiğimde otuzumu geçmiştim. Çocuklara, "seneye de giysinler" diye üç numara büyük ayakkabı almanın bununla herhangi bir alakasının olmadığını da çok sonra fark ettim.

Sebzeleri çiğ yemenin daha sağlıklı olduğunu akıl ettiğimde de küçük değildim.

Sonuçta ne kadar bilirsek bilelim, aslında hiçbir şey bilmediğimizi kabul ettiğimizde yani biraz Sokrat'çı düşündüğümüzde yaşamaya başlıyoruz. Gel gelelim, insan öyle ukala bir varlık ki bunu hiçbir zaman tam olarak beceremedi ve beceremeyecek! Sokrat'la aynı yüzyılda yaşayan ve ona,

– Yaa, ben düşündüm de...

deme cesareti gösteren de çıkmıştır mutlaka. Dali'yle tartışanlar da az değildir kanaatimce. Max Planck'e ya da James Clerk Maxwell'e fizik öğretmeye kalkan da olmuştur muhakkak... Şimdi bunları okuyup,

– Ne yani, onlar Tanrı mı?

diyerek anlatmak istediğim şeyi ıskalayanlar, özü bırakıp benimle tartışanlar da az olmayacaktır.

Lütfen kaleme aldıklarımı, özellikle de şu an yazdıklarımı okurken anlattıklarıma değil, anlatmak istediklerime odaklanın.

Şimdi sizlere bir iyilik yapıp finale geçmeden önce öğrenmenizi ve geliştirmenizi istediğim "Fantezi Zekâsı" hakkında bir şeyler anlatmak istiyorum. O yüzden, bugüne kadar size söylenilenleri bir kenara bırakın hatta onları unutun ve algılarınızı alabildiğine açarak beni dinleyin. Gerçi hayatın şifresini verecek değilim ama eminim olun sıradan şeyler de anlatmayacağım.

Eline kalemi ya da mikrofonu alan veya bunların ikisinden biri eline tutuşturulan herkes, sanki hayatın şifresini çözmüş de az sonra açıklayacakmış gibi, sanki Mars'a koloni kurmuş da birazdan bize de bir gidiş bileti verecekmiş gibi, sanki ölümsüzlüğün formülünü bulmuş da bunu bize aktaracakmış gibi bir havada çıkıyor karşımıza. Bıktınız tabii. Farkımız yok inanın, ben de artık tiksinti duyma seviyesindeyim bu meselede. Bunları bile bile şimdi aynısını yapıp size akıl falan verecek değilim ben de. İşte okuyorsunuz; bir kitap bu, alelade bir kitap. Bunu büyük bir gökdelenin son katında, şaşalı bir otel odasında yahut havuz başında yazmıyorum. Hayal gücüm öyle küçük ki bakın, gökdelen, otel ve havuz başından daha havalı yerler bile düşleyemiyorum. Kısacası "enter"a basınca hepimiz aynıyız, bir fark göremiyorum.

Hayatım çok güzel mekânlarda geçti. Neredeyse görmediğim yer kalmadı. Tac Mahal'den Toskana Vadisi'ne, Abu Simbel'den Masai Mara'ya, Kapadokya'dan Mont Blanc'e, El Pinol'den Cape Town'a kadar her yere gittim. Buna rağmen şu an bu satırları size, sıradan bir kafedeki alelâde bir sandalyenin üzerinden yazıyorum şimdi. Dünya, an itibariyle neredeyseniz o kadardır, daha fazlasını yapamazdım; hırs yapsam bile bu sınırı aşamazdım.

Gittiğiniz yerleri biriktiremezsiniz, yaşadıklarınızı bir kavanozda toplayamazsınız. Everest'ten kar getirmiştim mesela, eridi. Gerçi erimese ne işe yarardı ki? Sonuçta bakınca orada olmuyorum, öyle değil mi? Demek ki boş, hepsi boş.

Uzun lafın kısası, herkes gibi ben de saçma sapan bir yerdeyim şimdi. Gerçi çoğunun hayal dahi edemeyeceği bir yer burası ama ne fark eder ki? Az sonra buradan da gideceğim hem de hiçbir şey almadan hatta geride kendimi bırakarak sanki hiç yaşamadan.

Evet, hanımlar beyler... Ben insanları diğerlerinin kriterleriyle ikiye ayırmam! Zengin fakir; güzel çirkin; yaşlı genç... Bana göre bunlar hiç önemli değil ya da en fazla yemeğin tuzu kadar önemli. Bence insanlar, sadece "mutlu" ve "mutsuz" diye ikiye ayrılmalı çünkü aşırı zekâ yüklü insanların mutlu olmadıklarını da gördüm ben. Parası çok olanlar da mutlu değildir çoğu zaman. Öyleyse aranan cevap ne paradır, ne zekâ, ne de şöhret; aranan cevap sadece mutluluktur ve insan, cinsel anlamda mutlu olduğu anda bütünüyle mutlu olacaktır.

– Ne yani, her şey cinsellik mi? Yalnızca seks mi mutlu eder insanı?

diye soran birileri varsa bırakabilirler bu kitabı. Onlar gidip para kazanmaya, zekâ parlatmaya, şöhret toplamaya devam etsinler yine. Ne o, çok mu kızdınız?

İstediğiniz gibi düşünebilirsiniz, bu hiç umurumda değil bayan rahibe! Neden "bayan" dedim biliyor musunuz? Çünkü bunu kabul etmeyen birileri varsa mutlaka kadındır, net. Neden bu kadar eminim biliyor musunuz? Dünyanın her yerinde erkeklere özel genelevler vardır ama kadınlar için böyle evler, dünyanın neredeyse hiçbir yerinde yoktur. Birkaç jigoloyu düşünerek,

– Var ama gizli oluyor bu işler.

diyebiliriz ama işin sosyolojisi bunu kabul etmez ve sosyoloji istisnalarla ilgilenmez.

Bunun dışında erotizmin, kadın çamaşırlarıyla erkeklere hitap ettiği de bilinen ve yaşanan bir gerçek. Demek ki çok uzatmadan "Dünya, mevcut hâliyle erkeklerin cinsel ihtiyaçlarını karşıladığı dev bir bilye olarak durmaktadır karşımızda." diyebilirim. Bu yüzden de erkekler sosyal hayatta çok daha yüksek bir oranda başarı sağlarken kadınlar ne yazık ki "başarısız" diyebileceğimiz bir seviyede kalmıştır. Lütfen bana istisnalarla gelmeyin! Dedim ya, sosyoloji istisnalarla ilgilenmez.

Daha da ileri giderek diyebilirim ki cinsel olarak tatmin edilmemiş hiçbir varlık başarılı olamaz! Bunu, hayvanlardan da görebiliriz. Ormanı, her aslan yönetemez; dişisinin çiftleşmek için tercih ettiği aslan yönetir. Bu; filler için de böyledir, fareler için de. Ayrıca hayvanlar âleminde eşinin eline bakan ya da etkisiz eleman olarak öylece bekleyen dişi bir canlıya da asla rastlayamazsınız çünkü tamamı, çiftleşme becerisi göstermiş ve bir şekilde cinsel tatmine erişmiştir.

Bunları dediğim için kızmayın kızlar. Bence hırs yapın ve kendi gerçeğinizle yüzleşin ya da sizi eğitmeme müsaade edin. Asla unutmayın, bütün kayıplarınız küsmelerinizin bir neticesidir.

Ve erkekler; sizi de eğitmeme, cinselliği penisinizden beyninize taşımama izin verin lütfen. Tecavüzcüsünüz çünkü ve sağlam bir eğitime cidden ihtiyacınız var. Kızmayın, duygusal da davranmayın! Dünya genelindeki hapishanelerde, tecavüz suçundan ötürü hüküm giymiş kadın sayısı sıfıra yakındır ve bu istatistik acıtıcıdır. Çok düşündüm ve çok kafa yordum. Bu ilkelliğin sebebini anlamak için çok soru sordum. Bunu araştırdığım için sakın anladığımı sanmayın! Ne yazık ki hiç anlamadım ve asla da anlayamayacağım!

Bazen soruyorum. Neden bizler, Homo Habilis hatta biraz daha ileri gidelim birer Neandertal iken, yani dişi ve erkek olarak iki cins de tıpkı şempanzeler gibi kıllı tüylü yaşarken sonrasında Homo Sapiens olarak birer insana dönüştüğümüzde; siz erkeklerde bir miktar kıl kaldı da biz kadınlarda hiç tüy kalmadı acaba? Bence bu araştırılırsa görülecek ki kadın, insana evrildi ama erkek tam olarak evrilemedi ve bunca bin yıla rağmen insan olmayı henüz beceremedi. Bunu anlamak zor değil. Etrafınıza bakın, çıplak gözle bile anlarsınız bunu. Tersini her zaman yaşadığımız hâlde, otostop yapıp da bir kadın tarafından arabasına alınan kaç erkek gördünüz siz? Zor olacak ama bence cinsiniz adına utanmalısınız hepiniz!

Gerçekten utanın hatta epeyce de kızarın! En ünlü katiller; işlediği cinayetlerle hapishanelerde servet kazanan seri caniler; savaşlar çıkarmış, mezardakileri bile öldürmeye kastederek mezarlıklara dahi bombalar yağdıran diktatör devlet başkanları; ünlü hırsızlar; onlarca kadına tecavüz ederek bir de kurbanını öldürmüş meşhur mütecavizler hatta bütün tecavüzcüler her zaman erkek, hep erkek, daima erkek...

– Tek tük de olsa yine de kadın tecavüzcü var.

diyenler lütfen tecavüz ederek bir erkeği öldüren bir kadın olup olmadığını araştırsınlar ve akabinde de bizlerden özür dilesinler. Yeri gelmişken hemcinslerime dünyayı güzelleştirdikleri için çok teşekkür ediyor ve bu kitabı da sadece kadınlara ithaf ettiğimi belirtmek istiyorum. Varlığımız çok güzel kızlar, fazla güzel.

Erkekler bilmiyor bunu ama ben söyleyeyim doğrusunu: Eğer bir gün biz olursak yok; dünyayı bok basar, bok!

Tamam, kabul ediyorum bu cümle biraz zorlama oldu ve sonundaki kelime de bir kadına pek yakışmadı ama ne yapayım, doğrusu bu.

Sayımız fazla diye pek fark edemiyorsunuz şimdi ama biz olmasak inanın birkaç yıldan fazla yaşayamazsınız. Yani yaşarsınız da o yaşamak sayılmaz. Cinsel anlamda zaten tamamıyla bitersiniz. Eşcinsellik de kurtaramaz sizi.

Kızları bu kadar övdüm ya şimdi çıkar birileri,

– Madem kadınlar bu kadar iyi, o hâlde neden eğitiyorsunuz ki onları? Bırakın böyle kalsınlar işte!

diyebilir ve bu itirazlarında da kısmen haklı sayılabilirler. Fakat tam da bu noktada erkeklerin ne yazık ki birtakım "hayvanca" yaklaşımları yüzünden; bizlerin, kendimizi yaşamaktan vazgeçerek cinsel dürtülerimizi hem de abartılı derecede bastırdığımızı hemen hatırlatmam gerekecek. Cinselliğimizi o kadar bastırdık, öylesine derinlere yolladık ki 60 yaşında çekiciliğini koruyan bir kadına rastlamak hemen hemen imkânsız oldu. 50'sini geçmiş kadına "yaşlı", erkeğe ise "olgun" denir bu yüzden. Öte yandan bir kadını ne kadar özgürleştirirseniz özgürleştirin, asla bir erkek gibi olmayacak ve onun yaptıklarını asla yapmayacaktır. Yani benim, onlara yönelik bahsettiğim eğitim var ya; işte bu bastırdıkları duygularını dışa vurarak gerçekten yaşamalarını sağlayacağı için cidden önemlidir.

Değerli erkekler, size bir miktar yüklenmiş gibi görünsem de aslında değersiz olanlarınıza yüklendiğimi fark ederek bana hak vereceğinizi tabii ki biliyorum!

Bugüne kadar özellikle IQ'nuzu yükseltmeyi marifet bildiniz ve bunu da başardınız! Peki, ne oldu sizce? Bir kötünün zekâsını büyütmesi; sadece daha profesyonel bir kötü olmasına sebep oldu, hepsi bu. Sürekli kaza yapan beceriksiz bir şoförün daha hızlı bir otomobil alması gibi bir facia bu! Aldığı hızlı araçla daha iyi şoför olmayacak, daha fazla kaza yaparak daha çok insanın canını yakacak! Anlatabiliyor muyum?

Emin olun iyi değilsiniz beyler ve dünyanın kötüleri sizlersiniz lanet! Buna rağmen düzelebilirsiniz elbet. Yapmanız gereken tek şey, "Fantezi Zekâ Puanı"nızı yükseltmek olacaktır ki bu kitap da size işte tam olarak bunu kazandırmayı amaçlamıştır.

Ah, bu arada; "eğitim eğitim" diyorum ya merak etmeyin, fakülte falan bitirmeniz gerekmeyecek! Hem fakültelerin çok uzun olduğunu düşünen biriyim ben. Gereksiz yere yıllarımızı çalıyorlar bence. Haftanın yedi gün olmasına da karşıyım; o ne öyle, yedi gün? Hafta iki gün olmalı sadece, cumartesi ve pazar; gerisi insanın ayarlarını bozar(!).

Bakın kızlar, bacaklarınızı sıkarak yaşamaktan vazgeçin artık. Evet, tecavüzcülerin hepsi erkek ama erkeklerin hepsi tecavüzcü değil, öyle değil mi? O hâlde eğitin onları. Kadın, yatakta acemi olan ve bunu söylerken de kendini iyi hisseden taraftır ya hep; hemen kurtulun bu saçmalıktan ve eğitin, kendini "seksin ev sahibi" sanan erkeklerinizi çok geç kalmadan. Hayat geçiyor, "Onlar böyle, onlar şöyle..." diyerek zaman harcamayın ve artık lütfen yaşamaya başlayın. Ben öyle yapıyorum, kitap yazdığım için şu an bu konuları konuşuyorum. Normal zamanlarımda ben de bu anlattıklarımı, size önerdiğim gibi sorgulamadan yaşıyorum.

Şimdi yanlış anlaşılmamak adına ve bu kitabın kalbi olması hatırına buraya bir not düşmek istiyorum: Kızlar, lütfen şu yukarıdaki cümlemi yanlış anlayıp da erkek gibi davranmaya kalkmayın. Erkeklerinizle onların sizle yaptığı gibi sidik yarıştırmayın mesela. Onlar, hadlerini aşsalar da siz bunu asla yapmayın. Kadın olarak yaratıldınız, kadın gibi yaşayın, yukarıda bahsettiğim, "Yatakta acemi olmayın!" tavsiyemi de n'olur doğru anlayın! Onlar beceriksiz diye onları becermeye kalkmayın! Bu mecazı da ıskalamayın. Bunu neden söylüyorum, biliyor musunuz? Çok gördüm böylelerini de ondan! Benim demek istediğim, bunlar sizin sırrınız olsun. Dişiliğinizi koruyun ve kıskançlığınızı bir yana bırakarak onları konuşturun.

Yıllardır "Eğer erkeklerinizin beyninin içini bilirseniz onları durdurabilir ve adam edebilirsiniz." dememe rağmen ben böyle bir çabayı hiçbir kadında göremedim. Bir "hayal mühendisi" olarak yüzlerce insana hayal kurmayı öğrettim fakat böyle dertleri olan bir kadına da hiç rastlamadım. Sadece şikâyet için geliyorlar bana. Cinsellik adına yaptıkları tek şeyse dantelli külot ve tanga satın almak. Seks yapmayı da porno filmlerden öğrendikleri için "becer beni" diyerek bir erkeğin altına yatmayı marifet sanıyorlar lanet.

"Fantezi" dediğim zaman kadınların aklına ne yazık ki sadece jartiyer, saten gecelik, tanga, g-string gibi şeyler geldiğini biliyorum. Nereden mi biliyorum? E, tabii ki kendimden. Benjamin'i tanıyıncaya kadar ben de öyle sanıyordum çünkü seks yapmayı porno filmlerden yahut bu filmlerden öğrenenlerden öğrenmiştim. Dolayısıyla seksi, hiç konuşmadan ya da sadece "becer beni" diyerek bacak ayırmaktan ibaret zannediyordum. Çok sonra anladım Benjamin'in,

– Bazen 1000 yaşında Nuh olur, gelirim yatağına; bazen 80 yaşında Galileo olur, girerim koynuna; bazen de bir fısıltı olur, öyle düşerim kulağına...

derken neyi kastettiğini, fantezi dünyasının sınırsızlığını ve daha birçok şeyi Benjamin'den öğrendim ben. Korkmayın, çok iyi sevişince orospu olmazsınız; matematik profesörü olunca da ikiyle ikiyi çarpınca kırk dört bulmazsınız!

Ayrıca hiç tasalanmayın, bunları konuşunca sapık mapık olmazsınız. Aksine konuşmadığınızda saparsınız, yoldan çıkarsınız! Buna ispat arasanız da lafı dolandırmaya gerek yok! Az gelişmiş ülkelere bakın, hemen anlarsınız. Onlarda tabudur bunlar ve bu yüzden de cinsel sapkınlıklar, tecavüzler, çocuk tacizleri ve de daha neler neler had safhadadır oralarda; dayanamazsınız yaşanan onursuzluklara.

Gerçi metropollerde de bu işler çok farklı değil. Seks konusunda taş devrini yaşayan, bu konuda henüz ilk çağında olan insan ırkının, durumu gerçekten içler acısı. Cinsler açısından değerlendirildiğinde ise bu iş çok daha hazin çünkü erkek, bir sırtlan; dişi ise ürkek bir ceylan yavrusu olarak çıkıyor karşımıza. Sizce bu durumda yapılan şeyin adına "seks" demek ne kadar doğru? Öyleyse insan, şayet bu konuda bir denge istiyorsa hemen bir şey yapmalı ve kendini geliştirerek seksi cinsel organlardan alıp beyne taşımalı.

Hanımlar beyler, seks; sizden öncekilerden öğrendiğiniz gibi bir şey değil. Kandırmışlar bizi. Birileri geçmişin karanlığına gömmeye kalktı hepimizi. O hâlde hemen şimdi geçmişe bir kibrit çakıp geleceğimizi aydınlatalım birlikte. Size ne anlattılar ya da siz ne anladınız bilmiyorum ama söylemek zorundayım ki seks, cinsel organlarla değil; beyin denilen o muazzamla yapılır! Herhangi bir insanla bir yorganın altına girdiğinizde sadece nefes alarak bile birbirinizi tahrik edebilirsiniz. Ben bunun adına "wrap sex" diyorum. Amaç orgazm ise bunun için bir penisin bir vajinaya girmesi gerekmez çünkü cinsellik, fiziki olarak yaşadıklarımızdan ibaret değildir;

hayallerimizde saklayıp yaşamadıklarımızın cinsel hayatımıza ve orgazmlarımıza olan etkisi, realize edip yaşadıklarımızdan çok daha fazladır.

Biz bunu, bize danışan bir çiftle laboratuar ortamında denedik. Sonuç şaşırtıcıydı. "İktidarsızlık" tanısı konmuş sadık bir beyle yaptığımız görüşme ve testler sonucunda gördük ki bu bey, karısından nefret ediyor. Ama konumuz bu değildi elbette. Biz, adamın gerçekten iktidarsız olup olmadığını anlamaya çalışıyorduk. Bunun için bir dizi test yapmak üzere kendisini, laboratuar olarak adlandırdığımız; egzotik bir yatak odasında ağırladık. Tek başına, sadece çamaşırlarıyla fakat gözleri bağlı bir şekilde yatağa girmesini istedik. Her ne kadar bu çalışma tedavi amaçlı da olsa olası bir kıskançlığın önüne geçmek için onun yalnız gelmesini rica ettik. Planımızı tabii ki ona da anlattık. Sırf bu deneyler için bünyemizde çalışan "Ashley" isimli personelimizle birlikte olacak ve kendini deneyecekti.

Ashley'den bizim dediğimiz şekilde ona yaklaşmasını istedik. Kadın, son derece kibar dokunuşlarla 4 yıldır iktidarsız olan bu beyin vücudunda sadece parmaklarını dolaştırıp nefesini boynunda gezdirerek onu, birkaç dakika içinde erekte etmeyi başardı. Hepimiz şaşkındık. Hayatında neredeyse 4 senedir hiç seks olmayan bu adam gayet başarılı bir şekilde bütünleşiyordu Ashley'le. Üçüncü adım, zirveye yaklaşırken gözlerin açılması idi.

Gözlerini açtık, ona hazırladığımız sürprizi görünce ne yazık ki adam bir anda söndü çünkü az önce seviştiği kadın; Ashley değil, bizzat 12 yıldır evli olduğu kendi karısıydı. Bu çalışma, bahse konu eşler açısından bir facia gibi gözükse de bize; cinselliğin fizikle değil, fikirle alakalı bir eylem olduğunu öğretmesi bakımından fazla önemli bir deneydi. Ah bu arada; bu "bey"in performansı, bizim onu izliyor olmamızla da ilintili olabilir tabii ki. Ancak bu, sonucu değiştirmez! Bu da bir fikirdir ve her zaman olduğu gibi fizikten daha etkilidir.

Bunun en yakın örneği sanal sekstir. Yanında bir kadın ya da erkek olmamasına rağmen sanal dünyada gerçekleşen orgazmlar, reel dünyadan binlerce kere daha fazladır. Eşi, sekse hazır bir şekilde yatakta çırılçıplak olduğu hâlde gizlice ona bakarak ya da onu düşünerek veya pornografik başka uyarıcılar (film izlemek, chat yapmak, fantezi okumak) aracılığıyla mastürbasyon yapan erkek ve kadın sayısını duymak isteyeceğinizi hiç sanmıyorum.

Peki, bunu o anda uyuyan eşine neden söylemeye cesaret edemez hiç kimse?

– Aşkım kalk bak, sana ne diyeceğim? Şu an seni izleyerek orgazm oluyorum. Böyle yapınca seni bir başkası sandığım ya da seni başkasıyla aldattığımı düşündüğüm için zevk alıyorum. Bana yasakmışsın gibi geliyorsun ve bu da benim hoşuma gidiyor.

Sizce kaç çiftin böyle bir cümle kurma özgürlüğü vardır? Oysa bu özgürlük herkeste olmalıdır, çiftler de bu isteği makul karşılamalıdır. Gel gelelim; yaptığımız anketlerde bu fikir, herkese kışkırtıcı geldiği hâlde binde üç oranında "evet" almıştır. Bu yüzden de birbirini aldatan çift sayısı, hâlâ milyarın üzerinde olma oranını korumaya devam etmektedir. Dürüst olmak gerekirse hiç kimse, kendi yatağındaki kadınla ya da erkekle sevişmiyor. İnkâr etseler de herkes bir hayalle sevişiyor. Gerçek eşler ise bu inkârcıların hayallerini gerçekleştiren figüranlar oluyor.

Şimdi sıkı durun. Bir yorganın altına girip oraya milyarlarca insanı hem de sadece konuşarak sığdırabilirsiniz ki az önce de söylediğim gibi ben buna "wrap sex" adını verdim. Bu hesapla bütün yasakları da bir battaniyenin ya da bir yorganın veya bir örtünün altına sığdırabilirsiniz. Yüzlerce kadına, binlerce erkeğe ihtiyacınız yoktur. Yani diyorum ki sadece beyninizi kullanıp zaten figüran olarak koynunuzda tuttuğunuz partnerinizden milyar kişi yaratmak ve cinsel hayatınızı bir gökkuşağına dönüştürmek sizin elinizde.

Kısacası, şımarık bir kadın ya da yaramaz bir erkek olun ama orgazm olduktan sonra pişman olacağınız şeyleri, "wrap" yaparak sadece beyninizi kullanıp konuşarak partnerinizle yorganınızın altında yaşayın da başınızı belaya sokmayın!

Hayal kurarken hiçbir sınırınız yok düşünebiliyor musunuz? Parafilik bütün cinsel sapıklıklarınızı; egzibisyonizmden fetişizme, frottörizmden voyeurizme, mazoşizmden sadizme, nekrofiliden zoofiliye kadar ne tür sapkınlığınız varsa "wrap sex"le bir örtünün altına hapsedebilir ve bunu gerçekleştirdiğinizden çok daha yüksek seviyede zevkler alabilirsiniz. Yasaksa tamam işte yine yasak, sapıklıksa tamam işte yine sapıklık, orgazmsa işte en muazzamı... Yasal yollarla yasak zevklerinizi tatmin etmiş oluyor ve sonunda da sosyolojik bunalımlara girmemiş oluyorsunuz. Bunun için yapmanız gereken tek şey, utanma duygunuzu aşarak bu hislerinizi eşinize, partnerinize veya sevgilinize doğru bir şekilde ifade edebilmektir.

Bu arada, "wrap sex" için illa bir partnerinizin olması da gerekmez. Tek başınıza yaptığınız profesyonel bir mastürbasyon çalışması olarak da görebilirsiniz bunu. Bilmiyorum, size mastürbasyon yapmanızı önerdiğimin farkında mısınız? Bunun, ucuz bir teklif olduğunu, zaten herkesin bunu yaptığını söylemeyeceğinizi umuyorum. Söylemeyin çünkü mastürbasyon adındaki bu silah, yerinde ve zamanında kullanılmadığı için cinsel suçlar işleniyor ve işlenmeye de devam ediyor. Erkeklerin neredeyse tamamı mastürbasyon yaptığı hâlde, kadınların yarısının bunu yapmaması veya yapmaktan kaçınması düşündürücüdür. Birçok kadın, tabularını aşamıyor. Kendi bedenini tanımadığından ve de kendine dokunmaya çekindiğinden orgazm yaşayabilmek için illa biriyle olması gerektiğini sanıyor. Oysa insanlığın en büyük buluşu olan mastürbasyon, Tanrısal bir hediyedir insana. Elbette bunu her zaman yapabilirsiniz; hiçbir zararı olmadığı gibi çok fazla yararı da var mastürbasyonun. Sizi temin ediyorum ki bunu, özellikle doğru zamanda ve doğru şekilde yaparsanız cinsel hayatınızı bir cehennem olmaktan kurtarırsınız. Aynı paragrafta iki defa zamanlamadan bahsettiğim dikkatinizi çekmiş olmalı. Elbette bunun bir sebebi var. Erkekler, mastürbasyon konusunda iştahlı oldukları hâlde zamanlamayı iyi yapamadıklarından tecavüz vakalarının bir numaralı sanığı oluyor her seferinde. Öyleyse mastürbasyon, sadece bir tatmin şekli değil aynı zamanda da ruhsal bir frenleme ve zihinsel bir terbiye biçimidir. E, bu durumda da daha terbiyesizlerin bu işi biraz daha fazla yapması, son derece doğal karşılanmalıdır.

Bu yukarıda anlattığımı şimdi de bir örnekle desteklemek istiyorum. Libidosu, Benjamin'den daha yüksek bir iş ortağımız vardı. Uzun süre birlikte çalışınca dost olmuştuk Ryan'la. İyi bir konuşmacıydı. Güvenilir ve ikna edici bir tarzı vardı. Uzun sohbetlerimiz olurdu onunla ve birbirimize ilginç deneyimlerimizi anlatırdık her fırsatta. Aslında bunlar bir nevi vaka inceleme gibi şeylerdi ve mesleğimiz icabı da işimize yarayan hikâyelerdi. Ah, öyle düşündüğünüz gibi bir ilişkimiz de yoktu Ryan'la.

İki kadın ya da iki erkek gibiydik onunla. O günlerde kendisi bana, çok ilginç bir deneyiminden bahsetmişti ki daha sonra ben bunu "wrap sex" için de iyi bir örnek olduğundan danışanlarıma bir taktik olarak aktaracaktım.

Sürekli seks düşünen Ryan, bir gün hiç olmaması gereken biriyle olmak üzereyken keşfetmiş bu metodu. Şöyle anlattı:

– Sophia'yla İspanyolca öğrenmek için gittiğim dil okulunda tanışmıştık. Kısa bir zaman sonra samimiyetimizin dozu bir miktar artmıştı. Kahve içmek için buluşuyorduk bazen. Onun etkisindeydim ve sevişmek istiyordum. Bunu o da istiyordu, hissediyordum. Ancak küçük bir sorunumuz vardı, Sophia'nın sevgilisi bir psikopattı. Kendimi geri çektim, çekmeliydim. Açık olmam gerekirse sevgilisinin olması umurumda bile değildi ancak onun bir psikopat oluşu beni korkutuyordu. Hele de Sophia bana bu psikopatın hikâyelerini anlatınca iyice tedirgin olmuştum ve kızdan da uzaklaşmaya başlamıştım. Fakat ne yaparsam yapayım, kurtulamıyordum onunla sevişme isteğimden. Bak şu işe ki bir gece vakti çaldı zil. Gelen Sophia'ydı. Geçerken bir kahve içmek için uğramış güya bana ancak bakışları öyle demiyordu ve hiç de kahve için gelmiş gibi görünmüyordu. Bu durum hoşuma gitmişti çünkü ben epeydir hiç kimseyi böyle istememiştim. Kahvelerimizi içtik ama gitmedi Sophia. Sohbet derindi birer kahve daha aldık kendimize. Nasıl olduğunu hatırlamıyorum; konu kendiliğinden cinselliğe geldi, bilirsin. Sophia, sevgilisinin onu mutlu edemediğini anlatırken üzerindeki hırkayı çıkardı. Göğüs dekoltesi; tahrik edici, bu hâli heyecan vericiydi. Yanıma, bir dost mesafesini aşacak şekilde sokuldu ve o gece bende kalmak istediğini söyledi. Tabii ki kabul ettim. Onu istiyordum ama bunu yapmamam gerektiğini de biliyordum. Aramızda bir manyetik çekim alanı oluştu, kurtulamıyordum. Belli ki birkaç dakika içerisinde uzun zamandır istediğim ama kaçtığım şey olacaktı. Yalnız o an bir şey oldu ve aklıma, bu durumdan kurtulabilmem için tarzımın dışında bir şey geldi. Çok zor oldu fakat müsaade istedim Sophia'dan ve kendimi yatak odasına attım. Muhtemelen Sophia, sevişme hazırlığı gibi bir şey yapmak üzere gittiğimi düşünmüştür fakat benim gidişim bu amaçla değildi.

Ben araya girerek,

– Ne için gitmiştin, bak ben de merak ettim şimdi?

dedim. Cidden merak etmiştim. Anlatmaya devam etti Ryan:

– Çok özür dilerim senden ama söylemek istiyorum bunu. Ben, Sophia'yı düşünerek mastürbasyon yaptım Merryliss. Düşünebiliyor musun,

> o içeride beni beklerken ben onu hayal ederek rahatladım. Birkaç dakika sonra hem de Nero'nun şampiyonu olan imparatorluk gladyatörü Hilarius gibi göğsümü gere gere tekrar onun yanına gittim. Sophia, hazırlığını, göğüs dekoltesini biraz daha açarak yapmış; beni bekliyordu. Bak şu işe ki az önce sevişmek için çıldırdığım, yanından uzaklaşmakta zorlandığım kadını şimdi istemiyordum. "Bir kahve daha içer misin?" dedim, ciddiydim. Sophia şaşkındı. O da her kadın gibi duygularını kontrol edebildiğinden "Olur." dedi sadece ama üzgündü. Niyetimi anladı ve kibarca toparlandı zarif kadın. Kahve içtik, film izledik... Uzun uzun sohbet ettik lakin bu sefer konu cinselliğe hiç gelmedi ve biz seks dışında her şeyi konuştuk o gece. Sonra da iki dost gibi uyuduk iki ayrı yatakta.

Ryan bunu anlatırken onunla gurur duydum. Yaptığı, bütün erkeklere örnek olacak nitelikteydi. Onu ağzım açık dinledim. Ryan'ın anlattığı, aslında benim "wrap sex" dediğim şeydi. Belki de şu an gözünüzde canlandırdığınızda Ryan'ın ya da herhangi bir erkeğin mastürbasyon yapması size itici hatta iğrenç gelebilir. Fakat bana sorarsanız bu, bir erkeğin verdiği en büyük savaştır ve bence Hilarius'u yenen Marcus Attilius'tan bile daha güçlü olduğu tek andır. Elbette bunu hiç yapmadan kendini terbiye edenler de vardır. Hatta onlar bu satırları okurken "Ben daha güçlüyüm." diyerek kendini şımartmaya bile kalkabilirler. Ama bilmeliler ki Ryan da sürekli yatak odasında mastürbasyon yapan bir adam değildi. Buradaki can alıcı nokta, öyle bir aşamaya gelmişken durabilmek ve kendini terbiye edebilmektir. İşte böyle erkeklere, metodu ne olursa olsun saygı duymak gerek. Hepimiz insanız ve zaaflarımıza yenilmediğimiz sürece bu savaşı kazanmış sayılırız. Ryan şunları da söyledi:

– Ben o gün, Sophia'nın psikopat sevgilisinden değil aslında kendimden kurtulmayı başardım ve gerçek erdemin ne olduğunu, insanın zaaflarıyla nasıl baş edebileceğini de kavradım. Şimdi çok daha huzurluyum. Hakkım ya da haddim olmayan hiçbir kadınla birlikte olmadım. Çok zorda kalınca yatak odasına kaçtım ama asla yanlış yapmadım. Böyle davranınca da bir müddet sonra bu konu zaman aşımına uğruyor ve tamamen kurtuluyorsun. Onu düşünerek boşalınca onunla olan cinsel hayatın mastürbasyon seviyesine inmiş oluyor ve onu, o seviyede bırakıyorsun. Zaman geçiyor ona olan aşkın da diğer bütün aşklar gibi bitiyor...

Şaşkındım. Ryan, Benjamin'in yapamadığını yapmıştı. Oysa onun da libidosu vardı, o da bir erkekti; tek farkı kendi bedenini ve gücünü keşfetmekti. Bizi, Tanrı mı yarattı, tabiat mı savurdu çok emin değilim ama her ne olduysa biz, tastamam bir mekanizmayla gönderildik dünyaya. Onu kullanmamak için direnmek, gereksiz ukalalık yapmak; otomobilin freni varken kapıyı açıp ayağını yere sürterek aracı durdurmaya kalkmak kadar aptalca geliyor bana. Yani diyorum ki seksten kaçmayın, sınırlarınızı bilin, kendi bedeninizi tanıyın ve ondan sonra ne istiyorsanız onu yapın. Ryan, bana "Sır tutabiliyor musun Merry?" diye sorduktan sonra son bir şey söyleyerek beni daha da çok şaşırttı ve kendisine hepten hayran bıraktı:

— Merryliss, kızma bana ama ben; ilk tanıştığımızda senin için de gittim birkaç kez yatak odasına ama bitti.

Bunu duyunca kızmadım aksine bunu itiraf etmesinden hoşlandım. Neticede beğenilmek ve istenilmek mükemmel bir his ve bunu bana söyleyen adamın benden cinsel bir talebi de yok! Ayrıca haddini bilmesi, saygıdeğer bir davranış... Benimle olamayacağını bilen Ryan, haddini aşmadı ve beni hayal dünyasında yaşattı. Bu konuyla ilgili, şimdi ben de son bir şey söylemek istiyorum size; sır tutabilirsiniz sanırım: Onun haberi yok ama o günden sonra Ryan'ı düşünerek ben de birkaç kere yatak odasına, battaniyenin altına kaçtım ve onu bedenimde yaşattım. Bunu söylerken utandım ama inanın hiçbir pişmanlık duymadım çünkü olması gereken bu ve ben bu kitabı insanlara bunu öğretmek için yazdım. Ah, bir de yüz kızartıcı olan, mastürbasyon değil;

sizin olmayana fiilen ve onursuzca sahip olma çabasıdır, hatırlatırım.

Çok ciddi merak ediyorum! Doktorlar acaba ne zaman akıl edecek de, reçetelerine antidepresan yerine, insanlara ilaç niyetine "Her gece bir doz mastürbasyon." yazacak? Ve yine merak ediyorum! Toplumbilimciler, ne zaman tıp doktorlarının kulağına kar suyu kaçırıp tecavüzleri önleyebilmek adına; bu tarz sapıklara, bu alçak eylemin öncesinde, yüksek dozda mastürbasyon yapmalarını ve bu yolla hayvanî dürtülerini bastırmalarını bir yöntem olarak reçetelendirmeyi önerecek?

Bunları anlatırken "Başkalarıyla yasal ve rızaya bağlı cinsel birliktelikler yaşamayın!" gibi bir şey söylemiyorum. Buna hakkım da yok, bu benim haddim de değil. Kaldı ki bunun bir kuralı da bulunmuyor! Sizin "yasal" dediğiniz, başka bir kültürde "yasak" sayılabilir ki bunun tam tersi de mümkündür. Yani kültürel farklılıklar vardır ve bunu reddetmek ahmakça olacaktır. Buna rağmen her kültürün kendi değerlerine göre "hayır" dediği cinsel davranışlar mutlaka bulunmaktadır. İşte "wrap sex"le fantezi zekânızı birleştirdiğinizde hangi sosyal ortamda yaşarsanız yaşayın, toplumsal yasaklara; yasal zeminler ve yasal orgazmlar oluşturmuş olabilirsiniz zihinsel dünyanızda.

Daha ilginç olanı, wrap sexte kişiler birbirilerinin bedenini değil, fantezi zekâsını kullandığı için "yaşlanmak" diye de bir şey yoktur. 100 yaşında dahi olsanız birbirinizin zihnine ihtiyaç duyacağınız için hep genç kalacaksınız çünkü hayaller hiçbir zaman yaşlanmaz. Bu hesapla tekrar altını çizmeliyim ki Tanrı'nın seks için yarattığı aparat; cinsel organlar değil; beyindir sadece.

Kısaca; birbirinizi beden olarak değil, zihin olarak kullanmanızı teklif ediyorum ben. Eğer bunu ciddiye almazsanız hiçbir zaman mutlu olamazsınız ve hep bir fazlasını arayarak yaşar, yaşlanır ve sonunda da mutsuz bir şekilde ölür gidersiniz. Öyle ya da böyle, bir şekilde bedeni deformasyona uğrayacağı kesin olan bir erkeğe ya da kadına sahip olmak size asla yetmez ve sosyal bir intihar yaratarak kendinizi makinelere bağlanmış olarak yaşamaya mahkûm edersiniz. Öyleyse muadili, benzeri, sunisi falan yapılamayan tek nesne beyindir ve sizi hayata bağlayan da odur. Şişme bebek, vibratör, suni vajina veya bunların çok daha gelişmişleri yapılabilir ama milyonlarca yıl geçse de asla strateji üretebilen, hormonlar salgılayabilen, duygular yaratabilen, içinde milyarlarca düşünceyi, neredeyse sonsuz bilgiyi ve kelimeyi barındırabildiği hâlde tek kelimeyle ifade edilebilen "beyin" gibi bir makine yapılamaz.

Benjamin, hayal ettiği her şeyi yaşamış bir insandı ama bunları hayalde bırakmayı başaramadı. Peki, sorarım size; Benjamin başına açtığı büyük belanın farkına vardığında, bunları hiç yaşamamayı ve hepsini hayalde bırakmış olmayı istemez miydi? Ne gariptir ki yaşadıklarını eşiyle konuşup yalnızca bir fantezi düzleminde gerçekleştirerek tatmin olsaydı da aynı hazzı alacaktı. Sadece düşünerek en basit hâliyle mastürbasyon yapmış olsaydı da orgazm olacaktı. Bütün bunları biriktirip toplayamadığına göre illegal şeyler yapmasının, onu yormak dışında nasıl bir faydası olmuş olabilir ki Benjamin'e?

Özetle böyle. Aslında bu konu hakkında söylenecek daha çok şey var ancak ben bir hayal mühendisiyim, bilim insanı değil. Umuyorum, önümüzdeki yıllarda bilim insanları bu konu üzerinde çalışır ve benim bugün tartışmaya açtığım bu "fantezi zekâsı" meselesinin aritmetiğini oluşturarak çok daha derin sonuçlara ulaşırlar. Böylece de tıpkı diğer zekâ türleri gibi FQ da ölçülebilir hâle gelir ama doğrusunu isterseniz bu konuyla ilgili birilerine hava atıp gereksiz şımarıklık yapmayacağınıza göre, fantezi zekâ puanınızı bilmeniz; öyle çok da önemli bir şey değildir. Ancak yine de çok merak ediyorsanız söyleyeyim: Eğer suratınızı asmıyor ve devamlı olumlu davranabiliyorsanız; başınıza ne gelirse gelsin, muhakkak bir çıkış yolunun olduğuna inanıp gerekeni yapabiliyorsanız; yatağınızdaki kişiyi, dünyanın bütün kadınlarının ya da erkeklerinin tek bedende toplanmış hâli gibi görebiliyorsanız; başınıza büyük belalar açan cinsel birliktelikler yaşamıyorsanız ve bu konu artık sizin bir probleminiz değil de gerçekten zevkiniz olabildiyse; yaptığınız işlerde hırstan ziyade, azmi ön planda tutarak başarılı olabiliyorsanız; insanlarla gereksiz tartışmalara girmekten kurtulabildiyseniz; hayatınızdan boş insanları sonsuza kadar çıkarmayı başarabildiyseniz hiç dert etmeyin, sizin fantezi zekâ puanınız tam demektir. Şimdi her şeyi bir yana bırakıp son nefesinize kadar bu kusursuz lunaparkın tadını çıkarın.

on dördüncü nefes

on dördüncü nefes

Bu kadar felsefe yaptıktan sonra yeniden hikâyemize dönecek olursak Benjamin'in başı büyük beladaydı çünkü Liza, kocasının ona yaptıklarıyla ilgili hiç de iyi şeyler düşünmüyordu. Günlerdir "ipli zilliler" adıyla örgütlediği kızlarla yaptığı hazırlık tamamlanmıştı.

Alissa, şehir dışında olan Benjamin'i aradı ve ona, ilginç bir teklif sundu:

— Aşkım, yarın dönüyorsun. Diyorum ki Loreana'dan gizli olarak karının yatağında sadece beni becersen nasıl olur? Onun çamaşırlarını giydir bana. Hem video falan da çekeriz. Ne dersin?

Birkaç gündür seks yapmayan Benjamin, bu fikri çok beğendi ama bayılmadı çünkü bunun bir benzerini daha önce yapmıştı. Çok yorgun olduğunu, bunu başka bir zaman yapabileceklerini söyledi. Ayrıca Alissa'yı çok istemesine rağmen daha yeni sevişmişti onunla. Fakat fikrini değiştiren telefon gecikmedi. Birkaç saat sonra arayan Isabella'nın söyledikleri; Alissa'nın, teklif ettiği fanteziye çok farklı bir zemin hazırlayacaktı. Isabella,

– Aşkım, ben bu gece Claralara gideceğim. Biraz rahatsızlanmış da... Beni merak etme olur mu? Haberleşiriz, gelmeden önce ararım seni.

dedi. Benjamin, o ana kadar tek bir fantezi dahi yapamamıştı Isabella'nın üzerinden ve sinirliydi de bu konuda.

Clara, Isabella'nın kız kardeşiydi ve Boston'a 285 mil mesafede olan New Jersey'de yaşıyordu. Bu, fazla kıskanç olan Isabella'nın yatağında Alissa'yı becererek hem Isabella'yı cezalandırmak hem de zaman zaman Liza'ya ettiği haksızlık için duyduğu vicdan azabını hafifletmek için altın bir fırsattı. Alissa'yı aradı:

– Aşkım, düşündüm de Liza'nınkinde değil ama bunu Isabella'nın yatağında yapabiliriz hem onun çamaşırları daha tahrik edici.

Alissa, günlerdir birlikte olduğu ve Liza'nın önderliğinde; birleşerek Benjamin'e tuzak hazırladıkları kadını, sanki hiç tanımıyormuş gibi,

– Isabella kim sevgilim? Yoksa...

Benjamin yine her zamanki gibi gülerek:

– Karım yaa...

Alissa sözde şaşkın:

– Aşkım, sen Liza'yla evli değil misin?

Benjamin şakacı ya:

– Sevgilim, bir kadın yeter mi hiç bana?

Alissa:

– Seni şakacı! Tamam aşkım, sen kimi istersen ben o olurum. Şeyyy... Bir de bana bir tane gül alır mısın gelirken? Çok severim de...

dedi ve yarın gece 09.00 gibi onu evden almasını söyledi. Benjamin, kadınların çiçek ve özellikle de gül merakını hiç anlamıyordu ama böyle talepleri olduğunda da gereken neyse çok daha fazlasını yapıyordu.

O geceki uçak biletlerini bahane ederek tekrar aradı Isabella'yı. Amacı biletler değildi şüphesiz, yarınki geceyi garantiye almaktı ki o bunu hep yapardı. En nefret ettiği şey, yaptığı bir prodüksiyonun yarım kalmasıydı. Isabella'nın, New Jersey için gidiş dönüş biletlerini aldı ve işine geri döndü.

Liza'nın planı başarılı bir biçimde işliyordu. O gece için bütün hazırlıkları tamamladılar. Ertesi gün Benjamin işlerini bitirdi ve akşam beşe doğru, Isabella'yla birlikte yaşadığı eve geldi. Yatak odasında her kadın gibi Isabella'nın da düğün fotoğrafları bulunuyordu. Alissa'nın dikkatini dağıtmasın diye önce onları kaldırdı. Geride iz bırakmamak için aldığı yeni yatak örtüsünü güzelce gerdi yatağa ve üstünü de gül yapraklarıyla süsledi ama bu kadarla bırakmadı. Yeni aldığı beyaz havluları banyoya muntazaman yerleştirdi. Son olarak da iki katlı evin giriş merdivenlerinden itibaren üst kattaki yatak odasına giden yolu boydan boya gül yapraklarıyla donatıp bütün mumları yaktı. Yataktan hiç çıkmamak ve mutfakta dolaşarak fazla iz bırakmamak için kahve makinesini yatak odasına götürdü. Aldığı bir dolu içeceği ve abur cuburu da aynı zamanda buzbolabı olabilen komodinlerin içine yerleştirdi.

Her şey hazırdı. Dışarı çıktı ve arabasını çalıştırdı. Alissa'nın evi yaklaşık bir saatlik mesafedeydi. Onu almak üzere yola koyuldu. Yağmurlu bir havaydı. Yol boyunca kendi kendine,

– Neden metroya binip gelmez bu kadınlar? Hep bir kontes, hep bir prenses...

diye söylenerek Alissa'nın evinin önüne geldi ve telefonla arayıp onu aşağı çağırdı. Makyajsız bir biçimde aşağı geldi güzel kız.

—Aşkım, daha önce iz kalmasın diye makyaj yaptırmamıştın ya! O yüzden böyleyim. Çirkin miyim yoksa?

Benjamin, bunu ona söyleyememişti ama kızın bu inceliği, gerçekten hoşuna gitti:

—Ya bayılıyorum sana ben. Müthiş bir kadınsın sen...

Yol boyunca şımarttı kızı. Alissa, hiçbir şekilde evlenme bahsini açmadığı için rahatsız oldu Benjamin ve kendisi açtı bu konuyu:

—Aşkım bu arada, Liza'yla da...

Alissa, sözünü kesti Benjamin'in:

—Aşkım sus! Boş ver şimdi. Çok daha önemli bir işimiz var bu gece... Ah, çok heyecanlıyım... O kadın gelmez, değil mi sevgilim?..

Benjamin kendinden emin:

—Hayır hayır, imkânsız! Şehir dışında.

Alissa rahatlamış bir edayla:

—Ah, seni istiyorum Benjamin...

derken evin önüne gelip otomobili park ettiler.

Gece 10.00 civarlarıydı ve o an kız kardeşinde olan Isabella'nın evine giriyorlardı. Alissa, bu girişin yasa dışılığının farkındaydı. Her ne kadar Benjamin önlem almış olsa da o, komşulara görünmemek için 30 saniye gecikmeli yürüdü genç kadın, erkeğinin ardından.

Mum ışıklarıyla aydınlanan romantizmin içine düştüler. Sessizlik gül kokuyordu. Alissa, onun için yollara döşenmiş gül yapraklarını fark edince büyük bir heyecanla ayakkabılarını çıkardı ve onları saygıyla ezerek yavaş yavaş yürüdü üst kata. Büyüleyiciydi. Yatak odasına giden yoldaki büyük mumlar aşk saçıyordu her yere... Birkaç basamak kala, Alissa'nın dudaklarına yapıştı Benjamin. O da ateşli öpüşleriyle karşılık verdi ve erkeğinin kucağında girdi yatak odasına. Alissa'yı yatakta yavaş yavaş öperek soyundurmaya başlayan Benjamin'in heyecanını güya çekinerek ve zamansızca böldü ya da atı, piyona sürdü genç kız:

—Şeey aşkım; yoldan geldin, bir duş alsan olur mu?

Uzun yol gelmişti ve çiçeklerle, havluyla, alışverişle falan uğraştığı için de ciddi terlemişti.

—Çok özür dilerim aşkım, tabii ki.

dedi ve Alissa'yı yatakta bırakıp banyoya girdi. Yaklaşık 10 dakika kadar sıcak suyun altında durdu o satranç tahtasının tek piyonu. Bir hayli yorgundu ve bu duş ona iyi gelecekti. Aslında her ilişki öncesinde mutlaka duş alırdı; bir parmağıyla sutyen açabilen, iki parmağıyla pantolonun içinden kadının külodunu söküp alabilen bu profesyonel becerici. Bunu, ona Alissa'nın hatırlatması, bu haftaki yoğunluğunun marifetiydi.

Yeni aldığı havlulardan bir tanesini beline doladı ve çıktı banyodan. Antredeki küçük masanın üzerinde hazır bulunan kırmızı şaraptan iki kadeh aldı eline ve ağzındaki gülle mum ışıklarının aydınlattığı yatak odasına girdi. Şarapları, yatağın yanındaki küçük masanın üstüne bıraktı ve Alissa'nın üzerindeki yorganı,

—Aaaşkıım...

diyerek araladı. Gördüğü şey karşısında ağzındaki gül, yatağa; belindeki havlu da yere düştü. Yorganı tekrar kapadı Benjamin sessizce "Olamazzz!" diye mırıldanırken. Birkaç saniye sonra bir daha açtı ve bir daha kapadı yorganı. Bunu birkaç kez tekrar etti ama gördüğü sahne değişmiyordu. Bu bir rüya dahi olamayacak kadar olmazdı, olamazdı... Ağzı hafifçe aralanmış, çırılçıplak bedeniyle boylu boyunca yatakta uyuyan kadın, Alissa değil; psikiyatrlara düşürdüğü, halüsinasyon gördüğüne ikna ettiği ya da kısacası hasta ettiği karısı Liza'ydı. Kollarını başının üstünden geriye doğru uzatarak hafifçe gerilip gözlerini araladı ve kibarca gülümseyerek yan dönüp sanki her şey normalmiş gibi uyumaya devam etti amazon kadın. Benjamin, sihirbazlık gösterilerindeki gibi bir düşle yorganı kapatıp açarak Liza'dan kurtulmayı denedi ama olmadı. Bu sefer, gördüğünü inkâr ederek yataktaki çıplak Liza'ya,

– Alissa, Alissa... Yalvarırım bir şey söyle... Şaka mı bu?

dedi. Oysa yatakta Alissa falan yoktu. Liza sarhoş bir tebessümle,

– Gel buraya sersem.

dedi ve daha yüksek bir gülümsemeyle poposunu anlamsız bir biçimde mum ışıklarına dönerek tekrar uyudu.

Benjamin buna inanmadı, inanamazdı... Hayal görüyor olmalıydı. Liza'yı yok etmek için tekrar kapadı yorganı ve yerdeki havluyu alıp beline sardı. Arkasına bakmadan parmak uçlarına basarak odayı aydınlatmak için usulca lambanın düğmesinin olduğu tarafa doğru yürüdü ve hiç gürültü çıkarmadan açtı odanın ışıklarını. Aman Tanrı'm! Bu gördüğü, neredeyse az öncekini unutturacak cinstendi. Açık kapının eşiğinin üstünde dikilerek sırtını kapının sövesine dayamış, alakasız bir yöne hayranlıkla bakan bu kadın, Isabella'ydı. Tamam da işte bu hiç olamazdı; bu, gerçekten olamazdı. Bir defa Isabella şehir dışındaydı. Ayrıca Liza'yla aynı evde olması için güneşin falan sönmesi lazımdı. Güneş söndü mü bilinmez ama Benjamin boğuluyordu ve bir daha da günün hiç aydınlanamayacağına inanıyordu.

Hızlıca New Jersey için aldığı biletlerin saatini hatırlamaya çalıştı. Evet, o çoktan gitmişti Clara'ya. Bu bir illüzyondu ve eğer öyleyse Isabella'yı yok etmek için lambayı kapatması yetecekti. Hiçbir şey yokmuş gibi odayı tekrar mumlara teslim etti Benjamin. İnsan, nasıl bir tasarım; düşünebiliyor musunuz? Gerçekten o an böyle davrandı ve Benjamin'in o beyin yakan zekâ düzeyi ışık söndürme, yorgan örtme, göz kapatma yahut okus pokus seviyesine indi bir anda. Gel gör ki bunu yadırgamıyorum çünkü yapabileceği hiçbir şey yoktu genç adamın. Belki onun için tek çıkış, kaçıp kurtulmak olabilirdi ama o an bu, onun aklına hiçbir şekilde gelemezdi. Bunca yıldır bütün entrikaları bilen bu adam, akıl tutulması yaşıyordu. Liza'ya "sanrı prodüksiyonu"nu bizzat kendisi hazırlamıştı fakat bu bile o an aklına gelmedi Benjamin'in. Gelemezdi çünkü bir boşluk gerekiyordu bunu düşünmesi için ama yoktu boşluk moşluk. Üç beş dakika içerisinde milyonlarca soru işareti dolandı Benjamin'in başının üstünde. Hiçbir taş yerine oturmuyordu. Bu yüzden de lambayı söndürmek en iyi fikirdi, arkasına bakmadan yönünü yatağa çevirdi.

Çok şükür, her şey düzelmişti. Az önce kapattığı yorganı tekrar aralayınca,

– Ne yapıyorsun orada aşkım? Hadi gel; off, seni istiyorum erkeğim!

diyen Alissa'yla göz göze geldi yeniden. Bir refleksle kafasını Isabella'nın olduğu tarafa çevirdi. Bereket versin ki Isabella da yoktu az önceki yerde.

— Bana neler oluyor?

diye birkaç saniye düşündükten sonra hunharca gülmek istedi ama bunu Alissa'ya hissettirmemesi gerektiğinden içinden attı kahkahasını. Sevişmeye ve az önce gördüklerini unutmaya karar verdi.

Bunlar, ona göre hayaldi tabii ki. Isabella'nın orada ne işi olabilirdi? Liza, evden çıkmayan Liza nereden akıl edecek de hem de kıskançlığını bir yana bırakarak Isabella'yla tanışıp evine girebilecek kadar dost olacaktı? Hem bir de bütün bunlar neden olsun ki? Benjamin, az önceki kâbustan kurtulup Alissa'yı öperken şimşek çakmalarına eşlik eden gök gürlemesini duyunca,

— Yoksa Tanrı beni cezalandırıyor mu?

diye düşündü çocukluğundaki gibi. Kısa sürdü bu düşünceler, gelgitler...

Eğer o sesi duymasaydı bu geceyi kimse bozamazdı. Evet, bir ses geldi... Bir ses, kapı tarafından; bir ninni sesi! Durdu Benjamin. Alissa bunları duymuyordu elbette(!).

— Ohh, durma aşkım devam et! Hadi becer beni!..

dedi dikkati dağılan Benjamin'e,

– Bir saniye meleğim!

dedi yorgun adam ve yerinden kalkıp sese yürüdü. Mumlardan birinin dibine oturmuş siyah pelerinli bir kadın; bulundukları katın, büyük ve kare formundaki holünün uzak ucunda ninni söylüyordu hiç sebepsiz. Korkarak yaklaştı ve kadının omzunu dürttü. Kadın, ninnisini söylemeye devam etti kucağında tuttuğu, Benjamin'in çok sevdiği, yüzük niyetine sevgililerine hediye ettiği o siyah ipten örülmüş bebeği iyice göğsüne bastırarak. Benjamin bir daha dürttü kadının omzunu ve bakın şu işe ki az önce yatakta çırılçıplak gördüğü Liza; bu sefer, cansız bir ip yumağını emziriyordu koynunda. Benjamin'in yüzüne ölü gibi bakıyordu Liza hem de ninnisini hiç bırakmadan. Genç adam, ondan bir tık daha yüksek bir sesle bir şarkı mırıldanarak yürüdü ve mezarlıktan geçmek zorunda kalan çocuğun korkusuyla uzaklaştı oradan. Kendini rahatlatmak için güzel şeyler düşünüyordu. Az önce yataktan kaybolduğu gibi biraz sonra da buradan kaybolacaktı Liza.

Elini yüzünü yıkayıp kendine gelmek için banyoya girdi Benjamin. Gerçekten de ninniyi duymuyordu artık. Kafasını kapıdan çıkardı ve Liza'nın az önce durduğu tarafa doğru baktı. Ne Liza vardı ne de ip bebek. Derin bir nefes aldı ve başka bir şey görmek istemediği için lambayı açmadan, ışığı içeriye sızan mumun aydınlığında çevirdi musluğu.

Ne yaşıyordu Benjamin, neydi bu olanlar? Yüzünü yıkarken gözlerini kapadı ve her şeyin o suyla akıp gitmesini diledi. Lavabodan gelen bir tıkırtı için açtı gözlerini. Akıp giden suyun içinde, ucuca eklenmiş tırnakları andıran, parlak beyaz bir şeyler dikkatini çekti. Saliseler sonra fark etti bunun bir takma diş olduğunu. Benjamin zangır zangır titriyordu ve kendi dişleri birbirine çarpıyordu. Eline aldığı peçeteyle lavabodaki dişleri almaya çalışırken çıplak ve fakat buruşuk bir el girdi peçeteyle dişin arasına. Benjamin, o anki ruh hâliyle fark edememiş olsa da bu el; Isabella'yı kandırmak için anne rolü yaptırdığı o kadının eliydi. Tek kelime dahi etmeden alelacele bir tavırla Benjamin'in elindeki dişleri alıp çırılçıplak ve sarkık bedeniyle ama yaşına göre fazla hızlı adımlarla banyodan dışarı çıktı. Benjamin buz kesti.

Bitmeyen bir kâbustu bu onun için ama artık bitmeliydi. Büyük hole açılan banyo kapısından kafasını uzatıp hızlıca kolaçan etti etrafı, hiç kimse yoktu görünürlerde. Yatak odasına koştu. Alissa, bu sefer yüzüstü yatmış ve yorganı üzerine çekmişti. Dışarıdan sadece saçları görünüyordu. Benjamin, derin olamasa da biraz nefes aldı. Onca gürültüye rağmen Alissa'nın mışıl mışıl uyuyor olması iyi haberdi. Öyle ya! Bu sesleri duysaydı o da yatağında uyuyor olamazdı. Benjamin, destek almak ister bir edayla elini Alissa'nın saçlarına uzattı. Ne yazık ki dokunduğu saçlar âdeta bir peruk gibi eline geldi Benjamin'in. Genç kız, makine ile kazınmış saçlarına rağmen hiçbir şey yokmuş gibi yüzünü döndü Benjamin'e. Keşke dönmeseydi çünkü bu Alissa değil, büyük sırdaşı ve planlar yaptığı arkadaşı Loreana'ydı ve o da gülümseyerek hem de sinir bozucu bir tondan ninni söylüyordu. Benjamin, henüz bu şoku atlatamamışken Loreana, ninnisine devam edip davetkâr bakışlarla yavaşça açtı yorganı. Olamaz. Benjamin'in her gördüğü bir öncekinden daha çıldırtıcıydı. Bu sefer, az önce Liza'nın kucağında gördüğü örgü bebeğe saplanmış, kısa fakat kalın bir bıçak ve hâlâ akmakta olan kan vardı yatakta. Alissa, Alissa'ya bir şey mi olmuştu yoksa? Bu Alissa'nın kanı mıydı acaba?

Benjamin, "Alissa... Alissa..." diye bağırarak yatak odasından dışarı fırladı. Yatakta olması gereken Alissa, o anda banyodan çıkmış yatak odasına doğru geliyordu. Benjamin'e, hiçbir şeyden haberi yokmuşçasına bir rahatlıkla,

– Sakin ol aşkım, bembeyaz olmuşsun!

dedi. Benjamin sakin olamıyordu ve,

– Alissa, kan var yatakta. Loreana, Liza, Isabella; hepsi burada! Aman Tanrı'm aklımı yitiriyorum galiba...

derken yaklaşan bebek ağlamaları, ninniler ve garip kahkaha sesleri değiyordu kulağa. Benjamin:

– Duymuyor musun sen de şu sesleri Alissa?..

Alissa elbette duyuyordu her şeyi ama Liza'nın şeytani planı ve direktifleri gereği duymazdan gelmesi gerekiyordu.

— Ses mi? Hayır aşkım, ses falan duymuyorum! Korkutma beni Benjamin! Çok korkuyorum...

dedi ve sözde ürkerek banyoya kaçtı. Alissa'nın içeri girmesiyle banyonun kapısı sertçe kapandı ve büyük hole bakan sekiz kapı yüksek bir gürültüyle eşzamanlı olarak ardına kadar açıldı... Her kapıdan hole, kucağında örgü bebekler olan birer ikişer kadın, ninni söyleyerek giriyordu. Hepsi de çıplaktı. Genç adam, bu olanlara hiçbir anlam veremiyordu. Kadınlar, giyinik olsaydı belki bunun bir komplo olduğunu anlayabilir ve gerçek olduğuna da ihtimal verebilirdi ama hepsi çırılçıplaktı, bu olamazdı. Olamazdı çünkü Liza, utangaç bir kadındı; kimsenin yanında soyunmazdı o. Yatağa bile neredeyse elbiseleriyle giren Isabella ise asla çıplak dolaşamazdı hem de o kadar insanın içinde. Hepsi neyse de yaşlı kadın da çıplaktı ve o da bunu asla yapmazdı. Evet, Benjamin bu olup bitene "gerçek" diyemezdi ama bunlar bir halüsinasyon için de fazla gerçekti.

Liza'nın gururu o kadar incinmişti ki öylesine kısa bir zamanda Benjamin'i çıldırtacak böylesine kusursuz ve her detayı en ince ayrıntısına kadar düşünülmüş, olağanüstü bir plan yapmayı başarmıştı. Kendisiyle beraber, diğer kadınları da çırılçıplak soyundurması da bu detaylardan biriydi.

Çıplak olurlarsa hem daha inandırıcı hem de çok daha sessiz olabileceklerdi. Öyle ya, üzerlerinde bir kıyafet ya da ip yüzüklerin dışında birer aksesuar olsaydı Benjamin, bunun bir tezgâh olduğundan şüphelenebilirdi ama Liza, tehlikeye can verdiğinizde karşınıza çıkacak kadındı ve o, bu prodüksiyonun her anını hesaplamıştı. Topladığı onlarca kadından bazılarını Benjamin daha önce hiç görmemişti bile ki zaten bu da bu muazzam prodüksiyonun en ince detayıydı. Benjamin, gördüğü kadınlardaki ip yüzüklere bakınca hepsini tanıması gerektiğini düşünüyordu ve yüzlerini seçmeye çalışırken dikkati daha da dağılıyordu. Sizin anlayacağınız; Liza, kendisine yapılanların intikamını Benjamin'den hem de onun silahlarını kullanıp onu delirterek almaya yemin etmişti ve an, işte o andı.

Ne yapacağını şaşıran Benjamin banyoya doğru koştu çaresiz ve kapıyı zorladı korkarak:

—Alissa, aç kapıyı; Alissa lütfen...

Kapı açılmadığı gibi banyodan da ninni sesleri geliyordu artık. Benjamin, oradan da ümidini kesip geri çekilince banyonunki de az önceki kapılar kadar sert açıldı. İçeride sadece Alissa var zannediyordu ama öyle değildi. Banyodan dışarıya, örgü bir bebekle çıkan Alissa yalnız değildi; yanında iki kadın daha vardı. Hepsi aynı şeyi yapıyor ve siyah fitil iplerle örülmüş bebeklerin üzerinden, âdeta birer çorap söküğü gibi açtıkları ipleri uzatarak vücutlarına doluyor ve sanki Mona'nın intikamını alıyorlardı. Genç adam, şimdi diğer kadınlara bakıyordu. Onlar da aynısını yapıyor ve Benjamin'e doğru yürüyorlardı ağır ağır. At, kale, fil, vezir ne varsa hepsi birden birleşip hem de sekiz koldan geldiler kendini şah sanan o zavallı piyonun üstüne. Çaresiz kalan Benjamin, nereye gideceğine karar veremiyorken evin odalarının kapılarını, bir kapatıp bir açan o deli rüzgâr; bu sefer ters esti. Kapıların son kapanışıyla mumlar ateş kesti.

Gecenin zifirinde, sadece kadınların şahı Liza'nın gözlerini gördü birden ve tanıdık bir sesin "şah" dediğini duydu piyonların en zavallısı çığlık atarken. Beyni artık kafatasına sığmayan piyonun son hamlesi ise iki eliyle başını tutup "halüsinasyon" sandığı bu korkunç gerçekten kurtulmak için tavana bakarak olduğu yere yığılıp mat olmak oldu ve bu oyun; Benjamin'in son, Liza'nınsa ilk oyunuydu.

son nefes

son nefes

son nefes

Tam dokuz gün, bir nevi koma hâlinde, hastanede yatan Benjamin, ancak onuncu gün gelebildi kendine. Hiç kimsenin yaşamak istemeyeceği kadar zor günler geçiren genç adam, dokuz gün boyunca birkaç saatte bir, gözlerini açtı;

— Alissa... Lütfen kapıyı aç!

— Sen misin Liza?

— Loreana yapma, lütfen yapma!

gibi şeyler söyleyerek bağırdı, çağırdı ve hastaneyi birbirine kattı. Böyle davranıp diğer hastaları rahatsız ettiği için her seferinde sakinleştirici iğne ile uyutuyorlardı onu. Sonrasında hafif düzelmeler görülse de tamamen iyileşemedi ama en azından söylenilenleri anlamaya başladı Benjamin. Yarı baygın ya da uyuşuk hâlde sordu doktora:

— Bana ne oldu?

Doktor, ismini bilmedikleri için "çıplak hasta" adını verdikleri Benjamin'e olanları şöyle anlattı:

— Buraya çırılçıplak ve baygın bir hâlde getirildiniz bayım. Herhangi bir darp izi yoktu vücudunuzda. Sizi anayolun üstünde, baygın şekilde bulanlar ambulansa haber vermişler. Ambulans da sizi hastanemize getirdi. Kimliğinizin ya da adınızın olduğu herhangi bir belge yoktu üzerinizde. Doğrusunu isterseniz biz, henüz sizin kim olduğunuzu dahi bilmiyoruz. Neredeyse on gündür burada, bizim gözetimimiz altındasınız. Geleniniz gideniniz, arayanınız soranınız olmadı.

Benjamin, bin bir güçlükle hatırladığı ismini söyleyebildi ama genel olarak hiçbir şey hatırlayamadı. Polislerden bir telefon istedi ve zar zor anımsayabildiği Liza'nın telefonunu aradı. Başka biri açtı telefonu ve yanlış aradığını söyleyip yüzüne kapattı. Benjamin, birkaç deneme daha yaptı fakat her seferinde yanlış numara olduğu söylenerek kapatılınca telefon, hatırlayamadığını kabul etti ve vazgeçti Liza'yı aramaktan. Daha sonra Isabella'nın numarasını da hatırladı fakat aynı şey, Isabella'da da tekrar edince polis;

doktor kontrolü altındaki Benjamin'in elinden aldı telefonu.

Birkaç gün sonra ya da biraz daha toparlanınca doktor ve polis nezaretinde söylediği adreslere gidip tespit yapmak istedi yetkililer.

Önce Liza'yla yaşadığı eve gitti Benjamin.

– Burası benim evim. Eşim Liza ve kızım Mona'yla birlikte burada yaşıyoruz biz.

dedi. Eve çıkıp zile bastıklarında kapıyı yabancı bir kız açtı ve evde öyle birilerinin yaşamadığını söyledi. Benjamin'in yalan beyanda bulunduğunu düşünen polisler, alt kat komşularının ziline de basıp teyit almak istediler. Ne yazık ki onlar da ne Benjamin'i ne Liza'yı ne de küçük kızları Mona'yı tanıyordu. Geride hiç iz bırakmayan, adını bile çoktan değiştirmiş olan Liza'nın yaptığı "O iş öyle olmaz, böyle olur." adlı prodüksiyon, elbette ki hatasızdı ve her detay hesaplanmıştı. Bu ne bir hayal ne bir halüsinasyondu, Benjamin aklını kaçırmıştı.

Delirdiği, artık doktor raporlarıyla belgelenmiş olan Benjamin, oradan çıkıp Isabella'yla oturduğu eve de gitti. Liza'nın örgütlediği ipli zilliler, orada da hiçbir iz bırakmamıştı. Dolayısıyla o evde de Benjamin'i tanıyan kimse çıkmadı. Mütevazı şatonun kapısını, Benjamin'in daha önce hiç görmediği birileri açtı ve onlar da "Benjamin" adındaki bu beyefendiyi daha önce hiç görmediklerini söylediler. Benjamin'le uzun

uzun konuşmalarına rağmen hiçbiri; onun, o evde yaşadığını hatırlamadı. Polis, çapraz sordu bu sefer ve ne yazık ki Benjamin de gördüğü insanların bir tanesinin bile adını bilemedi.

Benjamin, işyerine gitmek istediğini ifade etti polislere. Onlar da artık sıkılmaya başladıkları bu adamın; bu isteğini, son bir şans daha vererek kabul ettiler. Hayatı boyunca "özgürlüğü kısıtlanmasın" diye, üzerinde kimlikten başka hiçbir şey taşımayan; tapu, ruhsat ya da benzer bir şeyi bulunmayan Benjamin; nereden bilebilirdi ki bir gün bu hâle gelip öyle belgelere ihtiyaç duyacağını? Mülkü ve yönetimi Green Ailesi'nin tek varisi olan Liza'nın üzerindeki reklam ajansının yerinde artık "Big Dream" adında bir danışmanlık şirketi vardı ve orada da çalışan hiç kimse Benjamin'i tanımadı. Benjamin, burasının kendine ait bir işyeri olduğu konusunda ısrarcı davranıp aşırılık yapınca zaten epeydir ondan sıkılan ve artık tutarsızlığından da bunalan polis, bu sefer ellerini kelepçeleyip tekrar hastaneye götürdü onu.

Benjamin, en son birkaç arkadaşının ismini daha verse de kimse buna itibar etmedi ve onu "kısmî hafıza kaybı ve derin depresyon" tanısıyla bölgenin en iyi özel hastanelerinden birinin psikiyatri kliniğindeki kasvetli küçük odasında, yalnız başına tedavi altına aldılar. Söylediklerine göre hiçbir zaman eskisi gibi olamayacaktı ne yazık ki Benjamin.

İşte böyle oldu ve amazon kadın, intikamını hem de öyle böyle değil; acıtarak aldı Benjamin'den.

Hastanede yattığı sürece, gününün büyük bir kısmını uyuyarak geçiriyordu genç adam. Doktorlara göre Benjamin hakkındaki en iyi haber artık o isimleri eskisi kadar çok söylemiyor olmasıydı.

Ben, Benjamin'i hep çok merak ettim ama ne yalan söyleyeyim, onu asıl tanıyışım ve sizlere anlatışım bu hastaneye düştükten sonraki süreçte başladı. Oraya hayal mühendisi kimliğimle gidiyorum ve geçmişi hatırlayarak kendine gelmesi için ona yardımcı olmaya çalışıyorum.

Kimi kimsesi yok Benjamin'in. Bu yüzden de hastanedeki bakımını ben üstlendim. Haftanın iki günü ziyaret ediyorum onu. Birkaç saat yanında durup hikâyesini dinliyorum. Bana, yaşadığı her şeyi anlatıyor hem de en ince ayrıntısına kadar. Hesap edin ki onun sekse olan aşırı tutkusundan ötürü, herhangi bir sıkıntı yaşamasın ve kadınlarını mutlu etsin diye kendini kısırlaştırdığını dahi biliyordum artık. Her görüşmemizin sonunda doktorlara rapor veriyor ve saçmalamaya devam ettiğini bildiriyordum çünkü anlattıkları hiç de akla uygun şeyler değildi. Güya karısını psikiyatra götürüp halüsinasyon gördüğüne ikna ederek hasta etmiş ve bununla da yetinmeyip hem de kendi yatağında, onun yanında başkalarıyla sevişmiş. Neymiş efendim, evliyken başka biriyle evlenmiş ve telefonunu birinci karısının göreceği bir yere bırakıp onun tepkilerini izleyerek heyecan yaratmış. Yok efendim, iki karısı bir olmuş onu delirtmişler. En ilginci de onlarca çıplak kadın; örgü bebeklere ninni söylemiş de onu çıldırtmış, sonra da bir gece yarısı sokağa atmışlar. Ben bunların tamamını bildiğim hâlde, inanmadığımı söyleyince onlar da sorgulamadı ve bir daha da Benjamin'e hiç kimse inanmadı.

Bana sürekli "Liza" demesi ise doktorların dikkatinden kaçmamıştı. Bu saplantılı hâli sebebiyle Benjamin'in daha çoook uzun yıllar tedavi görmesi gerektiğini söyleyip bana da onunla ilgilendiğim için teşekkür ettiler. Bu arada onu, bu konuda defalarca uyarmama rağmen bana ısrarla "Liza" diyor ve işaret parmağıma taktığım, ip yüzüğümü de inatla kendisinin verdiğini söylüyor. Nedense sürekli benden af diliyor!..

Zaman zaman kızım Mona'yla gidiyorum Benjamin'in yanına. Onu kucağına alıp,

—Mona. Benim güzel kızım Mona...

diyerek seviyor. Psikiyatrların, onu ağır hastaların olduğu koğuşa yatırmasından korktuğu için de sessizce seviyor Mona'yı. Gerçi ben doktorlara bu durumdan rahatsız olmadığımı söyledim. Onlar da karışmıyor artık. Ayrıca kızım da alıştı bu duruma hatta belki tedaviyi hızlandırır diye ses etmiyorum "baba" deyip onunla konuşmasına.

Sizin anlayacağınız, her şey yolunda şimdi. Geçen hafta; "boş zamanlarında oyalansın" diye, ona bir defter aldım. Hatta onu motive etmesi için dışarıdan bir psikiyatr bile ayarladım. İyi de yaptım. Doktor Forester ona,

– Hayal gücün hiç fena değil Benjamin, bence sen bir romancı olmalısın.

deyince çok sevindi, hayatını yazacakmış! Her ne kadar "Gerek yok, seni herkes biliyor artık!" dediysem de dinlemedi; anlamsız da olsa bir şeyler karalıyor şimdi.

Merryliss Taylor
Hayal Mühendisi